唐诗小赏

TANGSHI XIAOSHANG

王子居 ◎ 著

民主与建设出版社

图书在版编目(CIP)数据

唐诗小赏/ 王子居著. —北京：民主与建设出版社，2017.9
ISBN 978-7-5139-1693-6

Ⅰ.①唐… Ⅱ.①王… Ⅲ.①唐诗－诗歌研究 Ⅳ.①I207.22

中国版本图书馆CIP数据核字（2017）第220650号

◎ 民主与建设出版社，2017

唐诗小赏
TANGSHI XIAOSHANG

出 版 人	许久文
著　　者	王子居
责任编辑	郭长岭
封面设计	天行健
出版发行	民主与建设出版社有限责任公司
电　　话	（010）59417747　59419778
社　　址	北京市海淀区西三环中路10号望海楼E座7层
邮　　编	100142
印　　刷	北京爱丽精特彩印有限公司
版　　次	2017年11月第1版　2017年11月第1次印刷
开　　本	710×1000mm　1/16
印　　张	15.5
字　　数	220千字
书　　号	ISBN 978-7-5139-1693-6
定　　价	35.00元

注：如有印、装质量问题，请与出版社联系。

目 录

【 唐诗简论 】

说不尽的唐诗　2

本书的价值　14

本书的角度和读法　16

【 五绝 】

巅峰完美，无可为比 20

巅峰·完美 32

高古·古风 39

神品 44

蕴藉·完美 57

意致·传神 61

情深 65

高格 68

豁达·惬意 81

风神 85

豪迈·壮烈 90

寂静·悟道·怀抱 93

盛世天音 97

伤感·沉痛 103

105

【五绝】

乡思·送别 110
巧思 114
善兴 117
讽寓 119
明快 122
附：韦应物：时空中错乱的情意和高古之风 125

【五律】

巅峰完美 132

气完神足 143

神品化境 159

神品 172

妙境 184

风神无限 193

潇洒·高怀·大雅·高古·旷达 198

情胜 202

闲适·淡雅·悠美 209

仄律 213

句意超脱 217

如实凝练 221

送别·思念·羁旅·乡愁·相见 229

唐诗小赏

唐诗简论

春眠不觉晓,处处闻啼鸟。
夜来风雨声,花落知多少。

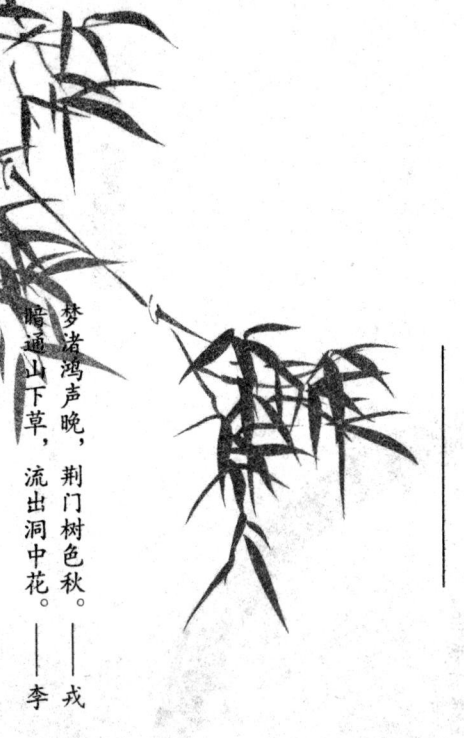

梦渚鸿声晚,
荆门树色秋。
——戎昱

暗通山下草,
流出洞中花。
——李端

说不尽的唐诗

诗为天地之心,暗含心灵奥秘。
我们可以在唐诗中多活一世。

虽然唐诗已流传了1000多年,关于唐诗的选本和评本不计其数,但唐诗的美,尚需我们深入挖掘;而汉语言的神奇,也需要我们更深入地挖掘。唐诗就是最经典最凝练的汉语言之一,在这本书里,我们读唐诗品唐诗学唐诗,实际上也就是学习最凝练最经典的汉语言,让我们尝试着从唐诗的奥妙中,发现汉语言的奥妙。

我们都知道唐诗很美,但千余年来,谁都不能完全地说明白,唐诗美在哪里,又究竟有多美,而我们大多数人,也只是看到了唐诗的一角,就为之沉醉不已。那么多华美、动人的篇章,令我们目不暇接,既有"秦时明月汉时关,万里长征人未还"的悲壮豪迈,也有"春风得意马蹄疾,一日看尽长安花"的轻快飞扬;既有"万里悲秋常作客,百年多病独登台"的凄苦苍凉,也有"春蚕到死丝方尽,蜡炬成灰泪始干"的至情至性;既有"仍怜故乡水,万里送行舟"的深情眷恋,也有"春风若可寄,暂为绕兰闱"的刻骨思念;既有"海内存知己,天涯若比邻"的潇洒和豁达,也有"近乡情更怯,不敢问来人"的惊疑和愧疚。

同样是写莲花,陈子昂说"常恐秋风早,飘零君不知",写出了对未来命运的叩问和忐忑不安的心情;陆龟蒙说"无情有恨何人见,月晓风清欲坠时"，则是用莲花在凋落前那种凄楚的美，写出了一派身世飘零的伤感。陈子昂以莲花比拟自身境遇，陆龟蒙则借莲花写出了绝世的风情。而李白写到莲花则是"手把芙蓉朝玉京"，激情四射，透露出一派追仙的狂热和奔放。

就算是写风花雪月，唐人也写得各不相同，各得其美，甚至连琴声，都有无数诗人认真摹写：

> 似逐春风知柳态，如随啼鸟识花情。
> 谁家独夜愁灯影，何处空楼思月明。

以前我们只知道张若虚《春江花月夜》的高华流畅，却很少知道还有一个柳中庸能将诗写得如《春江花月夜》一样流畅美好。我们知道杜审言的"云霞出海曙，梅柳渡江春"被视为初唐的代表作，开盛唐一代风气，却不知道早于杜审言一个时代的马周（杜生于公元645年，马卒于公元648年，此生卒年参考百度百科）的"山远疑无树，潮平似不流。岸花开且落，江鸟没还浮"是同样标志性的诗作。还有许多我们不知道的诗人，写出不逊色于李杜王孟的诗歌。同样，在李杜王孟这类名诗人的诗篇中，也存在着被我们忽略，却卓有艺术特色的诗歌。而韦应物的"还如故园树，忽忆故园人""谁言不同赏，俱是醉花间"，也是惊艳的作品。为了写这本书，笔者在翻阅资料的过程中，也为大家找到了许多这样的好诗句，排在书眉处，使大家可以体会更多的美妙之境。

唐代的诗人，大约都有以诗歌"立言"的志向，而古代能真正立言的人很少，像老子、庄子、孟子、荀子、韩非子等，属于凤毛麟角。连孔子都"述而不作"，不能创作出原创性的作品，何况其他人。纵观古代，能够以文字将自己的思想感情和见解传世的，还是以诗人为多。

唐人在诗歌方面做了超乎寻常的努力。他们抒发怀抱，表明志向；抒发感情，以诗交友；甚至用诗歌摹刻下生活中的方方面面，好多诗人都像杜甫一样，努力写作，把生活中的大事小事，甚至犄角旮旯、蚊子苍蝇，

念此送短书，愿因双飞鸿。
青山满春野，微雨洒轻埃。
——李白
——韦应物

都留在了诗里。

所有天地间的美，甚至于渺远的星空，想象中的虚无仙境，都进入了诗歌。

所有人世间的情，甚至于花草树木、飞鸟游鱼，也被赋予了性，产生了情，都进入了诗歌。

所有人世间的沧桑，是非成败，悲欢离合，前尘后世，命运、希望和努力，都进入了诗歌。

生活的方方面面，柴米油盐，生老病死，婚嫁丧葬，远游羁旅，亲朋来往，都进入了诗歌。

杜甫诗中有"宽心应是酒，遣兴莫过诗"的句子。确实，在唐代抒发情怀的第一选择就是吟诗。上至天子大臣，下到平民百姓，喜来了吟诗，愁来了吟诗，吟诗成了唐人的一种性情，就如同今天我们纷纷传唱着流行歌曲一样。

生活中的诸多经验，唐人尽已写了，初读白居易的"睡美雨声中"，为之叹息，这是人人意中有的句子，可只有白居易写出来了。

唐诗人对生活所做的观察，所下的功夫，是值得我们钦佩的。尤其是杜甫，他几乎把诗写到了各个角落，所有生活的情境，他都极尽用心地描摹，给我们留下了细致丰富的生活画卷。

唐诗在某种意义上来说，是一部人生的百科全书，如果读好了，无异于经历了另一种人生，多了一层生命的体验，长了一重智慧。读唐诗的意义其实很深，它能赋予我们很多只有在心灵深处才能共鸣的东西。所以说，读唐诗，等于是在今生多活了一世，那些我们不曾阅历过的，也会以其诗心将那种心灵的体验传递到我们的心中，就像是我们也经历过一样，这就是我们读诗最大的价值。

唐诗能化腐朽为神奇。唐诗之所以美，在于它把握的是大自然的律动和心灵的共振，也就是古人说的"天地之心"，而这种天地之心，可以通过唐诗的形式表现出来。整个唐代的诗人，其实都是通过唐诗追求一种精神上的解放，追求一种自我意识的升华，追求一种生命的真谛。而这种对心灵自由的追求，又建立在对格律的追求和遵守上。这是一种倍受形式束缚的极度自由，在这种看似无法调和的矛盾中，唐诗展现了语言文字的神奇力量！比如这一句：

花落钓人头。

如果现实中发生这样一幕，其实看起来是很平常的。但是这种场景一旦出现在唐诗里就非常美，因为它把大自然的有意无意，诗人的有感无感，通过落花落于头上这一个小小的细节，尽情展

径隐千重石，帆留一片云。
雁影愁斜日，莺声怨故林。
——李端
——杜甫

现出来，好像大自然和那一朵花儿，与诗人有一种会心的亲切，这种神而妙之的境界任由我们想象。

而这种造化的神奇必须借助唐诗的形式，也就是格律的力量表现出来，才能触动灵魂，用其他的文学形式来描写这一景象，是无法酿出这样的味道的。

不能不说，唐诗的这种形式、格律还有它的气韵，可以化腐朽为神奇。种种平常的景象，一旦化入唐诗，便与大自然的造化、人的心灵紧密联系，成为"天地之心"的展现，这就是唐诗神奇的地方。

唐诗宋词是一种奇怪的文学，一旦翻译成白话，就顿时无味；一旦长篇解析，往往谬以千里。

唐诗之美，依于其平仄声律和对仗，虽然这只是形式，但正是这种形式，孕育出了唐诗的灵魂。正如龙的身体和蛇的身体不只是形式的不同，其孕育出的灵魂也截然不同。我们不能轻视平仄和声律对于唐诗的极其重要的意义，当熟于平仄和声律后，这种天然的韵律会引出唐诗的精魂。

唐诗以其凝练的文字，穿越时空，涵盖漫长的中国古文化。如李商隐的这一联：

庄生晓梦迷蝴蝶，望帝春心托杜鹃。

庄子和望帝远在战国，他们的故事广泛流传，而晓梦和春心，又岂止是庄子的晓梦和望帝的春心？它显然也是作者的，更是无数读者的。可怜的是，这晓梦迷于蝴蝶，这春心只能托付杜鹃。深深的梦想，无限的心绪，却不可言说，只能托之于蝴蝶和杜鹃，将无限的情思托付于有限的表象，这其中的沉痛可想而知。

就在这一联中，悠远历史深厚的沉淀、漫漫心事无法诉说的感怀、大自然最美最动人的事物，三者交织在一起，组成了其美无限，不可言传，只能意会的意境。而实现这样复杂而神妙的意境，连系古今，沟通天人，仅仅通过14个字的组合就做到了。作者似乎什么也没有说，只是平淡地陈述了两个典故，却将对人生无尽的感慨，全部寄托在了里面。

这就是唐诗这种语言形式的神奇之处，寥寥数字，便可涵盖古今未来，凝练一生的情感！

相对于唐诗的美妙境界而言，唐诗人的成就、性格、诗作的风格，彼此的高下，他们之间发生的种种故事，也都是国人长久以来津津乐道的话题。如李白的豪放不羁、杜甫的忧国忧民、王维的闲雅高华、孟浩然的自然质朴、杜牧的风流潇洒……

诗在唐朝具有一种重要的社会功用：想考功名，必须学诗；朝廷举行活动，要写诗；送别友人，要写诗；同事朋友亲戚有红白喜事，要写诗。诗是考进仕、进行社会活动的重要工具。

但唐诗最终超越了这些社会功用，成了人们实现天人合一之境的工具，成了人们抒发自我情怀，追求自我精神解放的工具。

诗为天地之心，这是古人对于诗的感悟，也是对诗最高的定位和终极的评价，诗以其独特的形式，以诗人天人合一的追求，将诗心与天地之心相契合，最终达到了一种高妙的精神境界。

诗心与天地之心契合，大体有两类。"文章本天成，妙手偶得之"，以天地之心入于诗，这是第一类，是大自然的神妙开启了诗人的神智，于是妙句自然流出，如"荷风送香气，竹露滴清响""明月松间照，清泉石上流""细雨湿衣看不见，闲花落地听无声""江流天地外，山色有无中""海日生残夜，江春入旧年""云霞出海曙，梅柳渡江春"，大抵气象一类的居多。

第二类是诗心化天地万象，如"日暮东风怨啼鸟，落花犹似坠楼人""日斜江上孤帆影，草绿湖南万里情""沧海月明珠有泪，蓝田日暖玉生烟"，大抵以意象一类的居多。

还有一种介乎两者之间、更为神妙的，如"山光悦鸟性，潭影空人心""浮天沧海远，去世法舟轻""庄生晓梦迷蝴蝶，望帝春心托杜鹃"。唐人诗中其实颇有超越了意境的佳作，那是一种达到悟道境界的诗

唐诗简论

云雨从兹别，林端意渺然。——孟浩然

岛屿佳境色，江天涵清虚。——李白

作，这种悟道与意境相结合，于是，有情有景也有悟，三者混一，就是最高妙的境界，也是唐诗艺术的极致。

唐人的诗心和天地之心交融，给了我们各种各样的，无穷变化的美的享受。

唐朝诗人对于大自然的美妙以及人世的多姿，都有丰富细致的观察，在这观察中，他们的视角和落点常有重合，给我们留下了丰富的案例，供我们参研，从而更容易领悟汉字的神奇，可以学到更多的写作技巧。

《赠毛发员外》（一作李端诗，一作祖咏诗）中有这样一句：

> 宿雨朝来歇，空山天气清。

这句与王维的"空山新雨后，天气晚来秋"所状的景物几乎是一样的，但诗境的差别却很大。甚至有可能，王维的诗句不知不觉曾受到祖咏诗的影响，当然也许是王维的诗在前，影响过祖咏（王维和祖咏是朋友，他们的诗作相互影响是个大概率的事件）。

而李白的"雨洗秋山净，林光澹碧滋"，上句与王维的意境也相近，不过也同样达不到王维靠气韵造就的那种神境。同一时代的三位大诗人，都描写了雨后山的意境，其中祖咏的意境与王维近乎相同，而李白的意境则更繁复细致一些。

三人写的意境相同，为什么独独王维的普遍流传，令后人叹服呢？

祖咏的"宿雨朝来歇"，虽然与王维的"新雨后"三字起了同样的作用，交待了产生景致的原因，但这句诗凝练不够，王维用三个字："新雨后"，就把祖咏五个字的意境全概括出来了，而且王维一个"新"字，出人意表，令人心神提振，而且这个"新"字与后面的诗境互相增益。李白的"雨洗秋山净"，以单句而言，比祖咏和王维的两句更加凝练，他用一句话就把两人的意境概括出来了。下句"林光澹碧滋"也极为凝练，将太阳透射到树林里的光，与绿叶被雨水洗过后饱满欲滴的翠色（还带着湿意和水滴）相互映照的奇景，写了出来。在对景物的描写上，可以说李白的刻画是最细腻、最真实也是最美的。

那么王维的诗句胜在哪里呢？胜在飞动的气韵，他的诗将大自然的妙景写活了。"空山新雨后"的"后"字和下句"天气晚来秋"的"晚"和"秋"字，给我们点出了时间。这个时间的跨度，令他笔下的景产生了一种飞动的神韵。表面上看他这一句是交待写诗的时间，实则不然，王维是用特殊的笔法，给诗意留下了更广阔的想象空间。新雨后的空山，晚来秋的天气，是什么样的呢？任读者去想象，王维这句诗的好处在于他把你对那种高秋的感觉，你记忆里最美妙的感觉，给你勾动起来了。王维对这种感觉一点也不触及，它只是把每个人都有的这种感觉给勾出来。不言一象而万象俱全，这就是王维诗的妙处，他特别擅长这种以无相传万相的笔法。而祖咏用了一个"清"字，李白用了一个"净"字，顿时令我们的想象拘于一象，诗意虽然美妙，但在境界上不免落于下乘。

王维的高妙之处在于他不着眼于细处，而是着眼于大处，他写的不是已经发生的，而是将要发生的；他不是做一个总结，而是做一个开拓。祖咏的"宿雨朝来歇"，诗意一下子尽了，李白的"雨洗秋山净"也是一样。而王维的"空山新雨后"，仿佛刚刚开始，还未展开，这种笔法的妙处值得我们仔细揣摩。同时，王维着眼于大处，他不写山的净、清，而是将山置于大自然更美丽的境界下，他用了一个"空"字，一下子写出了山的一种感觉，而这个"空"字下，是"新雨后"，用一个"新"字，表示刚刚下过了雨，然后他又用了一个"晚来秋"，将山置于晚来之秋的大背景下。王维用这些大背景做铺垫，将诗意一下子拓展开了。李、祖的写法，将诗意写尽了，而王维的笔法，则将诗意拓开。

王维的《山居秋暝》，在艺术上的成就当然不止这些，读者可以往下看笔者在内文中的评析，细细品味这位大画师的写作技巧。

我们读唐诗必须要相互比较，一联一联地比，一句一句地比，一首一首地比，只有做好比较，我们才能弄明白，那些鬼斧神工一样的诗句，究竟有多好，有多美；我们才能深刻体会到，大诗人们出神入化的造境之功，究竟有多深厚；我们才能在唐诗中学到更多的写作方法。

吟诗向月路，驱马出烟萝。
故国遗墟在，登临想旧游。
——皇甫曾
——戎昱

从唐诗中我们可以看出汉字的神奇，品出文字组合的奥妙之道，如刘长卿的这首：

送郑司直归上都

岁岁逢离别，蹉跎江海滨。宦游成楚老，乡思逐秦人。

马首归何日，莺啼又一春。因君报情旧，闲慢欲垂纶。

由马首而言及归日，由莺啼而想到又过一春。马与行路、归程是紧密联系的，莺与春天是紧密联系的，借着马与莺对成一联，便写出了年华的逝去，归日的无期，形成了强烈的对比。

楚老与宦游联系，便写出了这宦游的时间之漫长。迁居到楚地多年，人都已经老了，而且是成了"楚老"。这个"楚老"或者是说身边的人都把他当成楚地的老人了，也或者是他在心理上已经变成楚地的老人了，在风俗习惯上、心态上或者潜意识中，都自认为是"楚老"了。

所以这个句子是很微妙的，它既写出了宦游羁旅的漫长，又写出了心态的变化、生活的厚重和精神世界的沧桑。

"乡思逐秦人"一句，我理解得也并不清楚，因为我对古代地理不熟悉，不知道刘长卿是否是秦人，或者说郑司直是否是秦人。如果郑司直是秦人的话，这句诗的意思可能就是，刘长卿的乡思，跟随着郑司直一路而去，回到故乡。郑司直的前行路线可能是刘长卿的故乡，所以刘长卿就将无尽的相思，自己归乡的心愿，寄托在了郑司直的身上，仿佛他的离去，把刘长卿思乡的梦魂也一起带走了。所以，"乡思逐秦人"这一句，看似平淡，其实是充满感情，是染着思念的血和泪的。

刘长卿这么多的心语，这么复杂的感情，他借以表现的形式却很简单，就是排列几个词而已。

笔者在这里说诗歌就是运用字词进行排列组合，看起来好像是武断之论，其实是一语道出唐诗的一个奥妙。懂得了排列组合的技巧，就可以写出好的作品，读者切不可当作闲语一眼掠过。在笔者看来，关于唐诗的概括，没有比"排列组合"这一概念更深入文字的本质的，作者整本书的价值，也抵不上这四个字的万一。

诗人对诗歌完美意境的追求，会让他们对字词的排列组合的能力，愈来愈娴熟。唐诗的文字排列得越紧，诗意就越凝练，其表达的诗意也就越"多"，其涵义也就越广越深远，其意境也就越微妙。上面三例，其实已经讲到了唐人在文字组合上的高超技巧。

下面以这一联诗句再进一步讲文字的排列组合：

醉花台榭春远近，梦柳池塘忆浅深。

上句的中心是一个"花"字，用一个"醉"字，写出了花之美，花与台榭错落有致（远近）的美，同时也意在写出游园的舒适，他所得到的美的享受，因为太美，所以他醉了。

这一句五个字词：醉、花、台榭、春、远近，组合出了多重意思，第一重是，花和台榭，远近则勾勒了花和台榭布局的一种动态，也写出了作者游玩的动态，台榭曲折延向远方，而花儿依因台榭错落分布。第二重，用一个"春"字将这种动态延展出去，以花和台榭概言整个春。第三重和第四重，"远近"两字所指向的，既有花和台榭，也有春。花和台榭的远近，是实的，而春的远近，则是虚的。这句既是概括当时之景，也同时延展到人生的岁月当中，作者怀念的是近前的，也有远去的春天，是他在远（从前）近（今春或昨春）的春天中醉花醉春的一种意象。于是，一个"春"字，是相同或相似的，而"远近"两字，则是显示了这春有近前的，也有遥远的，通过对意象的组合把对岁月的感慨勾勒出来了。"远近"两个形容词，与花、台榭、春（春光春景和春时两个意象）分别进行组合。第五重，"醉"字直指的是花，延展的是台榭和整个春。这个"醉"字，醉了花，醉了台榭，醉了春，醉了春错落有致的布局，醉了一春又一春的时光流逝（远近）。在意象的组合上，它有明的，有隐的，共有五重组合。

下句的结构和层级也基本差不多，"梦柳池塘"的语序，是交叉的，而不是并列的。它或者是说曾经梦到柳树的池塘，或者是说柳烟如梦的池塘，或者是说对那池塘和那柳树的一梦，这一梦是追忆，而对于此忆，则诗

故国风云气，高堂战伐尘。——杜甫

流沙丹灶灭，关路紫烟沉。——李白

意迷离不清,是浅是深?有浅有深?或浅或深是言回忆与梦的多与散乱,与远近一样,意在用两个截然相反的字,组成一幅错落的、广阔的而动态变化的画卷,以期将诗意延展开来。

所以笔者说诗的本质,便是将两件或更多事物组合在一起,或者将一个或几个事物与自己的感情组合在一起,构成美妙的意境。

读唐诗,我们可以这样总结唐诗的作法,体会文字的排列组合之妙,这像是一个游戏,有着无与伦比的美妙体验。

唐诗究竟有多美?唐诗中的写作手法有多妙?这是在这样一篇小文里无法完整体现出来的,就是本书也限于篇幅,不能面面俱到,只能在一首首诗里慢慢点评。就如同人生中,有些秘密都说出来,还不如读者自己领悟出来好。所以,笔者将自己想到的一些写作的技法和细节,嵌入每一首诗的解析里,还请读者在阅读过程中自己总结。

通读全唐诗,对我自己来说也是大有收获,比如知道了唐朝廷是唐诗形成的决定性因素,知道了刘长卿"五言长城"的自称并不虚妄,他在五律上的成就确实很高,以数量和质量来说,都是位列三甲的水平。

我不太能理解刘长卿的诗才如此惊艳,为何他在唐朝的名声却与成就不符,也许是因为他一生落挫,也许是他的诗内容较单一,不够丰富。但在这本以诗道和诗艺为标准的小书中,他却被推到了更高的位置。

通读全唐诗也还有其他的乐处,如我在19岁时写过:"夕照一丝火,杨林万树烟"。等37岁读到李白的《送别》,读至:"梨花千树雪,杨叶万条烟"时,不由甚是喜悦,颇有一种我的诗也与李白暗合的感动,而当看到岑参《送杨子》中有"斗酒渭城边,垆头耐醉眠。梨花千树雪,杨叶万条烟"的句子时,不由更是惊叹,李白和岑参这样的诗人,拿别人的句子来入诗的可能性实在太小,只能说杨林如烟的景象,在中国非常普遍,好多诗人都心中有感,李岑的感触和观察竟相同至此,他们一定是遇上了相同的景境。有几个不同时代的诗人都观察到了杨树的这种姿态,足以见证前人和今人的诗心是相通的。

我二十几岁时写下"风动鸟相呼，琴声谁与和"的句子，写出来的时候，和以后重读推敲的时候，都一直觉得这句似曾相识，总觉得是前人已有的句子，却始终寻不见相似的。后来在杜甫的集子中见到了一句"水宿鸟相呼"，虽然诗意完全不同，却也觉得很有一种与千载岁月相印证，与古人隔数个朝代相印证的乐趣。古人写诗，想来也是如此，因为读前人诗时，前人的诗心，不自觉潜入了自己的诗心，相互转化，便让一些自己最得意的句子，总觉似曾相识。

至于王维那名联"郡邑浮前浦，波澜动远空"所写的景象，与岑参在其《与鄠县群官泛渼陂》中"舟移城入树，岸阔水浮村"所状之景，几乎是感触于同一境，不过王维的景境更加阔大，更加灵动。

如我又看到"树交花两色，溪合水同流"的句子，蒋冽、岑参的诗中都有此联。其他如"踏雪也相过"，我见到至少也有三五次。唐代的诗人们有许多这样重合的句子，未必是套用，因为很多类似"树交花两色，溪合水同流"这一联的诗句并不太出色，更多的原因可能是偶合。

淮海对雪赠傅霭（一作淮南对雪赠孟浩然）
李白

朔雪落吴天，从风渡溟渤。海树成阳春，江沙浩明月。
兴从剡溪起，思绕梁园发。寄君郢中歌，曲罢心断绝。

一看之后，心里便觉得这首诗多为李白赠孟浩然的，为何呢？因为孟浩然有名句"愁因薄暮起，兴是清秋发"，李白一定读过，感其妙，于是在自己赠他的诗句中便自然套用了，这种套用当然是诗人之间的相互会心之举，仿佛情人之间眉目传情，只可意会，不可言传。

如是等等乐趣，不必多说，读者可以翻开本书，尽情品味唐诗之美，穿越进入大唐活一次，在诗歌中，尝试得到"另一世"的阅历和心境。

唐诗简论

风吹绕钟山，万壑皆龙吟。
寒禽惊后夜，古木带高秋。
——李白
——刘长卿

本书的价值

提示唐诗的写作技巧。

本书是一个唐诗大排行榜。

寒山独过雁，暮雨远来舟。
故园江树北，斜日岭云西。
——韦应物
——岑参

破千年诗评之谬误，开唐诗不传之奥妙，这就是写作本书所努力追求的目标。这本书在本质上是一个排行榜，做排行榜就要比，把全唐诗里的作品一一对比，这样才能客观地做出一个排行榜。中国有句古话，不怕不识货，就怕货比货，诗歌艺术尤其需要比。把同类的、异类的、相似的诗歌拿来对比，整首整首地比，一联一联地比，一句一句地比，一个字一个字地比，只有这样多比、细比，才能看出诗歌创作的奥妙，才能通达诗艺，悟出诗道。

本书的写作主旨就是尝试讲明白诗是怎么写出来的，讲明白那些诗为什么好，独特之处在哪里。

所以本书的主要价值可能有两个，一个是做了一个排行榜，这个排行榜无法做到完美，因为各种排行往往是重合的，比如王维的《山居秋暝》，被放在了气韵那一序列之中，因为要加强读者对气韵的了解，但它同时也是可以进入其他的序列的，许多这样的情况无法顾及周全。

本书原先是打算将五绝、五律、五古、七绝、七律、七古，放在一起写的，但后来篇幅越写越长，只好先写出五绝和五律，但仅是这两种体裁，规模都已超出出版的计划了，只好缩减。

第二个价值可能比较独特些，以前的唐诗选本，基本是本着鉴赏的角度来做的，而这本小书则是紧紧地抓住写作这一核心而做。我从14岁开始大量写诗，断断续续地写了二十几年，从绝句到律诗到古诗，从四言到七言杂言，从宋词到元曲，尽皆尝试过。我编排这些唐诗只是从创作的角度进行的。在这些年的写作过程中，我对这些诗的一些看法和感悟，多有与前人不同之处，所以分类排行都与流行的选本多有不同。这可能也是这本书的最大价值。

本书中前面的文章，有一些是我这些年来写诗的一些心得，对读者来说，在写作方法和思路上，也许会有一点借鉴意义。这可能是这本小书的附加价值了吧。

这本小书写来还是遇到了未曾预料到的问题，排行的标尺其实是无法固定的，随着不同时间段精力的不同，脑力的敏锐程度也不同，导致了标准不同，有时候标准高些，有时候标准低些。所以在初选的时候，很多诗歌都被选入了。以五律而言，李白初选122首，杜甫初选143首，岑参初选71首，刘长卿的五律，初选总计有108首，较之王维（49首）还要多。就连不甚著名的皇甫冉，其五律初选的佳作也有26首，而郎士元亦有18首，许多不是很知名的诗人，其五律佳作的数量与王维、孟浩然的相差不多，甚至有些人数量多于他们，这么多的好诗只好一首首再淘汰出去。

因为是边选边评，有时候会将一些诗放在一起评论，可是后来次序多次变化，有些前后个评或总评的语句，都作了修改，又增加了工作量，而且，可能有些语句因位置移动多次，评析中所讲的次序位置可能有不确切处，望细心的读者指正。

照水空自爱，折花将遗谁。
——孟浩然

无名江上草，随意岭头云。
——杜甫

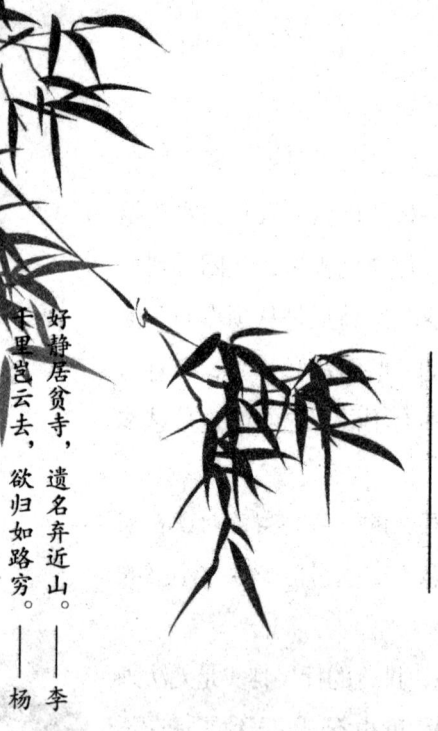

好静居贫寺，遗名弃近山。
千里岚云去，欲归如路穷。
——杨凝 李端

本书的角度和读法

假设你就是李白，在读自己的诗评。
请站在唐朝人的角度和高度来读本书。

在一些通论的篇章里，我列出了许多诗作，有的诗作可能出现在数篇文章里作为例证，这个时候，对它的特点都是简说，如果想要知道对这首诗完整的解析，那就需要几篇文章都读。而如果这首诗有一个单篇专门评析，这个专篇也不一定会把这首诗在其他篇里讲到的东西都收纳进去。

另外，因为各个单篇的需要，可能对一首诗的某个评价在好几篇中都重复在讲。这是一件比较无奈的事情，因为唐诗的名篇名句可讲的有很多，很难讲全面，有些例子要反复用，而一首诗的某些长处和特点可能会忽略，因为，它的这个特点和长处相对别的诗歌来说并不是最突出的，也就是说，即便有很多人喜欢这首诗，它的这些优点和长处也不会多提。

1. 本书的一切立意根源都在于"写诗的经验和感觉"，所以本书与大多数选本和评本都不同。本书的中心就是诗道和诗艺，对于诗史、诗人、流派，一概不问，只管从单篇的写作成就来入手。所以一些地位很高的诗人，可能入选的作品并不多，而许多名不见经传的诗人，其诗作反而拔得头筹。

2. 限于篇幅的原因，这本书里只讲了五绝和五律，如果按照极严格的唐诗格律，则入选的很小比例的一些诗并不能归为五绝和五律，有一些则被前人归入五言古诗，但是因其对仗押韵等基本要求合律，则其细处的平仄，便忽略了，甚至有对于不完全对仗也作忽略的，因为它们是极特别的佳作，成就很高，所以虽在多数集子中被视为五古，我还是列在了绝律中来做艺术成就的对比，因为我觉得，讲绝律少了它们就无法完整。

所以，本集中多数绝句和五律是合律的作品，但间或有"五古"选入。本书对绝律更重诗意，对格律的标准较为宽松。一首诗，只要是四句或八句，有基本的对仗、押韵，平仄虽不完全合乎格律，只要流畅，韵律美，就可视为一首好绝律。古人有所谓"以古诗法入律"的说法，可见在古代，近乎古诗和律诗之间的诗作，是可以按律诗来赏读的。

3. 本书最初的选本是以《唐诗三百首》为基础，后来以《唐诗别裁集》《唐诗鉴赏辞典》为蓝本，进行诗作的遴选，但最后我还是通读了《全唐诗》，并对其优秀作品进行了反复对比，最后才确定唐诗作品的排序。这是一个浩大的工程，我是在电脑上对着国学网的网页进行一一阅读的，这导致这本书的篇幅变得更长，入选的作品更多，本来计划一本书就写完的内容最终变成了要几本书才能完成。虽然如此，有好的作品被遗漏依然是难免的事情，而有些好作品我并没有深刻体会出其妙处，也在所难免，我只是尽量做到给唐朝灿若群星般的诗人们以公平和公正的比较。我对唐朝诗人没有偏好和厌恶，但个人的习性和所悟，决定了这个排序不可能完全正确。另一方面，唐诗艺术特色的多样性，也决定了一首诗有多种排序的可能。有时候我会面临一首诗放在三个序列里都觉合适的情况。这个排行榜不只是选诗时费尽周折，排序时费的时间更多些，往往是挪来挪去，反复思量，有些是在评论写出来的最后再做一次变动，最终才确定了序列。

4. 本书的评选标准还是较新的，是综合现代人的眼光和古代人的标准这两个因素，而对《全唐诗》做的评选。有些事只能由后世来盖棺定论，如《春江花月夜》，在古代并不曾受到很大的重视，直到清朝才被大加推崇。在现代人看来，其艺术成就超越了同时代的所有诗篇。本书可能对一些诗作的评价，与历代的评价都不相同，因为本书是通过一个现代人从"写诗的角度和写诗者的眼睛"做出来的。

长路皆同病，无言似一身。风起塞云断，夜深关月开。——李益戎昱眉批（竖排）：
青春始萌达，朱火已满盈。——陈子昂
荒庭增别梦，野雨失行期。——耿湋

另外，对每首诗歌的评论的篇幅也没有完全持平，有些好诗诗意明显，不需要过多阐述的，就简省了笔墨，三言两语带过，这不代表它不如那些反复讲解的诗作。

在书中对五绝五律两种诗体作出了各种序列，每一序列的诗都有近似之处，由于诗多，诗风、境界、艺术成就各不相同，这样几个序列并不可能用严格的标准区分，只有一个大体的差别，读者需要用心体会。

有些诗因为已经附在别人的诗里讲解，所以就不再重新列入其他的序列中。

最后，我所做的这个序列和排行，并不是如有些人所想的那样，最好的就是我的最爱，相反，我也如同众多读者那样，某个时期更偏爱某些作品，有时最爱王维，有时最爱李白，有时最爱杜甫，喜好随时间情境不同而常有变化。但这个排行榜的选择，并非我个人的偏好，而是按我所总结的诗歌艺术技巧优劣的标准，反复衡量后作出的。有些不同序列的作品，差距不是很大，也就凭感觉放置了。

唐诗佳作的妙处往往是多方面的，一首好诗往往是既以气韵见胜，又以境界见胜，还有更多其他可讲之处，如王维的《山居秋暝》，既可以放在气韵最佳之列来讲，也可以放在造境最佳之列来讲，即便它没有被放在造境最佳之列，但它还是造境之能达到极致的神品之作。读者阅读时，要明了这一点。

诗中偶有佳句，但通篇未成规模，也就不列选了，如徐坚的"夏云海中出，吴山江上微"，对于这样的好句，原本打算不做单独摘录，可后来还是挑选了出来，排在书眉中，供读者体味更多的唐人妙句。需要说明的是，这些单独摘出的对句，基本都是唐人五律里的佳句。

唐诗小赏

五绝

谁家无春酒,何处无春鸟。
夜宿桃花村,踏歌接天晓。

渔潭逢钓楫，月浦值孤舟。
莫思晴后发，花怨雨中飞。
——郑绍

草思晴后发，花怨雨中飞。
——李嘉祐

巅峰完美，无可为比

五绝是最易达到巅峰和完美两个要求的。精华中的精华，这就是五绝。

春　晓

孟浩然

春眠不觉晓，处处闻啼鸟。
夜来风雨声，花落知多少。

对于《春晓》这首诗，我想说的是，无数人知道其美，但不知其所以美，无数人知道其妙，但说不出它之所以妙。它是最好的诗，同时也是唐诗中最难解读的一首。

唐人诗中有两绝，长的是《春江花月夜》，短的是《春晓》。《春晓》一诗，我们从孩童时就能背诵，但这首诗却要到妙智的境界才能真正理解。

想要透彻理解《春晓》的意境之美，首先得领会《首楞严经》中如来所讲二十五圆通中的耳根圆通的妙理，然后才能知晓《春晓》里面"处处"两字之妙。《春晓》这首诗最为殊胜的地方，在于它能够用最细微而美妙的意象，将时间、空间都涵盖于中，同时它以起灭不定的意象构筑如幻的意境，虚实相互转化的妙处，在这首诗里做到了极致。《春江花月夜》作为唐诗中的名篇，它的构境非常宏美，有迹可循，而《春晓》的妙处，则在于它在虚实幻化之中，无迹可征，我们只能感到其美而不知其所以美。历代评家都轻视了《春晓》，视其为一首小诗，其实中国诗人佳作如林，但在境界上，比《春晓》更广大的几乎没有。《春江花月夜》在构境上，用的都是江、天、月、夜、花林等大的物象，而《春晓》则以细小的事物及幻灭之物将整个时空感构了出来，称得上是"大音希声，大象无形"。

"春眠不觉晓，处处闻啼鸟"，诗意之来，是非常广阔的；"夜来风雨声，花落知多少？"诗意所去，又是非常幽远的。上联用实闻来展现春晓的繁美，下联用一个遥想来总结春意的飘落，味道在于物外，所以称得上是神妙。

张若虚用大巧的手段为我们展现了天工的奇妙，而孟浩然则用大朴的手段将天地的奇妙归于平淡，在这一点上，《春晓》的诗道还在《春江花月夜》之上。

《春晓》其实写的是非常工整的，这首诗中藏了几个对仗：一个是时空对，用"不觉"来对"处处"；一个是今昔对，用"春眠不觉晓"来对"夜来风雨声"；一个是荣枯对，以"处处闻啼鸟"里饱含的喜悦和生机，来对"花落知多少"中蕴含的怜惜摇落之情。所以说《春晓》这首诗在构境上非常工整。而孟浩然得之于自然，会之于心，虽然这首小诗看起来并不著力，其构境却极具功夫。

《春晓》的造境是出神入化的。

这首诗，无一字说美，而字字皆美，无一字说妙，而字字皆妙，无一字说怡悦，而字字皆怡悦，无一字说陶醉，而字字皆陶醉。

"春眠不觉晓"，"不觉"两字，极尽酣畅，让我们感到无尽的舒适和愉悦。而"不觉"两字，亦极尽怅惘，吾人对时光之流逝的感觉与情怀，尽在此二字当中。"处处闻啼鸟"，以此鸟声构画出一个美丽的世界，"处处"两字极妙，孟夫子以鸟声塞满此句，哪里还有其他不美不乐之事物呢？

孟浩然这首诗臻于化境，闻于啼鸟，于理性来说，其实是塞满耳根。啼鸟之声密集，变换，耳之听觉被塞满，于是在主观意识之中，便觉世界被鸟声塞满，处处皆闻，不只刚刚睡醒的作者而已。此句推己及人，有以心度心之妙，这是从不觉间就逝去的时间，过渡到因啼鸟之声变换而感觉

五绝

歧路风将远，关山月共愁。
漫漫指乡路，悠悠如梦中。
——高适
沈颂

归客楚山远,孤舟云水闲。
关云常带雨,塞水不成河。
——钱起
——杜甫

到充满的空间。

此联诗意转承之紧密,几无缝隙,天然流畅,如万里春江,其水流无间。

躺在床上,在那美妙啼鸟声中,忽然记起昨夜有春风春雨,不由惦记起那春花来,在这夜来的风雨中,花儿落了多少呢?这一想,就把诗境想开了去,想得美妙无边。

如果我们把孟夫子这首诗拆成四句来看,则句句是最平常之语,但是,意境却美妙无比。想要具体体会它的诗味,却"细雨湿衣看不见",我们知道有雨,落在衣服上肯定要湿衣的,但我们看不清衣服湿了。实际上,即便我们像医生解剖人体那样分析《春晓》,它的艺术构成也是极有特色的。令首句富含品而不明、味而难尽之意的是时间之流逝,在睡眠中不觉春晓。令第二句妙音充满而又起伏不尽的是空间,处处是说空间被啼鸟之声塞满。上联虽然看起来平常,但实则蕴含了时空,孟浩然用纯粹的人间最美(美妙的啼鸟和酣畅的春眠),来填充了时空。这就是我认为孟浩然的这两句在艺术表现上非常高明的原因。《春晓》的后二句是诗味更浓的，前一句想起过去：在酣畅的、不知不觉就春晓的春眠中，隐约听到的夜中的风雨，是多么迷离啊。然后一句问句，由近及于远，由实及于虚，又充满了怜花惜春的情意，生活的气息扑面而至。整首诗也因为一个问句而意味不尽。《春晓》的美，是天成的，已经到了极致，《春晓》的生活气息，是满足舒适的，这是最美的田园。

《春晓》的艺术成就是最容易被忽略的，甚至于有些人会认为它仅是一首小诗。有些人在解析《春江花月夜》的时候可以洋洋万言，但解析《春晓》，则往往廖廖数笔。因为《春晓》尺幅千里，它已归真，妙处难以言传。它看起来像是一首小诗，但是却富含时空的妙意，将时空的博大，蕴含于生活的细小中。而且，它辩之难明，味之难切，深含禅意，兼具唐诗的气象与意象，并将其达至化境。

《春晓》将诗人对浩大深渺的时空的感觉，透射于平常浅

五绝

野色春冬树，鸡声远近邻。
万叶秋声里，千家落照时。
——皇甫冉
韩翃

近的事物之中，构成闲雅悠美的意境。它是诗中的神品，是与《春江花月夜》一样不朽的伟大诗篇。

我觉得，孟浩然所有的诗合起来，也抵不过一首《春晓》，唐人所有的五绝和五律合起来，也一样抵不过一首《春晓》。如果我们要找出一首世界上传诵最广的诗歌，那恐怕就是《春晓》。很难找到另外一首诗，像《春晓》这样属于我们每一个人的生活，无限贴近我们每一个人的生活。《春江花月夜》是属于少数人的，而《春晓》是属于全天下人的，男女老少，有学无学，莫不能读《春晓》，而它的美妙，普天下莫不能意会，而又皆不能言传。在我们刚刚背起书包的时候，我们就能背诵《春晓》了，就这一点来说，唐人诗的第一，不是《春江花月夜》，而是《春晓》。沈德潜编《唐诗别裁集》，未录《春晓》，就如同衡塘退士编《唐诗三百首》，未录《春江花月夜》一样，终是不能解得诗的真味。

登鹳雀楼
王之涣

白日依山尽，黄河入海流。
欲穷千里目，更上一层楼。

这又是一首堪称巅峰完美的佳作，而且从意境上来说，它算是唐人最高的境界了。它思想境界高，充满积极上进的力感，从这方面来讲，它是唐人诗的第一。它具有普适性，就像《春晓》一样普通人就能吟咏并理解，尽管如此它却打动不了许多女士的心弦，所以它较之《春晓》，少了那人见人爱的气质，谁让它那么意气风发，透着"纯爷们"的骨力与意志呢。

"白日依山尽，黄河入海流"这两句本就是诗中的上品，气象雄阔，在五绝里，论气势和境界，可算是最强的了，很少有这样雄壮的五绝。像这样的起句，它的后面结句会是很难的，即便是造诣高深的诗人，也往往会结出一个不相匹配的结句出来。

但是，王之涣却挥出了神来之笔，写出了对此雄阔之境加以升华的结句，令我们为之叹服不已。上联那宽阔的境界还不够，还要更宽阔些，所以，要穷尽千里之目，要更上一层楼，要让追求永无止境，要让胸怀永无止境，要让理想和志向永无止境。

这样的好诗，应当让我中华的少年郎，人人从懂事时就时常诵读，以此升华他们的志气，为未来培养高素质的有志向有胸怀的人才。

独坐敬亭山

李白

众鸟高飞尽，孤云独去闲。
相看两不厌，只有敬亭山。

这首诗的诗意极为自然流畅，四句宛如一句，四联宛如一联，行文无半分滞碍。

这也是一首"物有情"的好诗，较之其他同类作品，这首诗算是非常成功，也是非常有艺术特色的。沈德潜说它"传独坐之神"，其实这远远说不尽它的好处。这是一首巅峰完美的诗作，先两句的作用至少有二，一是独衬敬亭山之好，鸟儿、孤云，都不能与李白"相看两不厌"，为何？因为它们行踪不定。二是加强了实际的层次，这首诗逻辑分明，诗意极为紧密，众鸟飞尽，孤云也远去了，天地间的烦嚣终于没有了，只剩下了李白和敬亭山。在这种极静的状态下，李白才有可能与敬亭山相视无厌。你看，我们说李白写诗出于天然，一点不假。这四句诗如行云流水，其暗含的内在逻辑是多么的紧密而又清楚啊。这首诗写得非常传神，不是物我两忘，而是物我交融，这就是天才李白的境界。

这首诗唯有在普适性这一点上，比不上《春晓》和《登鹳雀楼》。虽然没有太多人吟咏，并解得其味道，但这首诗感慨很深，倍寓世事无常，人情不可执著，细读之，常有令人泪下之感，感染力要胜过前面两首。它并不仅仅是一首写景物，写山水的小诗，在它平淡寻常的背后，是人世的绚烂归于平淡，是一生的浓情归于山水，是无尽的无奈暂时忘怀。它是李白经历烂漫精彩的一生，最后来到敬亭山，心态渐老，智慧成熟，再也没有少年激情，再也没有放荡情怀，一切归于平淡和真实后，写出的最好篇章，它可以作为李白晚年的代表作，是他诗道和诗艺极尽升华的一首佳作。你看，这样的好诗，如以喜心解之，则充满欢喜满足，对一个歇尽喧

五绝

疏树共寒意，游禽同暮还。
桥跨千仞危，路盘两崖窄。

——韦应物

——岑参

嚣的老人而言，有此名山相对，夫复何求？达到这种心灵之契合，使心得以安宁，确实是一件幸福无比的事情。而如以悲心解之，则悲至极致，父母兄弟妻子儿女亲戚朋友，都各有离别，不能长相厮守，不如与此山可以终日相对。功名利禄，美女千金，求仙旅游，这一切都已休息，天下都不可恋，只有一山聊可相依，聊可相慰，这该是一种什么样的心境啊。这种心境是看倦了热闹，看倦了繁华，空余寂寞后的心境，李白用"相看两不厌，只有敬亭山"这样的句子，极度概括了自己的一生，也是无数人的一生。

所以说，在诗道和诗艺上，李白晚年的《独坐敬亭山》是超过王之涣壮年时的《登鹳雀楼》的。

听山鹧鸪
顾况
谁家无春酒，何处无春鸟。
夜宿桃花村，踏歌接天晓。

谁家无春酒？写的可不是富裕程度，而是生活的热情。此句的意思是，无论是谁家，都会用春酒招待自己，极写桃花村民待客的热情。

何处无春鸟？写的是这整个民间美丽的春光，乡野处处有春鸟的鸣叫。

"夜宿桃花村"，用一个桃花来概括村落的美，就像用春鸟来概括春野的美一样。

"踏歌接天晓"，写的是尽兴的欢娱，在这醇美的春光中，在村民们朴实、真挚的热情下，大家一起踏歌，彻夜不息，直至天晓。

谁家无？何处无？让我们感到一种宾至如归的热情，好像处处是家，处处都可落脚尽兴，这便是大唐的盛世。我们仿佛置身一个童话的世界，置身一处世外桃源，或者回到尧舜的时代，天下大同，民风朴实。

顾况这首诗，以田园而论，他用春鸟、桃花，概括了自然美，用春酒、踏歌，概括了生活味，极为凝练。除了孟浩然的《春晓》以神妙压了一头外，再无唐诗可在这方面望其项背。在写生活的乐趣上，顾况以极简白之笔，构画出了最惬意的人生和最纯朴的风情。

竹里馆
王维

独坐幽篁里,弹琴复长啸。

深林人不知,明月来相照。

这是王维最著名的五绝,此诗的意象组合达到了极致,幽篁、深林、明月,构成了极静的背景,而在这背景下,有一个人弹琴长啸,纵情抒放自己的情怀。这个在幽篁里弹琴长啸的人没有人知道,但是却有一轮明月知道了他的踪迹,感受到了他的情怀,这明月似是"心有戚戚焉",于是"来相照",静静地陪伴着他,在这里,人与月仿佛有了心灵的沟通,成为了知心的朋友。这是一种"独与天地精神往来"的境界,在那一刻,在那竹林中,在弹琴长啸时,当一轮明月出现时,王维达到了这种境界。

李白的《月下独酌》写得也很细致传神,但王维的"明月来相照"要更含蓄些,寓意更深厚些,达到的境界也更高些。在"与天地精神往来"的层面上,只有李白的"相看两不厌,只有敬亭山"可以相当。

我们从这样的诗里也可以看到王维的画风,他善于布景,廖廖数笔,勾勒出几个简单的事物,就能组合成一幅意境独特的图画。可以说,王维超脱了写真,他挥墨就是写意,并在写意上达到了化境。

悯 农
李绅

锄禾日当午,汗滴禾下土。

谁知盘中餐,粒粒皆辛苦。

这首诗似乎一点都不美,但它却是属于绝大多数中国人的,因为中国农民最多。这首诗有悲悯的情怀,其实它的境界是要比"欲穷千里目,更上一层楼"还要高的,但古代论诗歌的都是文人,所以这首诗声名不显。以今天看来,这首诗返璞归真,在极度朴素之中,蕴含着人类最美好的同情心。以教化的意义而言,这是第一首唐诗,我们找不出另一首唐诗,能像"谁知盘中餐,粒粒皆辛苦"这样道得真切明白,却又人人感同身受的了。

"粒粒皆辛苦"虽然句意简单直白,但是,对农民生活的辛苦,其总

竹深留客处,荷净纳凉时。
江清寒照动,山迥野云秋。
——杜甫

——戴叔伦

结却是最为凝练的,用粗俗的话说,是一针见血,用文雅的话说,是写出了核心和根本。以"粒粒"承载农民无尽的辛苦,真是抓住了本质,恐怕天下再无一语,比这一句更能道出农民生存的不易,更能博我们深厚同情的了。

蝉
虞世南

垂緌饮清露,　流响出疏桐。
居高声自远,　非是藉秋风。

其实,唐诗的美,并不全因境界,更因声韵,这首诗的有些点评,说此诗的意境很美,其实,令这首诗出色的还是风骨,是对句谐韵中透露出来的气质和韵律。

这首诗的格调很高,对蝉的描写,意境也很美。第一句写出了高洁,第二句写出了神彩,尤其是第二句的炼字非常到家,最后两联是诗意的升华,写出了人格的美和力量,这是一首当得上巅峰完美的诗作。但在普适性上,这首诗更适合品性高洁的人,士大夫之流会更欣赏它,所以"居高声自远,非是藉秋风"的读者范围较之"欲穷千里目,更上一层楼"要狭窄不少。

虞世南的《蝉》、王绩的《野望》,都是初唐诗的佳作,是开创唐诗盛世的序幕,尤其是《蝉》,树立了初唐的高标。初唐的国势处于蒸蒸日上的阶段,初唐诗人的诗篇也充满了积极昂扬、乐观进取的气息。我们读到《蝉》,就可以相信一句"诗不必盛唐"了,确实,初唐诗有高妙处,虽盛唐亦所无也。

我们说"欲穷千里目,更上一层楼"是千古第一的励志诗,其实,"居高声自远,非是藉秋风"也是很好的励志诗。

这首诗可以与骆宾王的《在狱咏蝉》对比来读,骆宾王的结句说"无人信高洁,谁为表予心?"虽然有高洁的说法,但还是流于字句,没有具体的描写。而虞世南这首诗,其最佳的注脚却恰恰是高洁。饮清露,是喻廉而不贪,清而不浊。流响,是说德言有力,立德立言立功而影响他人,这是虞世南想要表达的本意,"流响出疏桐",确实是说名声流布四方,但是,在结句里,他说这种名声的流传,并不是凭借官位权势或皇帝的恩宠(藉秋风),而是凭借德行、学问、功业,包括人生的境界(居高)。可见,虞世南是注重内在的修养,而不恃外界的影响的。虞世南这首诗,当是有感而发的,也许是有感于群臣对立世建功的态度,也许是自抒怀抱,也许是有感于某人某事,也有可能是有人诽谤他,他才写诗以明志。

我们可以看到,虞世南诗的格调和境界,要比盛唐那些大诗人高一些,大多数的文人都看不起那些在政治上得意的文人,所以对虞世南这首诗的评价往往不够高,认为其艺术性不够,殊不知,格调和境界,乃是诗品的第一构成要素,以此而论,虞世南或许写诗不够多,艺术成就总体或许不够大,但他的一首《蝉》,以诗品而论,却足令众多才华横溢的诗人汗颜。

"居高声自远,非是藉秋风",在思想境界的高度上,恐怕也只有王之涣的"欲穷千里目,更上一层楼"可以相比。

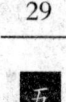

相 思
王维

红豆生南国,春来发几枝?
愿君多采撷,此物最相思。

写五绝,可以说,王维的功力最高,佳作也最多。他的五绝,如《辋川集》等山水之作,大可不必放到这里来讨论,它独树一帜,已不必用是否达到巅峰完美来评说了。所以本书只点评他的几首小诗,而将他大多数的山水佳作独入一序列评析。

王维的这首《相思》是非常有名的诗歌。从文字和艺术构成来说,它比不上李白的《独坐敬亭山》,但在普适性上,它却胜了一筹。

在普适性上,《相思》与《夜思》相仿佛,都是广被传诵的名句,但是《相思》的上联以问为起,显得蕴藉含情,令人遥想,而且与下句风格相同,都是以最淡之语,凝最深之意,所以比之《夜思》上联的趣味性与下联的深沉之不谐来,《相思》在诗艺上稍胜一筹。

长路经千里,孤云伴一身。
月明潮渐近,露湿雁初还。
——皇甫冉
——张继

王维的诗写得越淡，味道就越妙，为什么我们会有这种感觉？因为王维抓住了我们中国人内心最深处的那缕情丝，他的诗根本不需用力着彩，只要对那缕情丝轻轻一触，似是漫不经心的拂过，我们的心就被抓住了。

在五律中，王维的山水诗是冷冰冰的却又绝艳的美，而在五绝中，他的诗则是温暖的、充满感情的，而且是极其细腻的。王维创作山水五律时，他仿佛是一个忘记感情的罗汉，但他创作五绝时，又仿佛化身一个充满慈悲的菩萨。

"愿君多采撷，此物最相思"，拨动了无数人的心弦，只因为它告诉我们，要珍重人与人之间相互的情意。

> 寒山响易满，秋水影偏深。
> ——刘长卿
> 所思如梦里，相望在庭中。
> ——张九龄

曲池荷
卢照邻

浮香绕曲岸，圆影覆华池。
常恐秋风早，飘零君不知。

卢照邻的这首小诗，实在是风流蕴藉，令人怜惜。

上联在艺术上以韵见胜，"浮香绕曲岸，圆影覆华池"把普通的景也写得很有味道，这个味道在它的用字上，在它的韵律上，在它的工整上。它的可爱之处，

就如同李白诗一样,只要吟诵,那韵律的感觉就足矣了,我们就从字的声韵中了解了它的具体意思。

第一联是很美的,是带着一种爱惜之情写出来的,如果读不到那种若有若无的怜惜,就不算读懂这一联。

下联就是传诵很广的名句了,托物寓人,将自己的忐忑之情,写了出来,它是对人生无常的感慨,对自己际遇的担忧,对自己理想抱负的执著,以及对命运忐忑的叩问……所以这句淡而又淡的诗句,包含了诗人一切深沉的内心之事,让我们读到它时,也勾起了心中那一切深沉的,虽无限珍惜却无可奈何的感情。

别辋川别业
王维
依迟动车马,惆怅出松萝。
忍别青山去,其如绿水何。

"其如××何"的句式,在《全唐诗》中出现的没有十次也得有八次吧,但只有王维把它运用到了极致。

从首句就开始写那难舍的眷恋。等会,再等会,不愿上路,最后还是慢慢地催动车马,依依不舍的情绪一开始就布满了。

惆怅,等出了连山的松萝后,就不再是依恋,而是别离的惆怅了。

"忍别青山去,其如绿水何。"这一联可以做互文看待,忍别应是一个问句。忍别吗?这青山绿水都不忍。

这一联也可以做递进解。青山尚可忍别,那呜咽的流水,就更让人无可奈何了。在这一种解读下,全诗的情绪是递进的,别松萝还只是惆怅,别青山则是强忍着,别绿水则是完全放不下了。

这首诗别的是什么呢?仅仅是辋川别业吗?显然不是,别的是那种隐居生活的惬意;别的是在这山水流连间的领悟、所得;别的是悠悠的岁月;别的是安静清幽的环境;别的是安宁的心境。

松萝、青山、绿水,只是以上种种的物象。

这样读王维的诗,才能真正还原其诗意,也才能读出王维诗歌中的美。

雨中山果落,灯下草虫鸣。
风帘摇烛影,秋雨带虫声。
——王维
——祖咏

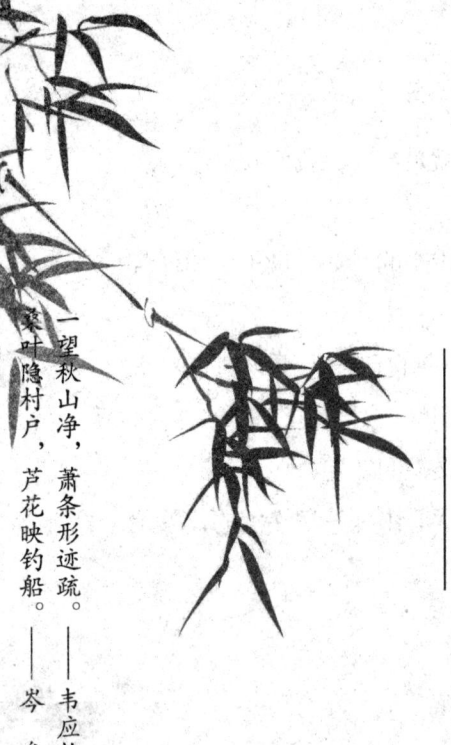

一望秋山净,萧条形迹疏。
桑叶隐村户,芦花映钓船。
——韦应物 岑参

巅峰·完美

巅峰的意思是在同类中写得最好了。

完美的意思是没有瑕疵,当然还需要很美。

静夜思
李白

床前明月光,疑是地上霜。

举头望明月,低头思故乡。

李白的《静夜思》,也与《春晓》一样,是属于全天下人的,具有普适性。但是他第一联写得较为平淡,虽用了技巧,却有刻意造作的痕迹,这种情趣与后二句的深沉不太相洽。比之于《春晓》,它离那种普广之境还是稍隔了一层。像《春晓》《静夜思》这样的诗作,我们不必多说它,

因为人人都懂它，它是全天下人的诗，不同于诗人的诗。

有时候有种感觉，觉得这首诗是李白的戏笔之作，可能是喝醉了，信笔而写，写出后，也许就没修改过，所以才有"疑是地上霜"这样的句子。李白可能没有想到，他的《静夜思》虽是一首小诗，却紧密契合了千余年来中国人离乡思家的心态，成为广被吟咏的名作。

鸟鸣涧
王维

人闲桂花落，夜静春山空。
月出惊山鸟，时鸣春涧中。

若只是论诗境的美，那么在唐人五绝中，王维这首诗恐怕是要算作第一了。王维的五绝中，完美之作最多，这首鸟鸣涧最具传神之美，堪称瑰丽、神音、天籁。单以艺术的造诣而言，也仅有李白的《独坐敬亭山》能与之相仿佛。不过《独坐敬亭山》本质上是写情感，走的不是美的路线，而王维这首诗写得极是出人意表，简直就像是神音梵唱一样，尽得大自然之美妙，让我们不得不承认，说到写山水自然之景，王维确实是当之无愧的第一。

王维的能处在于，他擅以最淡的文字写出余味不尽的意象，而且他更擅长的是将平常甚至是琐碎的事物组合起来，构成最美妙的画境，这一点，有诸多例子，可以参看本书对他的五律《山居秋暝》的点评。"人闲桂花落"，这个"闲"字与"桂花落"一结合，就变得微妙了。只有真正的闲，才可能有情趣会去体味桂花落。从下句里面我们看出，这个时间是在晚上。《菜根谭》里的名句："宠辱不惊，闲看庭前花开花落；去留无意，漫随天外云卷云舒。"真似从此句中脱胎换骨而来，也恰可做王维这一句的最佳注脚。

王维这首诗在构境布局上，与他的《山居秋暝》一般，几达鬼斧神工之妙。

"人闲桂花落"以动态而写闲，衬出心之静，桂花落为极微小之事物，见此细微，足证心的宁静和细腻。桂花落了，人似是更加无事可做，

故乡多古树，落日少行人。歌声送落日，舞影回清池。——李端

——李白

大自然因桂花的落而静了，而人也闲了（连赏桂花也免了，更闲了）。"夜静春山空"，则承首句的静谧，将夜的静扩展至春山，一个"空"字，凝练概括，于广阔中不见一物运动，自然静。

在唐诗中，这种上联小，下联大，以小对大是常用的对仗方式，运用得好，也非常出境界和意味，王维这两句淡笔，虽不着力而极其出色。

单以上联而论，虽好也不过唐人一流水准，而与下两句一结合，就让整篇都活起来了，几个微小的事物，构成了一幅绝美的、意象鲜明的图画。

月出，其实是一种静景，惊山鸟的刹那，还是静态，但接下来，时鸣春涧中，就真是令整首诗顿成天籁之音了。"时鸣春涧中"，之所以能令人惊艳，恰得益于王维前面三句的铺垫。只有王维人闲，体味桂花落的这种心态，只有夜静，春山空这样的大画面，只有月出、桂花落、春涧这样幽美的背景，那惊飞的山鸟才有如画般的寄身之处，那惊飞后的啼叫，才能够那么的清脆，那么的动人。只有夜静山空，配以一个心静至极、能静听落花着地的人，才能真切捕捉到这一声声的天籁。

江雪
柳宗元

千山鸟飞绝，万径人踪灭。

孤舟蓑笠翁，独钓寒江雪。

如果我们使用物理的标准，那这又是一首巅峰完美的佳作，但是，它有着先天的不足，它只具有自然的审美性，而不具有与《春晓》《登鹳雀楼》那样的普适的心灵感应。在某种程度上，它较《登乐游园》离化神之境还要隔一点。但是，柳宗元在这一首诗中创造的意境和强烈的感情意志，却是极为特殊和出色的，即便是在整个唐朝，也唯此一首。它的奇特就如朱耷的画作一样，风格鲜明独特。

上联与李白的"众鸟高飞尽，孤云独去闲"近乎是一模一样的笔法。而下联的意境也非常近似，简直就是李白诗的另一个版本。不过李白上下联之间的关联更紧密些，李白明显地将物象转换为了感情，而柳宗元只是继续白描一种物象。

当然，后人在这种物象中感悟到了一种精神世界，近似梵高《呐喊》那样的精神世界。柳宗元用无声来表达大声，用纯粹的物象来表达精神上的空旷或者说是空洞，或者是表达他内心深处无与伦比的寂寞，或者是表达他的思想境界远远超越现实世界后所感到的那种彷徨和空无。

总之，在那样一种情境下的渔翁，即便他的感情是淡定的，即便是他端坐在渔舟上从容地钓寒江之雪，我们还是从这空旷的天地中，读到了寂寞甚或是惊慌。

这首诗也许是柳宗元的写实，也许是他精神的投影，但无论如何，都绝不是一些文人所解读出那种的"雅趣"、"品格"，这首诗是另一种风格的"意象流"，柳宗元对此有甚深的领悟。我们读这种诗时，不能从文人诗的角度来解读，而应从哲人诗的角度来解读。

宿建德江

孟浩然

移舟泊烟渚，日暮客愁新。
野旷天低树，江清月近人。

孟浩然这首诗也广为人所称道，《唐诗别裁集》中只选了他这一首五绝。他擅长在诗歌中写日暮昏茫之际，那种羁旅惶惑之感。这首小诗造境非常和谐，种种景物浑然一体，尤其是他在字上的功夫，可谓洗练。"移""新""低""近"，都用得非常准确。"江清月近人"一句，传神，而且会心，仿佛在那深深的客愁之中，得到了江中明月的一丝慰藉，这就是这首诗最神妙之处。

诗人们的天性中，亲花亲水亲月，所以我们读到诗歌中的月亮时，要明白一点，它对于诗人的感情有特别的意义，它是一个能引起诗人种种感情的事物。

我常说李白受孟浩然影响很深，这种影响是近似血脉相连的影响，孟浩然亲近自然，对大自然有着深厚而细微的情感，这一点李白与他几乎一样。孟浩然的"江清月近人"和李白的"仍怜故乡水"、"相看两不厌，只有敬亭山"在骨子里是一种本质。大自然在他们的心灵中是充满感情

旧驿千山下，残花一路时。
新年芳草遍，度日白云深。
——韩翃
——郎士元

的，如父如母一样具有着亲情，慰藉着他们的孤独，在他们失意的时候，只有自然山水，才最贴近他们的灵魂。他们的思想走出了世俗的樊笼，他们的诗歌追求一种精神的彻底自由，而这种自由常常与大自然碰撞，那里是他们精神的天地。所以，我们很少看到李白、王维、孟浩然在诗歌里过多的说到家庭，那是束缚他们的地方，是他们努力摆脱的地方。至少，李白用他的流浪，王维用他的隐居，孟浩然也用他自己的方式，摆脱家思维的束缚，来追求那种精神上无拘无束的境界，而大自然满足了他们。所以，当他们的诗歌遇到了大自然时，便妙语天成，颇多神来之笔。

寻隐者不遇
贾岛

松下问童子，言师采药去。
只在此山中，云深不知处。

这种诗人人会得，原不需多讲。只一句"云深不知处"，便写出了一派高人风范。只在此山中，似是将诗意固定了，但"云深不知处"，却一下子就将诗意延展开去。就如同电影中的镜头变换，让我们的心也随之跌宕起伏。只在此山中，让我们心有期待，云深不知处，却让我们对云山惆怅，那份期待不免有些失落，有些不安。云深不知处，也极为凝练地表现了隐者远离尘俗的高士风采。

沙上鹭
张文姬

沙头一水禽，鼓翼扬清音。
只待高风便，非无云汉心。

读张文姬的诗，才知道唐才女之高格，纵唐以后之须眉，不能相敌。张文姬是鲍参军妻，这首诗可能是写丈夫的，可能写给她的家亲看，表明自己的丈夫是个胸怀大志的人，也许是写给丈夫的，用沙头的水禽来激励自己的丈夫要志怀高远。或许，那时她的丈夫正处在低谷，她用这首诗来鼓励他。才女张文姬这首咏志诗是非常好的，在唐人的诗作中，这样好的咏志诗，也只有王之涣的"欲穷千里目，更上一层楼"等几首而已。

诗中的高风，我们应当理解成机遇、运气、时势一类的东西，而不仅仅是贵人的提携，如果那样理解的话，这首诗的格调便降低了。

终南望余雪
祖咏

终南阴岭秀，积雪浮云端。

林表明霁色，城中增暮寒。

祖咏这首诗是非常有名的应第诗，也就是考进士时写的应试之作。应试要写十二句排律，但他只写了四句，考官问他为什么不写了，他的回答是"意尽"。这首诗写到这里，确实意思已经圆满了。

王士禛在《渔洋诗话》里，将陶潜的"倾耳无希声，在目皓已洁"，及王维的"洒空深巷静，积素广庭宽"等诗句并列，称为咏雪的最佳之作。实际上，祖咏的"林表明霁色，城中增暮寒"要比上两联佳句更有艺术特色。

祖咏这首诗，刻画非常细致，"终南阴岭秀"，要在一个"阴"字，正是因为在山的背面，难以化掉，所以才会"积雪浮云端"。"浮"字是个传神的妙字，为什么积雪在诗人的感觉里会是浮的感觉呢？因为它在云端之上，是因为云浮，云与雪光相混，故"浮"。第二联"林表明霁色"，要在一个"表"字，林表承终南阴岭而来，是在高处，不说林下而说林表。一个"明"字，明在林表，说明日薄西山，阳光只能照到高处，于是下句的"城中增暮寒"，就来得非常自然了。这一句中，三个字，表，明，霁，都用得非常妥贴。为什么用"霁"呢，因为长安距终南山六十余里，望向那里，一切都是隐约的，"霁"字用得正是非常恰当。

陶潜、王维的句子，固是咏雪佳句，但写得都比较表面。而祖咏这首诗，观察得更加细致，将寒冷的境界构画得非常到位，一幅阴岭、积雪、浮云、日暮、林霁、寒山、寒城的图画，种种景物水乳交融为一体，转承得也极其自然，应当说，他是准确地抓住了终南余雪的特点和感觉的。

所以说，在这种构境的造诣上，唐人诗中可堪与祖咏这首相较的，

五绝

浅沙平有路，流水漫无声。
剑寒空有气，松老欲无心。
——祖咏
——刘长卿

唯有柳宗元的《江雪》、王维的《山居秋暝》等廖廖数首。

　　对比下陶王二人的诗句：王维的一联，比较凝练，文字功夫很到家，但意境中缺少了意。同样，陶潜的句子也缺少了意，但他的句子在语言上更富特色，要胜过王维的句子很多。陶潜作诗，往往合于经典，经常站在哲理的层面上，这是他高于王孟的地方，这一联写雪就表现了这一点，上句是化用老子的句子，大音希声，陶潜要表达的是大雪时，天地的寂静，上句写声，下句写色，与王维的写法几乎一样，王维也是上句从听觉而得，下句从视觉而得。只是陶潜的诗句是古诗的作法，语言特色很浓重，极堪反复吟咏。王维的句子虽然工整凝练，但一语已尽，没有陶潜语句中流露出来的古风、高士之风，这就是两人气韵的差别。陶潜自可称为高士，而王维始终不脱为士大夫，达不到田园之本色。

> 秋雪春仍下，朝风夜不休。
> ——岑参
>
> 鸟道一千里，猿声十二时。
> ——王维

高古·古风

高古，可以想想《内经》所说上古天真之人。
古风，上古天真时代的风气。

答　人
太上隐者

偶来松树下，高枕石头眠。
山中无历日，寒尽不知年。

若论诗艺和诗道，孟浩然的《送友人之京》都要比这首好，但这首却是胸怀洒脱，真正世外高人的风范和语气。有的时候，诗道和诗艺，未必及得上境界和风骨的可贵。

"偶来松树下"，写出来去随意，不著痕迹的潇洒。"高枕石头眠"，写出随遇而安，无不适意的自得。"山中无历日"，写出条件的艰苦和生活的纯朴，"寒尽不知年"，写出隐者对于世事红尘的全然忘却——他居然连过年，连自己的年岁都忘记了，根本没有庆祝春节一说。

送友人之京
孟浩然

君登青云去，予望青山归。
云山从此别，泪湿薜萝衣。

孟浩然这首诗写得非常有古意，情感也非常热切深刻。他以青山、白

五绝

寒鱼依密藻，宿鹭起圆沙。
——杜甫

高高至天门，日观近可攀。
——李白

云比喻两个人，也比喻了两条道路，云山从此别，忍不住泪湿薜萝衣，多么的贴切啊！功夫太深了。这样真挚热切的感情，只有孟浩然这率真而厚重之人才有，只有以他的诗才，才表达得出来。隐士的高古之意，在这一首诗中一览而尽，而感情的喷涌，又恰能感动我们这些未归隐之人。云山从此别，这正是因为人生的取舍选择不同，所以注定要有悲欢离合，选择不同的道路，注定以后难以再有交集，让孟浩然为之泪下的不仅是离情，更是对命运无常的感慨。

  这首诗非常之伤感，而这伤感来得古朴淳厚，反更觉其伤感之深之切。这可以算得上是孟浩然的第二首五绝。单以诗歌的艺术成就而论，这一首诗可以进入唐五绝的前三甲，但是它在普适性上则无法达到我们所标榜的完美巅峰的要求，这真是一件遗憾的事情。孟浩然的《春晓》和《送友人之京》，都是中国诗歌之林中独一无二的作品。

  同是古风，孟浩然的我们称为高古，韦应物的我们则称为古淡，怎样分别这高古与古淡呢？拿诗来分别是最好的，恰巧，他们各有一首代表作品，旨意和手法很接近，我们对比韦应物这首《沣上对月，寄孔谏议》来看一看：

> 思怀在云阙，泊素守中林。
> 出处虽殊迹，明月两知心。

  这两首诗，我们一对比，就知道孟浩然之情切，韦应物之情淡。为什么孟浩然的称为高古？因为他简朴直接。韦应物的为什么被称为古淡？因为他带了一些细腻幽深的特质。

  从这种对比上我们又看到孟浩然的诗品，他的诗品是非常高的。唐诗人那么多，称得上高士的只有孟浩然，因为他有高古之风，他有上古之人的天真之风。你看，韦应物用词是很考究的，思怀，泊素，多么的雅致，一派文人士大夫雕琢词工的气息。而孟浩然用词是很率性的，青山、白云，多么的古朴。苏东坡说孟浩然学问不够，殊不知，古朴自然之境要远远胜过考究之语，就好像古董，自然是越久远越稀少的就越值钱。孟浩然的《送友人之京》就很高古,在唐诗中意境风骨可称为最古,他的《春晓》则很蕴籍,与《送友人之京》一样都是独此一首。以此而论,无论孟浩然诗作有多么少,他随意就站在唐人诗歌的最高处。苏东坡的意思好比是说杜甫这样的诗人居于巍峨宫殿,雕梁画栋,金锅玉碗,他的诗丰富多彩,而孟浩然只是居于草庐,土炊陶饮。但孟浩然的草庐是建在最高峰上的,就说五绝吧,他一首《春晓》,一首《送友人之京》,就已经可以傲视整个大唐了。

这也就是我在论及张九龄《古风》时所说的,张九龄的"灭烛怜光满,披衣觉露滋"与苏东坡的"只恐夜深花睡去,故烧高烛照红妆",诗意是一样的,只不过是行为相反。张九龄的诗就要古朴自然得多,中和平正而温柔敦厚,东坡则是充满了激情和狂想,甚至有一丝造作的痕迹,不够自然。当然,对于大多数读者来说,会觉得东坡的诗更好,因为他的诗充满青春的热情气息,我们恰是喜爱他的这份轻狂。我们大多数人近似东坡的修养,而距张九龄的修养还差很多,所以我们自然更容易接受东坡的诗。但是站在诗道和诗艺的角度来说,东坡的诗还是落于下乘的。

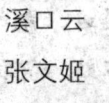

溪口云

张文姬

溶溶溪口云,才向溪中吐。

不复归溪中,还作溪中雨。

我最开始惊讶于张文姬一个女子,竟写出《沙上鹭》那样好的励志诗,又看到这首诗是如此的深具古风,不能不令人惊奇,这是怎样的一个才女呵。当年也有多次读过,并未发觉这首诗的可贵,在做这一个排行榜时,将诸多名家之作一一删去,而这首诗比来比去,竟留在了最高层。这样的古意,这样的古境,即便是唐诗人中也没有几个人能写出一两篇来的。孟浩然的《送友人之京》可以相匹,太上隐者的《答人》差可仿佛,寒山的《寒山道》在古风古意上勉强可与相比,但在艺术的圆满上却还是稍差了一筹。

至此,我们应知道,唐人中还有张文姬这一流的女诗人存在,而这是以往被我们所忽视了的。她只凭"只待高风便,非无云汉心"一联,就足

白云长满目,芳草自知心。——皇甫冉

候馆临秋水,郊扉掩暮山。——张继

以挤身一流诗人的行列,而她的《溪口云》,虽只一首,却足以令众多一流诗人汗颜了。

这首诗或许有所隐喻,隐喻自己无论怎样变化,都还是丈夫家的人,丈夫和家始终都是自己的归宿。当然这只是作为读者的一种臆测,以此而论,张文姬女士的这首诗,感情还是很深刻,笔意还是很凝练的。

我们还应该赞佩她的观察力。她观察到了溪水可以蒸发成天上的云彩,这份观察力恐怕我们大多数人都不具备。地球上水的循环论,是近代西方人的发明吧,而在唐代,张文姬至少已观察到了这一循环,溪水成云,云归溪水,不正是一个完整的水循环吗?即便张文姬是读书得来的结论,那我们也得佩服她的博学。

当然这首诗还是有不足的,诗意不是很明白。细细推论会发现其中的次序不很清楚,语意也难以明白,当然,我们还是以大体意会来解之吧。

江边柳

雍裕之

嫋嫋古堤边,青青一树烟。

若为丝不断,留取系郎船。

孟浩然和张文姬都胜在完美而神奇的用喻,而雍裕之的这首也用喻,也很贴切,但其实它还是胜在气韵。他的诗写的是柳树,而整首诗的神韵气质甚至连感情也仿佛那柳树一样,袅袅娜娜。上联写出了柳树的态,柔丝万缕的感觉出来了。下联直接写情感,用嫋嫋的柳条比丝线,想要系住情郎将要远去的船。两联转承之间极为自然,用喻也极神似,通篇都显现了一个柔字,让我们感受到了女子那脉脉的柔情。"嫋嫋",《全唐诗》

作"袅袅",从诗意上看,嫋嫋更能表现女子的柔情万种和无奈的情态。

可以说,这首诗的神韵几乎化神了。

题云际南峰眼上人读经堂(眼公不下此堂十五年矣)
岑参

结宇题三藏,焚香老一峰。

云间独坐卧,只是对山松。

读这首诗要注意诗题,眼公不下此堂十五年矣,是说眼上人潜心修道,不问世事。所以才有"云间独坐卧,只是对山松"这样令人神往的诗句。

"云间"形容上人距红尘之远,只对山松,实际是说上人修行之心专一,却也道出了他生活的至为简单。我们抛开修道的含义,只以俗人之心来看,"云间独坐卧,只是对山松"用"山松"两字,就简化去了世间种种的俗事俗物,这是多么的寂寞又多么的风神洒脱啊。

答裴迪辋口遇雨忆终南山之作
王维

淼淼寒流广,苍苍秋雨晦。

君问终南山,心知白云外。

裴迪在辋口遇上了雨,于是写了一首诗怀念终南山,王维于是写这一首诗回他。

上联的意境非常美,不知是写终南还是写辋川(从"秋雨"两字看,似是写辋川),总之都再现了王维大画师独到的文字意境。然而这种美妙的画境一转,王维直指裴迪之心,"心知白云外",我知道你的情怀在那白云之外,这一句写得风神无限,高妙无比。

王维这首诗以整体观不够浑一,上联虽然意境构画得极好,但总觉与下联稍有间隔。但是他的末句却妙得不能再妙了,这一句已经跳脱出了意境的樊篱,在唐人诗中,偶有这样高妙的句子,如"不忍见秋月",也是跳出了意境的樊篱,进入到了另一层境界。

神品

出乎凡俗,临近神迹。
出神入化,神奇的想象和意境。

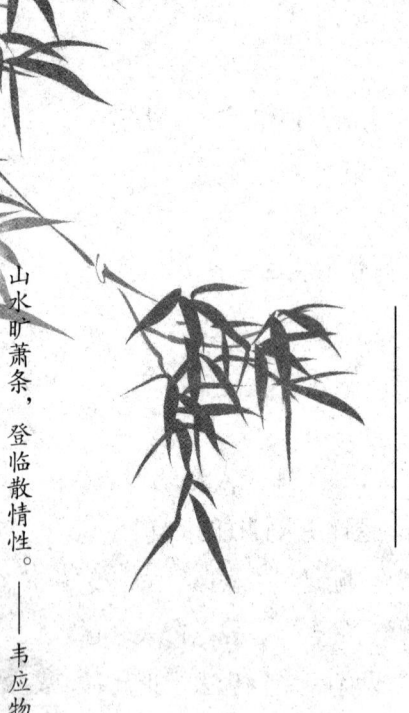

山水旷萧条,登临散情性。
远峰带雨色,落日摇川光。
——韦应物 岑参

赋得临池柳
李世民

岸曲丝阴聚,波移带影疏。
还将眉里翠,来就镜中舒。

李世民在唐诗发展史中的作用,以及他个人在诗歌创作上取得的成就,被后人严重的低估,也刻意的忽略了。客观地说,李世民是一个很努力的诗人,正是他的亲自示范,拉开了唐诗大剧的序幕。他在那个时代,还无法从根本上摆脱二谢的笔法,但他却正在有意识地向着律诗迈进,将古诗化为律诗,真正努力尝试的,李世民可谓是第一人。

值得一提的是,这首诗虽还带有古诗的味道——二谢的余风,但笔法已有极大的提高。李世民将佳人、柳色、池水、明镜,混同了起来,不可分割,眉黛即是柳色,明镜即是池水,池水绿柳的自然美,与佳人照镜的美,浑然为一,互相增益。大自然的美为佳人的美添色,添了神韵,佳人的美为大自然的美添了生意,添了活泼的气息,确实妙到绝巅,达到了用喻的神化之境。

其实李世民这首诗的妙处还是得靠我们自己理解,如果只把它当成普通的比喻来读,那就没有什么味道,只是普通的作品,这也就是闻一多不能正确理解唐诗的原因。让我们回想一下我们钦佩不已的那首宋词:"水是眼波横，山是眉峰聚。欲问行人去哪边，眉眼盈盈处。"大多数人都觉得甚妙。而李世民这首诗一样甚妙，它甚至可以说是王观的先行者、启蒙者，谁知王观不是受太宗的启发呢？其实单以艺术上的神妙而言，太宗的诗更胜一筹，笔意更凝练，而王观的词胜在情意盈盈，胜在更通俗更亲切。

南行别弟
韦承庆

澹澹长江水，悠悠远客情。
落花相与恨，到地一无声。

从《全唐诗》里把这首诗找出来后，就有一个位置的问题，放在这一序列的最后，然后不断往前提，曾经我觉得它也许应该排在《题玉泉溪》的前面，可一度把它排在后面。觉得这两首诗难分高下吧，可后来仔细评析，这首诗还是放到了更前的位置。

澹澹，悠悠，可能是古诗中用得最多的两个形容词了吧？我记得一首"寒波澹澹起，白鸟悠悠下"意境写得也很不错，韦承庆这首，"澹澹"和"悠悠"对得很好，写出了一种似有似无的心境，是意象流的佳作。

当然，下联是整首诗的神韵所在，"落花相与恨"，这个"相与"用得好，它可以有两重诗意，一是花落本身为恨，众芳零落，岂能不各怀遗恨？而此花落之恨，又恰逢诗人的离别之恨，两恨相逢，于是相与恨，这相与之恨，最终给我们一个无可奈何的感觉，写出这感觉的就是末句"到地一无声"，就象落花虽有诸多遗恨，但也只能无声落地一样，诗人的离恨，也只能无声。所以，江水是澹澹的，客情是悠悠的，相与之恨是默默的。韦承庆在这首诗中所创造的意象，非常和谐，而且传神，堪称神品。

"到地一无声"，是写得很有水准的，它的象看似极轻，实则它的意极重。它将离恨和客情全寄托在了这一落之上，正因为那恨落地无声，所以浓烈的情绪其实根本无处发泄，于是这强烈情绪在最后一刻并未被释放，它看似在到地一无声的落花中结束了，实际则是更沉重了。用花的落地无声，来写这离恨客情的无可释放，只能自己默默承受。这最后一句所蕴含的诗意，是浓厚而曲折的。

五绝

碧云敛海色，流水折江心。——李白

流水通归梦，行云失故关。——李端

夜送赵纵

杨炯

赵氏连城璧，由来天下传。

送君还旧府，明月满前川。

唐人的送别诗经历了几个时期，初唐的送别诗往往高昂，较少悲伤，更多鼓励，期冀。杨炯这首诗，胜在气韵，整篇诗都是豁达的、昂扬的。上联赞赵纵，说他好比价值连城的玉璧，天下都传扬他的名字。

下联颇具妙意，用一个明月满前川，构画出了积极、光明的气象。在众多送别诗里，杨炯这首诗没有流入细致的刻画，而是笔意酣畅、构境阔大，赵氏连城璧，从历史写来，便显悠远，天下传、满前川，则令空间变得广远，这首送别诗写得意气风发，积极向上，是送别诗中少有的佳作。

送灵澈

刘长卿

苍苍竹林寺，杳杳钟声晚。

荷笠带斜阳，青山独归远。

刘长卿自诩是"五言长城"，平生致力于五律的创作。五律做得好的，五绝也很容易做好，他整体的成就较王维李白总是要差上一点。但这一首诗却真正当得这个称号，在艺术上，它较李王最好的五绝也毫不逊色，甚或有过之。

这首诗在意境上的造诣达到极致，为我们构造出一幅绝美的画境。

另外值得一提的是，这首诗深具文人的风致。盛唐人的胸怀阔大，眼界高远，都不太讲求自我，所以他们的诗作中很少显现风致，到了刘长卿，便发现了风致，于是风致一流便开始兴盛了起来。"荷笠带斜阳"，胜在情趣；"青山独归远"，胜在意象。两联的上句，都是写实而展现境，下句都是写虚，将诗意延展出去，入于神。

其实，唐诗人中自我意识在诗歌中展现，绝不止刘长卿，柳宗元也有，如"来往不逢人，长歌楚天碧""孤舟蓑笠翁，独钓寒江雪"……但稍觉不如刘长卿这首诗更富韵味。

逢侠者
钱起

燕赵悲歌士，相逢剧孟家。

寸心言不尽，前路日将斜。

钱起这首诗上联用典故，但对得好，用得妥贴，这是行文的功夫。下联则一下子就将诗意提升出来了，寸心言不尽，极言这位侠客的一腔热情，他们始一相逢，颇有相见恨晚，酒逢迎知己千杯少的感觉，那种掏心窝子来结交的至诚，无法用言语表达，这种热情是多么让人留恋向往啊，可惜，这份心意说不完，因为在路的前方，太阳将要下山了，他们就要分手了。"寸心言不尽"，将感情推上了顶峰；"前路日将斜"，给这顶峰蒙以一道即将结束的色彩。于是，友情难尽却要分手的遗憾，就更浓了。

秋风引
刘禹锡

何处秋风至，萧萧送雁群。

朝来入庭树，孤客最先闻。

刘禹锡这一首诗，写的是自己对大自然的一种感受。但是这种感受，与个人的处境和心境，紧密地结合了起来，顿时便有了无尽的妙意。

"孤客最先闻"一句，颇富哲理，而且直抒心境，不言孤独而孤独之意甚深，将个人的意绪与自然万象完美地融合了起来。就是因为有这一句，前三句的境界才蓦然活了起来，这是画龙点睛的一句，令前面看似普通的三句顿时出彩。

秋夜寄邱二十二员外
韦应物

怀君属秋夜，散步咏凉天。

山空松子落，幽人应未眠。

诗第一联平淡，好在第二联，自对眼前之景（山空松子落）遥想故人。必有前一联于极幽处怀念的情境，才有第四句遥想之味，唯有第四句

聊乘风日好，来泛芰荷香。
远山方对枕，细雨莫回舟。
——张九龄 皇甫冉

遥想之味，才顿令前三句平淡之景焕发幽意。

当然，空山松子落，也可能不是韦应物眼前之景，而是幽人眼前之景，是韦应物在遥想故人所处之境和所行之事，而这正是他诗中显著的一个特点。

下联的妙处在于，以"山空松子落"这一大自然瞬时的物象，开启了作者"幽人应未眠"的想象。他们看似各自独立并不相关，但却是紧密联系的。只有将它们紧密联系起来体会，下联才有味道。

三闾庙
戴叔伦

沅湘流不尽，屈子怨何深。
日暮秋风起，萧萧枫树林。

古人说以景结情最妙，妙不妙，关键还是得看景和情契合得到位不到位，戴叔伦这首诗，以景结情，确实将情推到了余味更深更远的境地。

上联，是作者的所想，我们应以互文来理解，沅湘和屈子，是一体的，屈子的怨，其载体就是流水，沅湘的流水负载着屈子的怨，这种怨不尽、深。

下联，是作者的所见。日暮秋风，枫林萧萧，这种深秋的萧瑟落寞的感觉，是承上一句而来的，好像因为沅湘之水流动着屈子不尽的深怨，连天地也有感，于是秋风吹动枫林，一片萧萧之景。在造境上来说，在情与景的交融上来说，这首诗都达到了完美的、无懈可击的程度。

大酺乐
张文收

泪滴珠难尽，容残玉易销。
倘随明月去，莫道梦魂遥。

大酺乐是唐代宫庭乐的一种，能将宫乐配词写成这样，是非常少见的了。这首诗写一个女子刻骨的思念，它的遣词造句需要我们稍做推敲。上联，"珠"应该在"泪"前面，珠泪；"玉"应在"容"前面，玉容。

作者用自己独特的排列，令平平的首句，多出了韵味。下联，"莫道梦魂遥"，遥的是梦魂吗？是思人者的梦魂，还是所思之人的梦魂？显然，是思人者梦魂随明月而去。它也许是要告诉所思之人，如果见到我的梦魂与明月一起去找你了，不要惊讶如此远的路途我是怎么找到的，这都是因为相思的刻骨。

在略显错乱的语序中，这首诗变得迷离、隐约，就如同梦魂一样。

凄切、清婉、伤痛、迷离，下联的造境，其柔弱令人怜，其痴情令人惜，其执著令人敬，堪称神品。

题玉泉溪
湘驿女子

红树醉秋色，碧溪弹夜弦。
佳期不可再，风雨杳如年。

红树醉秋色，还是唐朝普通诗人及宋明诗人一类的作法，比较普通，但"碧溪弹夜弦"一句，顿出神采，风韵摇曳。"佳期不可再"，是平常语，但道得好，怆惜之情尽出，这句与"风雨杳如年"一配，美妙的意象就构画出来了。

"风雨杳如年"一句，是神来之笔。像李商隐的诗意旨微茫隐晦一样，"风雨杳如年"就象风雨之夜，有滋有味，但却迷茫不清，辨之未明，只余深味。我曾问人此句何解，才女张文芳给了一个很好的思路，她说就像"江湖夜雨十年灯"那种感觉吧。确实不错，这两句诗的诗意和笔法是那么地神似。

湘驿女子的笔力是极其令人佩服的，在这首诗中，"醉"字常被人称道。不过这只是一般的手法，我佩服的却是那个"夜"字，"弦"和"夜"，本来构不成一个词，但她却偏偏这么鬼斧神工地凑成了。顿时，文笔简练到了极点，写出了整首诗的情境是在夜幕下的。这个"夜"字的作用可不仅仅是在这一句中的凝练，更关乎最后一句的"杳"字，恰因为在夜中，所以风雨才是"杳"的。

欧阳修做翰林时，承担着修史的任务，常与同僚们出游。一次，他们

五绝

海气朝成雨，江天晚作霞。
——张子荣

路绕天山雪，家临海树秋。
——王维

看到一匹马踩死了一条狗，于是，欧阳修建议大家把这件事概括一下。于是一人说"有犬卧于通衢，逸马蹄而杀之"，另一人说"有马逸于通衢，卧犬遭之而毙"。欧阳修说："使子修史，万卷未已也。"他的答案是："逸马杀犬于道。"湘驿女子的这个"夜"字，可谓史笔。如果按照平常的思路，交待这个"夜"字只怕要再费些笔墨，而湘驿女子用"夜弦"解决，还平添诸多诗味。

疏澹下林景，流暮幽禽情。
——韦应物

秋风冷萧瑟，芦荻花纷纷。
——岑参

山中寄诸弟妹

王维

山中多法侣，禅诵自为群。
城郭遥相望，唯应见白云。

托空的笔法，也就是以景结尾的笔法，诗人用的最多，王维算是善用此笔法的一个，这首诗还是透着王维一贯的淡，前面三句都是为了衬托最后一句"唯应见白云"。自己在山中，一起相处的都是法侣。而弟妹在城中，向这里望来，应该只能看到白云。白云在写实的层面，则是言明了相隔之远，只能看见山中白云，在表意的层面，白云则象征了出世的高洁，而这份高洁不是王维的自表，是"法侣""禅诵之群"高洁出世的象征。

就诗意的表现手法而言，王维善于四两拨千斤。历代诗人中写白云的有很多，把白云写得很出彩的也有不少，但像王维这样，平淡地讲几件看似再普通不过的事，再加上一个白云，一组合就能让意境幽深玄美的，却找不到第二个。

汾上惊秋

苏颋

北风吹白云，万里渡河汾。

心绪逢摇落，秋声不可闻。

苏颋这首小诗虽然短小，写出的意思却异常丰富。他的首联是很有气象的，白云万里，渡过河汾，在这秋高风急云去的大背景下，诗人碰到了落叶萧萧，而这落叶萧萧，恰巧碰上了他心绪不佳，况且，还有那萧瑟凄凉不堪听闻的秋声！

苏颋的这首小诗有一个重要的特点，那就是他并未去刻意地造境。我们都知道，诗词中想要更好地表现心情，需要创造境界，境界创造得好，才能把感情完美细致地表达出来。但是苏颋这首小诗则是直接用"心绪"两个字，与"摇落"的景象做一触碰，于是，立即情景交融，微妙全出。

苏颋这个"摇落"，是草木的摇落呢？还是心绪的摇落呢？其实都可以，后代诗人也喜欢用"摇落"这个词，如刘长卿的"空庭客至逢摇落，旧邑人稀经乱离"李端的"客去逢摇落，鸿飞入杳冥"郑谷的"那堪流落适摇落，可得潜然是偶然"……这些诗句中的"摇落"都是指树叶的摇落。他们的诗写得也都工整，但诗味为什么都比不上苏颋的浓厚呢？就是因为苏颋是心绪逢摇落，而他们则是以人逢摇落。苏颋将心境与摇落的物境完美地结合起来，一下子，这首小诗就蕴籍无限了，而且"心绪逢摇落"一句后面，"秋声不可闻"是一个完美的、余意悠长的结句，更进一步增强了心绪的不堪。欧阳修的"泪眼问花花不语，乱红飞过秋千去"就与此句的写法有神韵相通之处。

五绝

天高云去尽，江迥月来迟。
初行若片云，杳在青崖间。
——杜甫
——李白

逢雪宿芙蓉山主人

刘长卿

日暮苍山远，天寒白屋贫。

柴门闻犬吠，风雪夜归人。

刘长卿的这一首诗，他用的手法是白描，在白描中构画出了意境，所以让我们倍觉其妙。

这种白描的手法与柳宗元的《江雪》非常相似，都没有写意写情，但却通过诗境的色彩，带出了一种情绪。柳宗元的《江雪》是那样的孤独和渺茫，又是那样的倔强和自我。而这首诗中，上联表现了孤独和渺茫，但这孤独和渺茫中带有一丝温暖和慰藉，因为虽然天寒，但至少还有白屋。而下联则写出了困于风雪的孤旅中，忽得一处投宿之地时的热闹：柴门闻犬吠，通过一只狗的叫声，顿时令渺茫和孤独被彻底打破。而慰藉之意，不用语言来表述，读者自然可领会诗人心中那忽得的安然和踏实。

山 中

王勃

长江悲已滞，万里念将归。

况属高风晚，山山黄叶飞。

诗首联尚属平常，"万里"对"长江"，"已滞"对"将归"，也是平常手法。好自好在后二句，首联已见悲伤，"况属"两字，转深一步，高风向晚，山山黄叶乱飞，顿将愁苦萧瑟的心情染尽。

沈义父在《乐府指迷》中说："结句须要放开，含有馀不尽之意，以景结情最好。"王勃的下联以景结情，虽不直接说情，却将情推到了更激烈更深刻的境界。在初唐时候，王勃的五绝，艺术手段就已经非常娴熟圆满了。如果说以景结情最好，那么在这一点上，王勃在这首诗中做得算是最成功了。

王勃这首五绝，并不是唐诗中起承转让的传统写法，而是上联就来一个总结，下联做渲染。不过这个渲染因为太出色，却成为全诗韵味最浓的地方。

送胡真师还西山
李隆基

仙客厌人间,孤云比性闲。

话离情未已,烟水万重山。

以景语结情,可能是诗歌中运用得最广泛的手法。但因为运用这种手法的相似作品太多了,所以大多都显得平平。唐玄宗这首诗,就用得非常妙,可谓是增益了诗意,提升了意境,升华了感情,令这首小诗有了绵绵无尽的情意。其他如李白的"孤帆远影碧空尽,惟见长江天际流"二者几乎是一样的笔法,唐王勃的"寂寞离亭掩,江山此夜寒"与这首也是一样的作法,但王勃那首在诗意的层次上更丰富些,殊胜些。当然他们两人的都及不上李白的诗意妙,因为李白不言情而情意深深。李白笔下的景要更美妙,更神奇,他的思念和怅惘与眼前之景完美交融,景升华了情,称得上是神来之笔。

答李浣三首(其三)
韦应物

林中观易罢,溪上对鸥闲。

楚俗饶辞客,何人最往还。

上联为我们构画出了一种非常美好的生活,是士大夫的闲适生活,或者是隐士的闲适生活。

林中观易,溪上对鸥,一派高人风范,这是韦应物想象中李浣的生活状态,他把李浣的生活想象得很美很舒适惬意。

下联再次体现了韦应物诗歌的蕴籍特色,他在想象,楚国的文人很多,谁与李浣交游最密呢?这句等于在问李浣,在那里最好的朋友是谁?最合得来的是谁?这种问法就是一种关心的问候了。

平淡的白描,却透着士大夫生活的精致,看似不经意的发问,却透着深意,透着关心。

> 五绝
>
> 春衣过水冷,暮雨出关迟。
> 一入春山里,千峰不可寻。
> ——韩翃 郎士元

江南曲四首（其三）

储光羲

日暮长江里，相邀归渡头。

落花如有意，来去逐轻舟。

五绝的上联是起一个带入、引入的作用。所谓起承转结，这个起一般情况下容易起得平常，因为毕竟是个引子，下联才是重头戏，是一首诗的核心，所以大多数五绝下联最见功夫，往往佳境倍出。而不够得力的上联，却因此成了评定一首诗艺术上比其他诗是胜出是不如的关键。储光羲这首和下面于武陵那首，相比而言，上联都较弱些，都没能在上联就带出气韵和意境，在诗艺上稍差一等。

送郭司仓

王昌龄

映门淮水绿，留骑主人心。

明月随良椽，春潮夜夜深。

王昌龄的《送胡大》（"荆门不堪别，况乃潇湘秋。何处遥望君，江边明月楼。"）和《送郭司仓》，末句都是托空的笔法，但"春潮夜夜深"，便比"江边明月楼"高出几个境界。

"明月随良椽"，是祝福之意，愿明月随郭司仓而照；"春潮夜夜深"，是拟相思之语，说思念之情如同春潮，一夜深过一夜，同时这句诗里还蕴含着一种友人远去的寂寞之感。

劝 酒

于武陵

劝君金屈卮，满酌不须辞。

花发多风雨，人生足别离。

于武陵这一首诗，从文意上来探讨，上联和下联的结合不怎么密切。上联道出了送别的热情，下联富神韵，通过写天道自然的规律，带出了人生的不如意，颇有寓意，这首诗的妙处就在这两句中。

水中应见月，草上已伤春。——皇甫冉

千峰孤烛外，片雨一更中。——张继

华子岗

裴迪

日落松风起，还家草露晞。

云光侵履迹，山翠拂人衣。

裴迪的这首山水诗是真正有了自己的特色，与王维的山水区别了开来，很有一派世外高人的潇洒风范，这是王维的诗歌所不具有的。

裴迪这首山水，写出神采的是下联，云光和履迹，都是虚的，充满了梦幻般的色彩，山翠、人衣，则是实的，加以一个"侵"字一个"拂"字，令虚实相合，顿时使行者染上了一层世外高人的色彩。

裴迪这首诗在造境上还是极其成功的，未说空寂，却透露出了空寂，他构筑出了一种大自然茫茫无边的意境，将一个孤独的行人放置在这种意境之中，诗人没有多数唐人诗中的那种愁绪，相反是透露出一种洒脱。

临川山行

周瑀

朝见青山雪，暮见青山云。

云山无断绝，秋思日纷纷。

上联虽然很简单，却很有古味，"朝见青山雪，暮见青山云"。一路行来都是山，或雪或云，都是山态。云山无断绝，极写山行时间之长，正是因为整日在云山间穿行，所以诗人秋思难抑，一日胜过一日。

诗的写法可与孟浩然的《送友人之京》互相参看，其气韵是相类的，写法也是由景过度到情，而这种过渡是非常自然的，也是非常厚重的。

春草宫怀古

刘长卿

君王不可见，芳草旧宫春。

犹带罗裙色，青青向楚人。

诗人通过春草，将历史与现实联系了起来。怀古，说明这宫是古代的，旧宫春，因为春草的存在，这旧宫焕发出春的气息，古今通过春草联系起来了。这春草不止从古代绵绵而来，它还带有昔日宫中佳丽们罗裙的颜色，可怜地，向着刘长卿随风摇摆，如同那些历史中逝去的佳丽们，在向诗人诉说。诗人通过春草，仿佛穿越时空，与古宫殿有了心灵的相通。

夜中对雪赠秦系，时秦初与谢氏离婚，谢氏在越
刘长卿

月明花满地，君自忆山阴。

谁遣因风起，纷纷乱此心。

月明花满地，这境界是非常美的，在这绝美的境界中，秦系在想念山阴那边的人和事。这个刚离婚的人在想什么呢？都有什么情绪呢？风起了，满地的落花被风吹起，纷纷扰扰，打乱了秦系忆山阴的心。作者以满地落花喻秦系的心情，对花、月、风的描写很美。风花的乱，对应秦系的心绪，妥贴而蕴籍，味之不尽。

芜城（一作芜城怀古）
李端

风吹城上树，草没城边路。

城里月明时，精灵自来去。

李端的《芜城》，写出了战后荒城的荒凉气象，"草没城边路"，写路上无人行走，因为了无人烟，所以当城里月明时，在诗人的想象中，只有精灵们在随意地活动。

故园沧海边，绿柳覆平川。——储光羲

路遥云共水，砧迥月如霜。——刘长卿

蕴藉·完美

蕴藉的诗风大约是从唐朝开始的。

这里的完美是蕴藉风格的完美。

忆东山二首（其一）

李白

不向东山久，蔷薇几度花？

白云还自散，明月落谁家？

王维的"来日绮窗前，寒梅著花未""春草明年绿，王孙归不归"都是著名的佳句，殊不知，李白的忆东山是一样的笔法，一样的美妙。

韦应物的"山空松子落，幽人应未眠"被认为幽思遥远，李白的这首忆东山又何尝不是？

王建那一句广为传唱的："今夜月明人尽望，不知秋思落谁家？"不正是从李白这句中化出来的吗？

李白这首诗极好，他连用两个问句，把关心怀念之情写得很深。蔷薇几度花？是问花，还是问自己？妙处就在这里，他感慨的是时光流逝，故地难以再游。深深怀念之情，尽在对年岁的追问之中。

白云还自散，写的是不凝聚之物，白云聚散无常，月亮则是常在的，可是它落在东山谁家呢？反正他李白是不在那儿了。

越是这样关心的有所疑问，忆念之情就会越深刻，因为有了眷恋，有了牵挂，有了惦念。这也是为什么以上那些名句广为读者喜爱，流传千古的原因。

五绝

归路烟中远，回舟月上行。
日落江湖白，潮来天地青。
——王维

张子荣

登乐游原

李商隐

向晚意不适，驱车登古原。

夕阳无限好，只是近黄昏。

李商隐的这首诗，也可算是完美了。他的第二联，与"欲求千里目，更上一层楼"相仿佛，都是出神入化的句子，只是相比而言有些悲观，境界风骨都是稍低了点。虽然如此，这末联还是巅峰的佳句，但是他的第一联有点太弱，比较的平淡，整首诗透着一种有气无力的感觉。所以它虽是无限接近巅峰的完美，但如果以《春晓》《登鹳雀楼》这样的好诗对比来观这首诗，它却始终隔了一层。

李商隐作诗，与李白和杜甫的方式不同。李杜是倾尽全力，兴致高昂，同是写愁事，也是从激昂处着手，李商隐则似是不愿着力，总从平淡处着手，甚至常有些厌倦的、隐忍的感觉在里面。这首乐游原，也让我们读出一丝他那兴味索然的感觉。

渡汉江

宋之问（一作李频）

岭外音书绝，经冬复立春。

近乡情更怯，不敢问来人。

许多人讲到这首诗的时候，都要讲一大通宋之问当时的境遇，仿佛不这样就说不明白这首诗。而实际为这首诗所感动的读者呢，可能根本没想过宋之问的处境如何。

这首小诗的后二句可谓是天下闻名，我们大多数人吟诵它的时候其实已脱离了诗人的本意，为什么我们会近乡情怯呢？也许有羞愧，也许有担忧，也许有生分，也许惦念得太久了怕它变了，也许怕它不再像从前那样容纳自己了。对任何一个远游归来的人来说，即将面对家乡的人和物，都难免有这种忐忑不安的心情，我们何必紧贴宋之问或李频的境况遭遇来理解这一千古名句呢？就用我们自己的经历来理解它就很好，因为当我们读诗的时候，我们就是诗中的人。所以解诗有两种，以作者之境之心解诗，以读者之境之心解诗。凡普适之诗，就应当以读者之心解之。毕竟，诗人写诗的时候，这诗是他自己的，一旦这诗被传诵，它就是属于诵诗者的了。

这首诗的好处就在于，他描写的心情是共通的，是天下人都有的，所以成为千古传唱的名句。

送　别
王之涣

杨柳东风树，青青夹御河。

近来攀折苦，应为别离多。

这首诗写送别，由己推人，看杨柳所折甚多，而想到送别的人多，在唐代送别诗中，立意独妙。"杨柳东风树"一句，句本不畅，然竟出妙韵，诗意到了"青青夹御河"五字，风味更出，前后两句其实是一句。李白"天下伤心处，劳劳送客亭"，其气韵亦不能及。

下联中王之涣由此及彼，由自己的送别联想到了他人的送别，看到柳条被折断得很多，他体念柳条被折的"苦"，由柳条的"苦"想到了人间的"苦"，最近的别离很多啊！这是由个人境遇写到了人生和社会，诗意因此升华。

劳劳亭
李白

天下伤心处，劳劳送客亭。

春风知别苦，不遣柳条青。

李白的《劳劳亭》是很有名的诗歌，后二句带有很明显的"李白特色"——物有情。诗意婉约悠扬，含情脉脉。你看，李白是个多么重情意的人啊，他体念人间别离的苦，觉得春风也应该知道，所以他觉得柳树之所以还没绿，是因为春风体念离人的离别之苦，特意不吹绿柳条，以免更添世人的离愁。所以我们说，李白是个重情义的诗人，他情意绵绵，体贴温柔而又敦厚。与孟浩然的深挚、杜甫的强烈截然不同，他的感情表现得

五绝

雁起斜还直，潮回远复平。
——李端

食出野田美，酒临远水倾。
——李白

很细腻，这与他另一面那天风海雨的咏叹形成强烈对比。

送别
王维

山中相送罢，日暮掩柴扉。
春草明年绿，王孙归不归。

王维这首诗，与李白的《劳劳亭》，韵味和气息非常相似，心思都很深，感情都很细腻，而且都是感物抒怀。李白的感情寄托在了春风和柳条上，而王维则想到了春草。不一样的手法，一样的诗思，这两首诗是真正的可谓不相上下。

蜀道后期
张说

客心争日月，来往预期程。
秋风不相待，先至洛阳城。

张说这首蕴藉的小诗观物细致，构思巧妙。客心争日月，已见归家之心急切，而来往预期程，连日子都预先估计，更表现出归心之急不可待。末联尤为巧妙，说秋风比人快，早已先人而到洛阳了。风人雅思，在这首诗里完美地体现了出来。这首诗在艺术上的成就是很高的，只是普适性上不足，因为一般人的心思没这么细。

远水非无浪，他山自有春。——杜甫

鸟啼花竹暗，人散户庭空。——戴叔伦

细致·传神

唐诗人既善于刻画形象，又善于刻画心理。透露人物内心深处的秘密。

玉阶怨
李白

玉阶生白露，夜久侵罗袜。
却下水晶帘，玲珑望秋月。

此诗只有诗题带怨字，而诗中竟无一字见怨。人无言，月亦无言，人只是望月，并无他事，此不怨之怨所以深于怨。

起联自是写得细腻，白露湿袜，在外已久，于是却下水晶帘，"却下"二字转承甚妙。本已下了水晶帘，可能是欲睡去了，却偏偏睡不着，在朦胧之中，还是望月。此行此境，不着一"怨"字，而怨意无尽，诗人只是不说，而全凭读者尽情想去，遂含情无限，意旨难穷，直可反复玩味。可谓是"不著一字，尽得风流"。此即是意象幽微之境，其妙在此。

怨　情
李白

美人卷珠帘，深坐颦蛾眉。
但见泪痕湿，不知心恨谁。

李白这首诗写得很婉约，但相对众多名作，毕竟还是显得单薄些。不过，以闺怨诗而论，它是数一数二的佳作。这首诗极堪吟咏玩味，他写女

五绝

连空青嶂合，向晚白云生。
共载人皆客，离家春是秋。
——张九龄
皇甫冉

春尽草木变，雨来池馆清。
猿声知后夜，花发见流年。
——刘长卿

春尽草木变，雨来池馆清。
——王昌龄

子的内心深处，只用猜测，不明着点出，诗意因此而微妙起来。这就是意象幽微之境。

春闺思
张仲素

袅袅城边柳，青青陌上桑。
提笼忘采叶，昨夜梦渔阳。

五绝中有这样一类写法，如"嫋嫋古堤边，青青一树烟"。以淡淡笔意写出妙境。"袅袅城边柳，青青陌上桑"与雍裕之的诗句一样的笔法，一样的神韵，结句也同样的出色。

张仲素善写女性，描绘闺中情态，细致传神，惟妙惟肖。这一首诗中，描写采桑女，因为昨夜梦到了远方的郎君，在采桑时犹自回忆，以致于出神而忘记了采桑，虽是直描，却由神态传出心理，写出了采桑女浓重的相思之情。

听 筝

李端

鸣筝金粟柱，素手玉房前。

欲得周郎顾，时时误拂弦。

李端这首诗是很有名的，很受文人士大夫赞赏，因为它是一个隐喻。这首诗借对一个女子的行为和心态的描写，表达了一个下级官员希望受到官长赏识的愿望。

隐喻诗最大的特点是什么？是一首诗可以当两首诗甚或三首诗来读。

其实这首诗如果不被文人们解释，单纯地作为一首描写女性的诗来读，才是最美的诗。它写了一个女子，在那里弹琴，弹琴的目的是为了吸引她意中人的注意。由于她一心二用，一面弹奏，一面惦记着意中人的反应，所以时不时地把琴弦拂错。

那么，这个拂错，又产生了两种解释：一，女子是因为希望得到意中人的眷顾，因紧张分心而弹错。这个的可能性最大，也更符合实际生活。二，女子的意中人是个非常懂音乐的人，或是音乐造诣非常高，于是女子故意弹错，希望他能过来点拨，借机亲近。

这两种诗意都非常曲折微妙，一个表现了女子的迫切和紧张，另一个则表现了女子的心智，都很有味道。

你看，这首诗如果抛去了被文人们津津乐道的隐喻层面，它的艺术美反而更甚。

新嫁娘词三首（其三）

王建

三日入厨下，洗手作羹汤。

未谙姑食性，先遣小姑尝。

王建非常善于描写日常生活中的细节，他将日常小事入诗，往往意趣盎然。他尤其善于描写妇女的心理。你看这首小诗，通过平常小事情，将一个新媳妇通过小姑来讨好自己婆婆的奇巧心思，刻画得惟妙惟肖，细致入微。王建对生活的观察功夫真是到家了。

五绝

岸势迷行客，秋声乱草虫。
鱼乐随情性，船行任去留。
——祖咏
——綦毋潜

相和歌辞·江南曲
丁仙芝

长干斜路北,近浦是儿家。

有意来相访,明朝出浣纱。

这是一个女子约会男子的语言,是说,我住在哪里哪里,如果你想见我,明天我会出来洗衣服。诗意很简白,但读起来的韵味就很美妙,生动地刻画了一个大胆约会的女子的心理情貌。

拜新月
李端

开帘见新月,即便下阶拜。

细语人不闻,北风吹罗带。

细语人不闻,很形象的勾画出了这个女子的羞涩状态,以及怕被人听到心事的细密心思。北风吹罗带,以北风中罗带起舞而表现其风韵。这都是五绝这种短小诗歌形式中的典型表现手法。

行 宫
元稹

寥落古行宫,宫花寂寞红。

白头宫女在,闲坐说玄宗。

元稹算是很懂得女人也很熟悉女人的一个诗人。这首诗传神在末句,宫女已经白头,经历了漫长的宫中岁月,闲来的话题便是说些玄宗时(过去)的事情,整个人生的意义仅止于此。这一个白头闲说,看似是再平常不过的事情,用的手法也是平常不过的白描,却很好地注解了上联所说的寥落、寂寞。可以说,元稹这首诗的上下两联,是相得益彰,互相增益的。

以上几首诗,共同的特点是工于刻画,精于传神,通过细致的行态描写,传达出人物内心的感情世界。

傍潭窥竹暗,出屿见沙明。
——张子荣

虫声出乱草,水气薄行衣。
——卢象

意深

那一颗心,那一种心情,不可言说。

最深的情才最真挚。

宫槐陌
王维

仄径荫宫槐,幽阴多绿苔。

应门但迎扫,畏有山僧来。

上联在造境上很成功,写出了一种深幽的意境。下联的"迎扫",不知是因为多绿苔路滑的原因,还是出于一种表达敬爱之意必须的举动,总之王维为山僧而扫。

或者是因为山僧经常来,所以王维就经常打扫,随时迎接;或者是他估计山僧今日可能来,所以就事先打扫。总之,无论是哪一种情况,在根本就不能确定山僧是否来的情况下,王维还是认真地打扫,就怕山僧万一会来,这份对山僧的关爱情意,这份信仰的虔诚,都是足令我们感动的。这样虔诚、真挚的情义,是让人内心能够产生温暖的。

红牡丹
王维

绿艳闲且静,红衣浅复深。

花心愁欲断,春色岂知心。

五绝

夜叩竹林寺,山行雪满衣。
饮酒溪雨过,弹棋山月低。
——韦应物

——岑参

这首的上联写得很美,"浅"和"深"写出了花儿自然的色彩层次,"闲"和"静"则是比较抽象地写了花儿的仪态,这两个字已经将花儿拟人化了。

花心愁欲断,这样美,这样仪态万方的一朵花儿,居然会愁欲断,这个转折未免太大了。春色岂知心?这是因为你们只是看到了她的美丽,却不了解她的内心。

王维这首诗触摸到了隐藏在繁华外表下的内心苦闷。春赋予了花艳色,却不了解她的内心,这才是她深切的苦衷。

王维这首诗,是写一个女子?还是写他自己?还是写这个世间的一种常态?这首诗用花作隐喻,显得诗意幽微,所指广泛,每个人根据自己的人生经历,都可以对号入座,所以读起来就会余味不尽,意蕴悠长。

崔兴宗写真咏
王维

画君年少时,如今君已老。
今时新识人,知君旧时好。

王维用淡笔,写出了历久弥新的友谊。上联,是对过去的怀念,感叹时光的流逝和人的老去,虽然深藏怀念和唏嘘之情,却只是说画像时和今时的差别。下联转入正题,总结自己对崔兴宗的感情,只有当经过多年的历练,结识了更多的朋友之后,才知道崔兴宗的人品及从前同自己的感情有多好。

赠别(一作赠寄权三客舍)
皇甫冉

南桥春日暮,杨柳带青渠。
不得同携手,空成意有馀。

"空成意有馀",结句很好,颇有余味。此意为何意?不可言说,只能从前面所构成的诗境中体味,这便是唐诗的妙处。

送苏尚书赴益州

宋璟

我望风烟接,君行霰雪飞。

园亭若有送,杨柳最依依。

这一首诗应是在初冬时分写作的。宋璟对苏尚书说:"如果这个园亭中有可以送给你的,一定是那依依的杨柳。"可惜这个时候没有杨柳,所以宋璟的送行就缺少了这种唐代风行的送别仪式,这令他心有所憾,也使得本就难舍的送别场面倍添了一种依依之感。

古　意

崔国辅

净扫黄金阶,飞霜皎如雪。

下帘弹箜篌,不忍见秋月。

这一首诗意比较简单直白,好在"不忍见秋月"一句,令全篇增色,若没有这一句,诗便无味。不忍见秋月,将诸多心事写尽,无数读者,各怀的不同心境,都可以进入此句中。

青草连湖岸,繁花忆楚人。

水从天汉落,山逼画屏新。

——杨凭

——李白

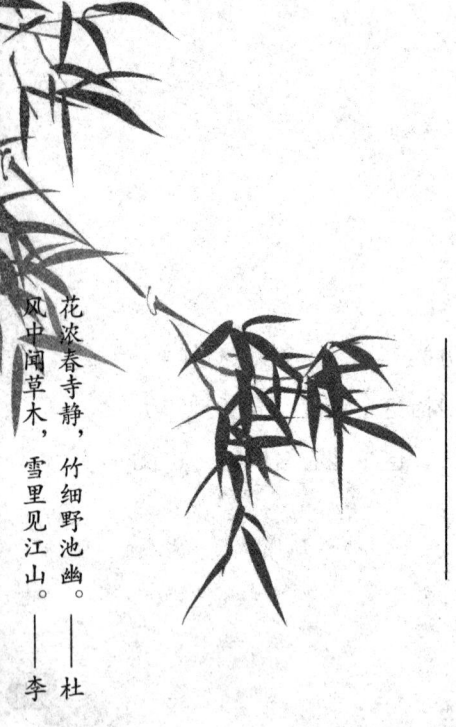

风中闻草木，雪里见江山。——杜甫

花浓春寺静，竹细野池幽。——李端

情深

相思是由泪滴成的，
真情是由血滴成的。

赋得自君之出矣

张九龄

自君之出矣，不复理残机。
思君如满月，夜夜减清辉。

"思君如满月，夜夜减清辉"，苦而不怨，哀而不伤。中正平和之风，是张九龄与众不同的特色。"夜夜减清辉"蕴藉深细，令人反复玩味，而愈玩味愈觉其用意之深妙。是思君之情与月光并减，还是对君之希望与月光并浅，亦或是因思君之力与月光一样不能常满而心有所愧？不论我们怀着何种心情，这两句诗都恰可符合我们的心境。它写出了思念之于时光的无奈，那种渐渐放下，渐渐不再执着，渐渐接受事实的心理，被巧妙地写了出来。当然，这个"夜夜减清辉"中的"减"字，也有别的解释，那就是光明的希望渐少，暗淡的伤心渐多。

闺怨

沈如筠

雁尽书难寄，愁多梦不成。
愿随孤月影，流照伏波营。

愿随月影，流照良人所在之营，一片苦心可见。而书信难寄，梦中难见，两难之下，寄望孤月，足见其苦。

在这里，沈如筠也同金昌绪一样，臆想女子渴望梦见丈夫的心理（诗见巧思篇内）。可能唐确有女子梦夫的风俗流行吧，以致不同的诗人都这样写，而且他们的笔法如出一辙，都是说只有梦中才能相见，但梦却很难做成，以此显见她们的思念之苦。这两首小诗都很巧妙，金昌绪写女子为了梦见丈夫，起来赶走啼叫的黄莺，诗写得极为细腻。而沈如筠则说女子愁绪太多了，睡不着梦不到，躺在床上看着月亮，只好发出美好的祝愿，希望自己能像月光那样，照着丈夫的军营，整首诗显得更加深情款款、催人泪下。

塞上寄内
崔融

旅魂惊塞北，归望断河西。

春风若可寄，暂为绕兰闺。

这首诗与上一首诗意非常接近，可以作为情侣篇来阅读，堪称军旅闺思的双璧。

"旅魂惊塞北"，意指塞北之艰苦；"归望断河西"，说回家的希望被河西阻断了，其实不是河西阻断了归望，而是诗人用河西代指那阻断他归望的种种因由。

回不去家了，怎么办？只好对春风说，如果春风能够邮寄，那我就把春风寄回家，绕着爱人的香闺，默默守护，哪怕这缱绻只有一时片刻。

这首诗与上一首，都使用了巧妙的构思。上一首将情寄之明月，随明月一起照在丈夫的营帐，而这首则将情寄之于春风，希望春风在路上吹过妻子的兰闺，绕着那里，将温暖之意带去。

情写到这里，可算到了极致。春风和明月两个完美的意象，寄托了两种极深极真的爱情，令诗意悠远绵长，千载而下，依旧感人至深。

横吹曲辞·关山月二首（其一）
戴叔伦

月出照关山，秋风人未还。

清光无远近，乡泪半书间。

暗洞泉声小，荒冈树影闲。
塔影挂清汉，钟声和白云。
——祖咏
——綦毋潜

上联很出色，写出了一种广阔苍凉的气象。唐人的五绝中，上联两句的起承，流入平凡的很多，都靠下两句转结来救。而戴叔伦这首起句气象阔大，承句直指主题，写出了人生的境遇。清光无远近，写出了广阔混茫的气象，而"乡泪半书间"则再度回到细腻的人事。

在这关山明月下，在这秋风中，思乡的眼泪，滴落在书信之间。诗人是看到这明月广照天下，不分远近，故乡和此地因月相联，心有所感，于是提笔写书，写到情深处，泪洒纸上呢？还是在这月光下，他拿出家乡寄来的书信，读之不由泪洒信中呢？总之，关山、明月、秋风、清光构画出一幅令人思乡断肠的画境，因这画境，"乡泪半书间"就有了那份厚重而醇烈的诗意。

悼伤后赴东蜀辟至散关遇雪
李商隐

剑外从军远，无家与寄衣。

散关三尺雪，回梦旧鸳机。

李商隐一生颠沛流离，他也善于写羁旅哀怨。

剑门之外，还有很远，他在那里从军。没有家，谁给他寄衣服？而此时已很冷了，散关外的雪下了足足三尺厚，这个孤苦的人怎么办呢？他只能可怜地在梦里，梦到织布的机子，那机子或许是他早已失去的母亲的，或许是他已失去的妻子的。如此悲苦的境遇，除了在梦中得到一点温暖和希望外，还有什么可以安慰他呢？

心境写到如此，诚可谓凄凉已绝。

西过渭州，见渭水思秦川
岑参

渭水东流去，何时到雍州。

凭添两行泪，寄向故园流。

岑参这首诗，诗名就很有诗意，见到渭水，就想到家乡的秦川，是自然地产生感想。

上联问渭水，你东流而去，什么时候才能到达雍州？非常有兴味。

为什么要问渭水什么时候才能到雍州呢？因为我要流两行泪在你的水流里，寄到我的故乡去。所以我盼望你流得快些，再快些。

情可谓深矣。

寄 雨
李商隐

滞雨长安夜，残灯独客愁。
故乡云水地，归梦不宜秋。

李商隐的五绝比较细腻，构画认真，带有他七律诗的特点。

滞雨、独客，造词的习惯与韦应物有些近似，当然特点不同。李商隐起承之句就把意境构成了滞留在雨中，而且是在长安的夜里。这个"滞"字不只是说雨下得时日之久，恐怕还暗暗影射着他久滞长安，求取功名未能得意的境遇。在这种雨夜，伴着他的只有残灯一盏，所以李商隐用一个"独"字，加一个"客"字，来概括自己的状态。许久出门在外，而且没有朋友，怎么能够不愁？

羁旅于外，怎么能不思乡？他的故乡是云水之地，这么好的故乡，却不宜进入归梦，因为他的失意正逢凄风苦雨的秋天！"故乡云水地"这一句境界真是妙得很，一云一水，令他的故乡美不胜收，充满了诗意。

李商隐一生多愁多伤感，也最擅写伤感，从这首小诗中我们对他的笔力便可见一斑。

河上逢落花
万楚

河水浮落花，花流东不息。
应见浣纱人，为道长相忆。

万楚这首诗把相思写得婉转有味。花落了，浮于流水，本就很美。花向东流，不会止息，于是自然而然的令他想到，他所爱恋的那个人，会在江头浣纱，这落花应会见到她，于是，他请这落花告诉她，他一直都想念她，不曾忘却。直白的相思，因落花的缘故，变得曲折有味。同时也体现

碎影行筵里，摇花落酒中。
——王湾

地湿梅多雨，潭蒸竹起烟。
——张子荣

了他与心上人难得相见的境况。

上联和下联都是很有味道的，尤其上联，既写出了气象，也深含意象，这在唐朝五绝中算是不常见的成功。

塞下曲
许浑

夜战桑干北，秦兵半不归。

朝来有乡信，犹自寄寒衣。

这一首诗好在结句：不管他是不是已经战死，家里的人都会给他寄去寒衣的。因为死讯没有那么及时，寒衣到了，人死了，家人的盼望落空了，而他也没能享受到寒衣所带来的温暖和亲情。所以这"犹自寄寒衣"一句，感情是非常深的，将残酷的世事，用直白的笔触写了出来。

渔子沟寄赵员外裴补阙
皇甫冉

欲逐淮潮上，暂停渔子沟。

相望知不见，终是屡回头。

明明知道看不见了，却还是屡屡回头，仿佛他曾经站立相送的那个地方，已经沾染着他的气息，留着他的情意，还值得回头遥望。"屡回头"更深刻地渲染了送别时的依依不舍之意。

洛中访袁拾遗不遇
孟浩然

洛阳访才子，江岭作流人。

闻说梅花早，何如此（北）地春。

《全唐诗》中"此地"作"北地"，从诗意上对比，用"此"字比"北"字要更好些。

孟浩然本来是去看望故人，结果他到了却发现故人已经被流放，心中的难过可想而知。他怎样来表达自己的惋惜呢？他说那边的梅花虽然开得早，可是在那种处境下，袁拾遗肯定觉得那里的早春无论如何也比不上这里的春天，用两地的春天比喻前后的境遇，非常生动。

这首诗好就好在，孟浩然将心比心，将自己放到袁拾遗的情境下思考和感受。所以才有了"闻说梅花早，何如此地春"的佳句。

落 叶

孔绍安（一作孔德绍）

早秋惊落叶，飘零似客心。

翻飞未肯下，犹言惜故林。

上联写得很有风神，见到了落叶，想到了自己，将客心的不堪比拟为落叶的飘零。下联诗意递进，为何这落叶飘飞着不肯落下？好像它在对诗人诉说，它只是舍不得故林，不愿飘向远方。

诗人将落叶比为自己的客心，以叶喻情，这首诗就写活了。

五绝

声微渐湿露，响细未经霜。
地逐名贤好，风随惠化春。
——杨凝
——李白

送二兄入蜀
卢照邻

关山客子路，花柳帝王城。
此中一分手，相顾怜无声。

上联卢照邻用了对比，分手处是花红柳绿的帝都，而二兄将要面对的则是漫长的关山和客路。两人互相怜惜，四目相视，各自都明了对方的情意，无须言说。诗句里既显示了殷殷的情意，又传达了两人心心相印的默契和熟悉。

行军九日思长安故园
岑参

强欲登高去，无人送酒来。
遥怜故园菊，应傍战场开。

强欲登高，说明作者是勉强登上高处来度过这重九节日的，可惜没有人送酒让他一醉，于是他心中的抑郁不能得以开解。

重九是菊花开的季节，当此节日，他不由想到故乡的菊花，现在应该是开在战场之上的，开在战场上的花，怎会不经受兵马的践踏呢，所以他对故园的菊花"遥怜"。他通过菊花开在战场这一意象，表达了思家的痛苦和对家乡被战火洗礼的遗恨，也表达了对结束战乱的渴望。

送张郎中迁京
孟浩然

碧溪常共赏，朱邸忽迁荣。
豫有相思意，闻君琴上声。

两个好朋友经常在一起欣赏碧溪美景，可对方忽然间升官了。

我知道你将来会思念我，因为我从你的琴音中听出了相思之意。友人没有言说，但孟浩然却听出了他在琴声中不知不觉流泻出来的情意，这真是高山流水般的相契。

答陆澧

张九龄

松叶堪为酒，春来酿几多。

不辞山路远，踏雪也相过。

这首诗中有一个主人公，他既可以是张九龄，也可以是陆澧。如果是张九龄，那就是说自己春天酿了很多松叶酒，我们可以好好喝几坛，希望你不要嫌路远，哪怕是下雪路滑，你也要来；如果是陆澧，则可以理解为，松叶是可以酿酒的，你春天酿了多少啊？我不怕山路遥远，哪怕下雪路滑，我要过去和你喝几杯。无论怎么理解，下联都是绝佳的一联，表达了一种殷殷的情意，一种迫切要见面的期待，一种不管山高路滑也要过去相见的思念之情。

问刘十九

白居易

绿蚁新醅酒，红泥小火炉。

晚来天欲雪，能饮一杯无。

这是一首很见情谊的小诗，唐诗人那种留人的热情，让我们看到中国人好客的传统。这首小诗里面透露着款款的温情，再加上那小火炉的火热，还有新酒的清香，令我们体味到了一种生活的温馨。

天　涯

李商隐

春日在天涯，天涯日又斜。

莺啼如有泪，为湿最高花。

上联的两句是一个递进的过程，春天浪迹在天涯，本有些伤感，而身在天涯，又逢日暮，伤感倍增。

下联行文巧妙，莺哪里有泪？所以说如果莺知流泪，请为我打湿那最高（约是最后之意）处的一朵花儿。这首诗情意绵绵，有伤有怨，写出的是李商隐一贯的忧伤。而在他无尽的忧伤中，他却还怜惜那朵最高枝头

乱云方至水，骤雨已喧山。——卢纶

猿声寒过涧，树色暮连空。——李端

上开放的花儿，真正是忧苦人才知怜惜忧苦花，于是这情意，就更多了一层缠绵。这首诗还有一层隐含的诗意，令莺湿花，隐喻他并不能令那个人知道他的相思和怜惜，只好借莺抒怀了，这是多么饱含深情却又无奈的事情。

李商隐的诗，最显著的两个特点就是伤感和无奈。在这首诗中，他借莺诉情，确也无奈。

崔九弟欲往南山马上口号与别
王维

城隅一分手，几日还相见。
山中有桂花，莫待花如霰。

这是一次短别，虽是短别，王维还是很期待崔九早日回来，所以用桂花来劝诱他，山里的桂花就要开了，你莫等到花落时才回来。思念的心情通过桂花表达了出来，这种全不言情而能达至情的手法，正是王维最擅长的。

哭宣城善酿纪叟
李白

纪叟黄泉里，还应酿老春。
夜台无李白，沽酒与何人？

这首小诗平易得很，但情写得浓。下联的意思看似出人意表，却是我们人人意中有，而只有李白道出来的想法。它好在哪里呢？就好在不只悲其已逝，还惦念其逝去之后的境遇，这才是真正的挂怀于心上。

自君之出矣
雍裕之

自君之出矣，宝镜为谁明？
思君如陇水，长闻呜咽声。

上联宝镜为谁明,写自己誓死忠贞的志向,你走了之后,我就不再照镜梳妆打扮了,因为没有了我要取悦的人。

末句的"长闻",写思念的绵绵不绝;呜咽,写常常忍不住啼哭。三、四句将自己的哭泣与陇水的流音混同起来写,诗意便进了一层。

今别离
崔国辅

送别未能旋,相望连水口。
船行欲映洲,几度急摇手。

几度急摇手,写在即将真正成别不再能望见时,急切地最后挥手致意,唯恐这最后的时光空过,构画细致真实,通过摇手这一动作,将惜别之情生动地呈现出来。

别 怨
祖咏

送别到中流,秋船倚渡头。
相看尚不远,未可即回舟。

已经送别到了中流,再送,就一起到对岸了。这时应该回舟了。可是相送者又贪恋还能看见远去者,于是将舟停下来,看着对方远去,直到对方的船已经到了渡头,即将靠岸,此时还能再看一会,于是对自己说,不要在这个时候就回去,一定要到看不见了才回。殷殷不舍的情意,在这停舟相看的动作中,表尽无遗。

由此,我们从古人的送别诗中可以看到,他们的情意都是很真挚的,用情也都是很深的。

别人四首(其一)
王勃

久客逢馀闰,他乡别故人。
自然堪下泪,谁忍望征尘。

抱琴来取醉,垂钓坐乘闲。
——孟浩然

山鸟下厅事,檐花落酒中。
——李白

王勃这首诗，诗意转承流畅，一意贯之，是其好处。上联道得平常，只是对得好，借对仗的力量产生了美。下联将整首诗的层次提起来了，他乡别故人的情况，自然是堪下泪的，在他乡，还有什么比有故人同处更令人欣慰的呢？可是故人就要走了，谁还能望着他远去的征尘，而无动于衷呢？于是，诗人不忍望，怕一望之下会更加伤心。这首诗最出色的地方就在于对得好，对仗对这一首诗诗意的增益，相对其他唐诗来说要大得多。

湘　妃
刘长卿

帝子不可见，秋风来暮思。
婵娟湘江月，千载空蛾眉。

斑　竹
刘长卿

苍梧千载后，斑竹对湘沅。
欲识湘妃怨，枝枝满泪痕。

　　刘长卿的这两首诗咏的都是古代传说。湘妃是舜的妻子，舜死在外面（苍梧之野），他的两个妻子殉情投于湘水，后人于是称为湘妃，是湘水的女神。"帝子不可见，秋风来暮思"这一联的气韵有一种袅袅娜娜的美，恰似湘妃的神韵，行文高古。"婵娟湘江月，千载空蛾眉"是承上联的"帝子不可见"来的，因为帝子不可见，所以湘江的月千载以来，空照蛾眉（湘妃）。这美丽的女神，她的美都空过了。

　　还有一种解读，诗人用湘江月，来比拟湘妃的蛾眉，这样，就更增了一重神韵。

　　第二首借斑竹抒怀。传闻舜死后，湘妃思念他，泪水滴在湘竹上，形成了斑斑泪痕，故称斑竹。刘禹锡曾有诗曰："斑竹枝，斑竹枝，泪痕点点寄相思。"舜死千载之后，只有斑竹对着湘沅，竹身上的斑斑泪痕，见证了湘妃对舜帝深沉不绝的思念。

三月晦日送客
崔橹

野酌乱无巡，送君兼送春。

明年春色至，莫作未归人。

诗意与王维的"春草明年绿，王孙归不归"相近，却不及王维的妙好。它的好处在第二句"送君兼送春"上，诗意也因此巧妙了一些。今天送君送春，希望明年迎春迎君，明年的春必定会来，而人却可能未必，所以一定要嘱咐他，"莫作未归人"。这首诗用巧妙的构思，写出了更妙的心意。

对雨送郑陵
崔曙

别愁复经雨，别泪还如霰。

寄心海上云，千里常相见。

上联用两个"别"字，带出一愁一泪，稍显特色。

下联的笔法，唐人中使用很多，如李白的"我寄愁心与明月，随风直到夜郎西"，这一首诗的下联，寄心于海上的云，送郑陵千里，与李白的诗是相同的意思。崔曙与李白同一时代，他们的诗歌应该是相互有所启发的。

留别王维
崔兴宗

驻马欲分襟，清寒御沟上。

前山景气佳，独往还惆怅。

上联平常，下联好。古人诗有留别和送别，送别的多，留别的少。崔兴宗说我前去的路上，风景很好，天气也好，可是只有我一个人去，而没有你，再好的风景我也觉得惆怅。这一联表白情意，还是很成功的。

五绝

月露浩方下，河云凝不流。
——卢纶

回合云藏月，霏微雨带风。
——李端

送客往睦州
杨凌

水阔尽南天，孤舟去渺然。
惊秋路傍客，日暮数声蝉。

起句阔大，承句微小，一大一小，给我们构画出一个消失在天地间的旅人形象。等那远客不见了，送客的客忽然惊秋，为什么惊秋呢？因为日暮时响起了几声衰蝉之鸣。这几声蝉鸣打破了寂静的画面，令诗人构造的别离之境活起来了，也动起来了。而日暮和惊秋，也倍增了别意的凄迷。

古 意
蒋冽

冉冉红罗帐，开君玉楼上。
画作同心鸟，衔花两相向。

春风正可怜，吹映绿窗前。
妾意空相感，君心何处边。

第一首写得热烈，红色的罗帐，在男子的玉楼上飘扬，上面画的是同心鸟，这两只鸟衔花相向，充满了喜庆之意。这首诗中的古风、民俗之气很浓。第二首诗则写了女子的感春，春风正好，吹到了绿窗前，女子感春。可是，这种感春是徒然的，因为，男子的心不知在何处呢。第一首诗反映了男女对感情付出的不对等。相比而言，第二首艺术感染力更强些，更善于起兴。

自君之出矣·李康成

自君之出矣，弦吹绝无声。
思君如百草，撩乱逐春生。

君已离家，平日作乐的管弦再也无心去使用了，只有思君的心绪，就好像百草一样繁茂而撩乱。末联写得意蕴深长，"逐"写出了相思的悠长、难以断绝，就好像野草的生长；"百"字，则写出了相思的多绪多端，及情绪的变化莫测。

高格

唐诗最重要的是诗品。
好诗人必须要有好人品。

草堂夜坐
窦群

匣中三尺剑，天上少微星。
勿谓相去远，壮心曾不停。

以匣中剑与天上星比对，确实是造化之笔，剑与星相映，一派激情壮志，这在唐人诗中算是很神妙了。下联诗意递进，不要以为匣中的剑微小，跟天上星没法比，我自有雄心壮志，不曾磨灭。

感巫州荠菜
高力士

两京做斤卖，五溪无人采。
夷夏虽有殊，气味都不改。

高力士是盛唐人，玄宗最信任的宦官，也是中国历史上少有的贤宦。他这首诗通过论述荠菜的气味无论在何地，不论自己价值几何，都保持一致，进而言一个人的气节操守。诗意合于孟子的"富贵不能淫，贫贱不能移，威武不能屈"，骨气和格调都比较高。

五绝

迢递高楼上，萧疏凉野间。
酒醒孤烛夜，衣冷千山早。
——张继
韩翃

送 别
骆宾王

寒更承夜永，凉夕向秋澄。

离心何以赠，自有玉壶冰。

骆宾王写诗表高洁的不少，如他的《在狱咏蝉》中有"无人信高洁，谁为表予心"。在这首五绝里，上联有高洁的意象，"凉夕向秋澄"的"澄"字便是，但是骆宾王没有把这种意象更深入下去。到了下联他直接抒怀，用玉壶冰表白自己的心意冰清玉洁。

较骆宾王的问句，王昌龄的"洛阳亲友如相问，一片冰心在玉壶"，在艺术上其实要差一筹。王昌龄的诗之所以流传更广，影响力更大，是因为其更通俗些。

咏 萤
虞世南

的历流光小，飘飖弱翅轻。

恐畏无人识，独自暗中明。

秋 雁
虞世南（一作褚亮）

日暮霜风急，羽翮转难任。

为有传书意，联翩入上林。

虞世南这两首诗是一种笔法，上联写弱小的力量、危难的局势；下联写坚定的意志、昂扬的精神。上联正视个体的弱小，很谦虚也很实际；下联则强调主观能动、负责的精神、不屈的意志。

流光小，弱翅轻，准确地形容出萤火虫的微不足道。虽然自身微不足道，它却"恐畏无人识，独自暗中明"。它坚持一种理想，唯恐生命失去意义，用微弱的萤光，照亮黑暗。这首诗写了一种对自我人生价值的坚持。在整个唐朝，将诗歌升华到这种精神境界的，又有几个人呢？

第二首的上联则是写了局势的危难。秋雁面临的是劲急的霜风，但是，因为有"传书意"——皇帝李世民的召遣，所以他不畏劲风，进入上

彼美要殊观，萧条见远情。——张九龄

城下春山路，营中瀚海沙。——皇甫冉

林，接受王朝的使命。

虞世南这首诗或是自比，或是写朝廷中的某大臣，或是形容唐王朝那种积极赴命的忠之精神，解人危难、义不容辞的义之精神。总之，骨格很高，疾风劲草，于此中见。

从以上两首诗及《咏蝉》一诗中，我们看到，虞世南喜咏物，格调高昂、积极，充满进取精神，他秉承的是诗歌的"正风"。

浴浪鸟
卢照邻

独舞依磐石，群飞动轻浪。
奋迅碧沙前，长怀白云上。

这首诗重意象。独舞，则依磐石，象征其坚定；群飞，则动轻浪，象

五绝

酒香开瓮老，湖色对门寒。
听草遥寻岸，闻香暗识莲。
——刘长卿 姚崇

征其合群同志的风采。

上联写了鸟的状态,是起;下联则转入了兴咏,"奋迅"是佛家语言,写的是它的努力和力量,它勇敢无惧,奋力冲天飞起,"长怀白云上",写了它的志向,在于展翅高飞于青云间。

这首诗充满了力量的美和动态的美,在咏物言志的诗中,其艺术技巧可算是很高的,也只有虞世南的《咏蝉》可以相比。两者都是通过物象而寓意品德,不过虞世南最后在思想境界上高了一筹。

游长宁公主流杯池二十五首(其十七)
上官昭容

岩壑恣登临,莹目复怡心。
风篁类长笛,流水当鸣琴。

上官昭容的这首诗,还是唐五绝未臻成熟时的作品,已初具骨骼,只是肌肤神采还未到盛唐的深妙,但已颇具高士之风。那种天地万物尽在我心,随我之意而化的胸怀,在唐人中算是极高品的。武则天那句"花须连夜发,莫待晓风吹"直令天地万物为之遵命,比"风篁类长笛,流水当鸣琴"多了些霸气,少了些神妙。而上官昭容的句子,则与天地同化,与自然相融,在意境上,自是高妙了许多。

这首诗或许是作于上官昭容生命中比较惬意的一段时光,她有着闲情逸致登临山水,这才使得诗意从容,倍见风雅。

九 日
王勃

九日重阳节,开门有菊花。
不知来送酒,若个是陶家。

这首小诗,好的是最后一句,哪个是陶渊明家?一下子令九日重阳、菊花,这两个物象产生了深意。这样的景色,这样的时节,怎么不令人想到一生爱菊的陶渊明呢?对隐士之风的羡慕,一句话就写出来了,这就是所谓的点睛之笔,没有这一句,前面的几句就平淡无奇。

豁达·惬意

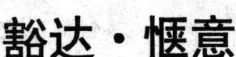

让精神彻底自由。

跳脱出悲欢离合，无处不可高歌。

初唐和盛唐那时候的文人，尤其是宫廷诗人，是很有小资情调的，他们经常参与宫廷诗会，多少会有那种随性适意的举动，所以，他们写的诗多有齐梁的风气，失之淫靡。真正将生活写到豁达惬意之境的，不是他们，而是以下这些善写田园山水的诗人。下一序列中，顾况一首，王勃两首，原本也在这一序列，因为它们也适合下一序列，最后还是选到风神那一序列里去了。

题袁氏别业（一作偶游主人园）
贺知章

主人不相识，偶坐为林泉。

莫谩愁沽酒，囊中自有钱。

下面李白的两首、李适之的一首，与贺知章这首是同一类，但贺知章这首独胜，因为他写得潇洒、悠然，下联还透着一种性情中的豁达可爱，所以最是高品。"莫谩愁沽酒，囊中自有钱"一句带着一种熟人间的调笑，透着生活的情趣。

五绝

林藏初过雨，风退欲归潮。
清谿入云木，白首卧茅茨。
——祖咏、李颀

影销胡地月，衣尽汉宫香。
塞迥山河净，天长云树微。
——顾朝阳

——王维

北涧泛舟

孟浩然

北涧流恒满，浮舟触处通。

沿洄自有趣，何必五湖中。

只有孟浩然这首诗可与贺知章那首相映成趣。孟浩然这首诗的妙处在于，他写小地方的涧水，并不写其美，而直接写其趣。这个趣也不通过文字和意象表现，只是直接说，小地方也有诸多情趣，不必要追求五湖。豁达有了，领悟也有了，还有知足在里面，哲理也有了。所以只有孟浩然这首诗可与贺知章那首一争高下。

送苏尚书赴益州

郑惟忠

离忧将岁尽，归望逐春来。

庭花如有意，留艳待人开。

这首诗充满欢喜的气息，希望苏尚书能在春天赶回来，并寄望庭花，留艳待人，下联诚是多情。

登城春望

王勃

物外山川近，晴初景霭新。

芳郊花柳遍，何处不宜春。

在意境上，王勃这首诗其实比孟浩然写的大气，但不及孟浩然那种自然天真的气息。孟浩然写得小，真实感更强了些,王勃写得大,诗意最终不免空泛了些。

朝 退
李适之

朱门长不闭,亲友恣相过。
年今将半百,不乐复如何。

与亲人同乐的气氛透纸而出。与贺知章《题袁氏别业》一样平实。下联虽有哲理,却不及贺知章下联的情趣。

清溪泛舟
张旭

旅人倚征棹,薄暮起劳歌。
笑揽清溪月,清辉不厌多。

送张十八归桐庐
刘长卿

归人乘野艇,带月过江村。
正落寒潮水,相随夜到门。

张旭这首诗和刘长卿这首诗正可相互印证。但张旭的更豁达更惬意,刘长卿还是摆脱不了他那种抑郁之气,但他的诗艺要比张旭高很多,这是一个专业选手和业余选手的差别。"旅人倚征棹"与"归人乘野艇"简直一模一样。"薄暮起劳歌"与"带月过江村"二句就显出差别来了,张旭语言平直,而刘长卿则气韵生动。第三句,"笑揽清溪月"与"正落寒潮水"相比而言,"正

五绝

风潮看解缆,云海去愁人。
木落知寒近,山长见日迟。
——张子荣 孙逖

落寒潮水"所想表达的诗意更丰富些,更含蓄些,情绪更浓烈些。第四句,"清辉不厌多"与"相随月到门"就跟第二句的差别一样,刘长卿的句子诗意要曲折一些,丰富一层。

最终的结果,张旭因为其阳光的气象,虽然所有单句都不如刘长卿,却在组合成的整体气象上,胜了刘长卿一筹;而刘长卿在情景交融的意境上,比张旭更美妙。

潼关口号
李隆基

河曲回千里,关门限二京。

所嗟非恃德,设险到天平。

李隆基想要恃德,不知他所说的非恃德是指前朝还是指他自己,事实上,他想修德政,但对于安禄山等蕃将施德政实是选错了对象,最终的结果,恃德不如设险。

夏日山中
李白

懒摇白羽扇,裸体青林中。

脱巾挂石壁,露顶洒松风。

李白虽然是想表现一派狂士的风范,但这首诗还是很贴近生活的,人物的行为举止自然而且形象,抓住了夏日山中乘凉时自然发生的经典动作。

答友人赠乌纱帽
李白

领得乌纱帽,全胜白接篱(䍦)。

山人不照镜,稚子道相宜。

这首诗胜在下联所表现出的生活情趣,有声有色,稚子的形象透纸而出。

戏题关门
岑参

来亦一布衣，去亦一布衣。
羞见关城吏，还从旧路归。

既然是戏题，作者当然不在意自己来也布衣去也布衣，求功名而不得的处境。羞见关城吏，也应是笑说。既是戏题、笑说，也就算是豁达了。

夜还东溪
王绩

石苔应可践，丛枝幸易攀。
青溪归路直，乘月夜歌还。

上联好，在于真实，写出了夜路的细节，石上长了青苔，比较滑，还好，能摸索着走，可能走的路靠水，也许还有山，要攀着树丛才能走。

下联好，归路直，和"应可"、"幸易"一样，都是对行程的一种满意的表示；末句则是比较潇洒的一句了，乘着明月，唱着歌还家，真是十分惬意。

五绝

城池经战阵，人物恨存亡。
晴蝶飘兰径，游蜂绕花心。
——张谓
——韦应物

千山叠成嶂，万水泻为溪。
——孟浩然

门前五杨柳，井上二梧桐。
——李白

风神

一举一动，莫不让人怜惜。
一襟一袖，莫不透着诗意的美。

寒夜思友三首（其三）
王勃

朝朝翠山下，夜夜苍江曲。
复此遥相思，清尊湛芳绿。

"复此"两字，似是可有可无，但在诗中却别有意味，将遥相思与上联紧密联系起来了。第三句有味，第四句则写得美而传神，"遥相思"三字，从"朝朝翠山下，夜夜苍江曲"中生发，紧接着便凝聚于清尊中，化为这清尊里的湛湛芳绿。于是，一切思念，一切情谊，都在这一杯酒中了，虽然朋友不知，但诗人自己却自斟自饮，其情甚浓。

赠李十四四首（其一）
王勃

野客思茅宇，山人爱竹林。
琴尊唯待处，风月自相寻。

如果说王维的"弹琴复长啸"写得畅快，那么王勃的"风月自相寻"则写得潇洒。"野客思茅宇"，走在山里时间长了，想找个人家歇歇，所以才思茅宇,而山人却留恋竹林,并不想"人家"。这个野客和山人可能都指王勃自己,也可能指王勃与李十四两个。最后一句类似相约,你摆好酒,备好琴,那么,在一个清风朗月的夜晚,我自会前去找你。风月自相寻,写得确实是风神散朗。

江　行

柳中庸

繁阴乍隐洲,落叶初飞浦。
萧萧楚客帆,暮入寒江雨。

上联写得颇出韵味,"乍""初"两字,用得巧妙,使得普通的景色,因韵而生味。上联刻画细腻,犹如工笔,而下联则是写意。以"暮入寒江雨"作结,这个结便余意不尽,因为雨这个意象是一个不尽的意象。"萧萧"两字,音韵神情,都颇有味,加一"客"字,便增旅思,时为暮,萧萧之意便更增一层。以"寒"字写江,诗意再进,"寒"字写雨,诗意又进。上联与下联这种意境相结的,便只有"落叶"两字,但上下联诗意紧密,算是浑一之作。这首诗,上联胜在声韵,下联神于意象,是一首很成功的作品。

临川送别

卢僎

秋郊日半隐,野树烟初映。
风水正萧条,那甚动离咏。

"那甚动离咏",疑是"那堪动离咏"。上联以对仗和音韵胜,但较之柳中庸《江行》的上联,就要逊色一筹。风水正萧条,以萧条形容风水,是取神韵而弃形迹的笔法。那甚动离咏,这个"甚"字当为"堪"解,是直抒胸臆。因为风水正萧条的直接写意,在意境上已经做足了铺垫,所以这句的直抒胸臆就并不苍白无力,而是增加了感情的强度,通过语气递进了诗意。

月色吴江上,风声楚木林。
身心尘外远,岁月坐中长。
——崔峒

——杨凌

客来空改岁,归去未成名。
隔浦云林近,满川风露清。
——耿㳘
戴叔伦

和乐记室忆江水
庾抱

遥想观涛处,犹意采莲歌。
无因关塞叶,共下洞庭波。

"遥想观涛处",将我们的思绪带到了一个江边观涛的特定情境中;犹意采莲歌,似是意犹未尽,又怀念起了江中唱歌的女子。下联里,"无因"两字用得好,将树叶自然飘落的状态写足了,显得意定神闲,而"共下洞庭波"一句,也把众多落叶一齐落到江水中的场面写得很生动。无因,共下,两个词用得好,给末联营造了颇具朦胧诗特色的意境,可细细体味。

豪迈·壮烈

> 豪迈的,才是盛唐。
> 壮烈的,才是大唐。

唐五绝中的豪迈一类,自当以王之涣"欲穷千里目,更上一层楼"为第一。唐人五绝写得豪迈的较少,所以就愈显珍贵。张文姬的《沙上鹭》也很慷慨,在励志层面,自是唐人诗中的第二三,与虞世南的"居高声自远,非是藉秋风"可谓不相上下,虞诗也许格调更高些,但张诗更普适一些。而王之涣的名句,格调既高,普适性又强,当然就是当之无愧的第一了。

于易水送人一绝
骆宾王

此地别燕丹,壮士发冲冠。
昔时人已没,今日水犹寒。

骆宾王的心是不宁静的。

这首小诗经常被志士咏叹,它慷慨激昂,很能激发人的豪情。后一联善于对比,用昔时人没,对比今日水寒,写出了志士虽已逝、猛志固常在的感叹。这种手法后来经常被诗人们使用,成为咏古的一种常用手法。

露下鸟初定,月明人自闲。
花远重重树,云轻处处山。
——卢纶

——杜甫

送朱大入秦
孟浩然

游人五陵去，宝剑直十金。

分手脱相赠，平生一片心。

孟浩然家境不怎么宽裕，但是他却豪爽好客。在这首诗中，他将价值十金的宝剑送给了朋友护身，豪爽关爱之情，直透纸上。

剑客
贾岛

十年磨一剑，霜刃未曾试。

今日把示君，谁有不平事？

李白常以侠客自诩，而苦吟派的贾岛也有侠客情结。这首诗里面充满着一种对实现自我价值的冲动和期待，这也是这首诗的精神核心所在。剑客十年练剑，和儒生的十年寒窗苦读，是一个道理，为的都是"一试霜刃"，展示自己的才能。"今日把示君"，今天我拿出了本事给你看，哪里有不能解决的问题？贾岛的诗或许是真的在描写一位侠义心肠的剑客，或许是以侠客自比言志。如果单以塑造人物而论，贾岛笔下这位侠客，有些粗莽，他以行侠仗义为己任，直问"谁有不平事"，显得不是个真正的大侠，倒似个初出茅庐的后生，而且，颇有些"没事找事管"的意味。

歌舒歌
西鄙人

北斗七星高，歌舒夜带刀。

至今窥牧马，不敢过临洮。

五绝本以含蓄蕴藉为本色，盖含蓄蕴藉，更能出五绝之味。在唐五绝中，这首诗写得算是非常豪迈了。唐五绝，若写得豪迈，往往难以结得圆满，如韦应物"岚横秋塞雄，地束惊流满"即有突断之感。所以这首雄浑的《歌舒歌》，算是难得的佳作。以北斗七星之高，旷见歌舒夜间带刀巡行之豪气。

长安秋望

杜牧

楼倚霜树外,镜天无一毫。

南山与秋色,气势两相高。

杜牧这首诗,写出了秋望时的秋高之意,没有萧瑟的感伤,只有高秋的豪气。首句平常,"楼倚"的"倚"字炼字尚可。"镜天无一毫",写出了秋空的干净,在诗境的创造上还算不错。以"无一毫"来写秋之空之净,其实并不是最好的笔法,较之王维"天气晚来秋"的气韵,终是要逊色些。

最后两句,是这首诗的精华所在。南山和秋色,气势两相高,妙处在于写出了景物间的衬托和呼应,用虚写写出了秋的气势。这与张九龄的"灵山多秀色,空水共氤氲"是一种笔法。不过最后这两句结尾,虽然不是明显的突断,但终还是结得稍觉仓促了些,与下面韦应物一首的末联有同样的不足。这可能是由五绝的形式所决定的,五绝尚蕴藉,用五绝做豪迈语,难免会结得仓促。

西塞山

韦应物

势从千里奔,直入江中断。

岚横秋塞雄,地束惊流满。

韦应物的这首诗在唐人五绝里面,算是特色极鲜明的,纵是上面杜牧那一首写得很豪放,也没有韦应物这首里面的气韵和笔法更独特。

如果不是在韦应物的集子中翻出这首诗,我可能会误以为它是杜甫的一种尝试。在行韵上,他的结法与杜甫相似,对句做结尾,求雄奇而不顾其他,导致结语有仓促的感觉。而在首联上,韦应物竟比杜甫走得还远。首联的遣词造句,更是出人意表,节奏独特。

整首诗采用了一个节奏,势,从,千里,奔,这样的四段式节奏,构成了一个有些拗口但气韵独特的诗篇。韦应物采用的节奏,一向追求出离常格,这是他诗歌的一个特点。

古往人何在,年来草自春。
高楼邀落月,叠鼓送残更。
——陈润

——戴叔伦

这首诗的好处就在于炼字之奇。首句写西塞山山势的雄伟，好像从千里外奔来一般，但这个雄奇更显现在下句，山的奔势忽然断了，因为一条大江拦住了它，"奔"字写出了"势"字，直入，依旧是写奔的势，用得很好，"断"字用得也形象。"横"字，毫无疑问用得奇，而"束"字用得就更奇了，地束惊流，动感十足。"满"字用得好，写出了水势的浩大，也写出了惊流的奔与大地的"束"，这两种力量的博弈之惊心动魄，"惊"字用得好，写出了水势的狂猛。

单以写雄浑奔放、猛烈的气势而言，这首诗几可谓唐人中的第一，即便是骨力称雄的杜甫，也没有写出过这样的五绝。

答武陵田太守
王昌龄

仗剑行千里，微躯感一言。
曾为大梁客，不负信陵恩。

这首诗的作法较简单，语言较直白，是直抒胸臆的作法，说我仗剑行了千里之遥，这微贱之躯只有一句话做表白，这句话就是：我这个人绝不负知己者的恩情。

下联的意思是表达自己的信义，有恩必报，愿为知己者死。手法上则是运用战国信陵君的典故来表达自己的意志。

灭胡曲
岑参

都护新灭胡，士马气亦粗。
萧条虏尘净，突兀天山孤。

灭胡之后，军队自然士气高涨，喘气都觉得粗了。而胡地呢？萧条一片，再也没有胡马践起的尘土了，只有天山孤独的挺立在那里。下联给了我们一个战胜敌人后在心理观感中形成的阔大境界。

岑参这首诗把唐军战胜敌人后的情景写得很足。

寂静·悟道·怀抱

人只有在寂静处才可得真。

有一种怀抱只有领悟才能达到。

五绝

终日空江上，云山若待人。
云溪花淡淡，春郭水泠泠。
——皇甫冉

——杜甫

唐人有悟道意的诗作，总体而言成就不是特别高，不及他们在其他方向上的成就。这一类中，王维的"心知白云外"最是超拔，王绩的"故乡行云是"，最是洒脱。韦应物的五古和五律，被视为唐朝最有"道意"的作品，但领悟和境界也还是不够。唐人最擅长的其实就是气与象、情和景，通过气与象、情和景来构造气象和意境。唐人的诗，寂静写得已经很足了，但尚还不能超脱寂静的象，达到更深一层的悟境，这是唐诗最令人惋惜之处，虽然他们已经很努力了。

咏 怀
王绩

故乡行云是，虚室坐间同。

日落西山暮，方知天下空。

别说想什么故乡，就当那朵浮云是故乡吧；别说什么房子，我坐着的这块地方就当是吧！日落了，西山只剩下我一个，天下也就同这西山一样，是空的，何必刻意去追求什么呢？王绩的这首诗，不知写于何种处境下，总之，算是豁达无比了。

答裴迪辋口遇雨忆终南山之作

王维

淼淼寒流广，苍苍秋雨晦。

君问终南山，心知白云外。

通过裴迪忆终南山，王维说他"心知白云外"，一种超脱尘世的情怀便自然而生，仿佛世尊拈花，迦叶微笑。王维通过一个举动直指裴迪之心，这样写来，诗意便非常微妙。心知白云外，或许是一种知己间的知心之语，或许还带有王维对裴迪的一种期许，期许他能"心在白云外"，不为红尘欲望染污。

中品登荆州城望江二首（其二）

张九龄

东望何悠悠，西来昼夜流。

岁月既如此，为心那不愁。

张九龄这首诗，诗意和语言一样平淡，《论语》有云："子在川上曰：'逝者如斯夫，不舍昼夜。'"此诗算是这句话的一个注脚，但是不如孔夫子的慨叹更经典。张九龄以孔子的慨叹入诗意，辅之以上联的铺陈，而下联直言岁月如此流逝，怎令我心不愁，上下联的诗意互相增加，如果不对比孔夫子的原话，也还算读得过去，以诗而言确是一首好诗。

以现代的语言来说，张九龄算是翻唱孔子的老歌，虽然超不过原唱，但是他的演绎也算别有一番味道。

寄龙山道士许法棱

刘长卿

悠悠白云里，独住青山客。

林下昼焚香，桂花同寂寂。

悠悠白云，是写远离世俗，所以下句的"独住"就是很自然的了，"青山客"对"白云里"，上联的诗味全由这种对仗而出。"林下昼焚香"，可能是道人要静坐，而在他的静坐中，桂花与他同寂，借桂花的"同寂寂"而使这种修道行为产生了诗意。

咏声
韦应物

万物自生听，太空恒寂寥。
还从静中起，却向静中消。

万物生听，意象繁杂，太空寂寥，意象归一。繁杂的万物之音，是从太空的寂寥唯一中产生的，也从这寂寥唯一中消失。

孟城坳
王维

新家孟城口，古木馀衰柳。
来者复为谁，空悲昔人有。

王维在新居孟城口，看到了衰老的古柳树，不由想到，我死之后，将来住这里的人是谁呢？想到自己也会被人代替，不由地悲起被自己代替的古人来了。

送方外上人
刘长卿

孤云将野鹤，岂向人间住。
莫买沃洲山，时人已知处。

崔九欲往南山马上口号与别（一作留别王维）
裴迪

归山深浅去，须尽丘壑美。
莫学武陵人，暂游桃源里。

刘长卿的这首诗可与裴迪这首诗对比来读，意思有相近的地方。刘长卿是劝人如要归隐，那就选一个俗人不知的地方真正的归隐，别在一个世人都知道的地方，沽名钓誉地假隐居。他是劝人真隐。

裴迪的诗则是劝人深隐，既然隐居了，那就要把山川的美享受尽，不

多醉浑无梦，频愁欲到家。
客心双去翼，归梦一扁舟。
——戴叔伦 窦巩

要学那些对隐居浅尝辄止的人，暂游桃源是得不到隐之三昧的。

漆园
王维

古人非傲吏，自阙经世务。

偶寄一微官，婆娑数株树。

王维写诗还是始终能做到平正和雅的，别的诗人写隐居，往往是恃才傲物，由对世界的厌恶和批判写起。而王维则谦虚地借古人说话，自己不是看不起当官当差的，只是觉得经世的能力不足，所以，才偶然做一个小官混碗饭吃，而自己真正喜欢做的事情，则是"婆娑数株树"，对着这几株树出出神，发发呆，与它们精神往来，以之为友。

天宝题壁
顾况

五十馀年别，伶俜道不行。

却来书处在，惆怅似前生。

与这个地方相别五十年了，五十年后，人该有多老？当年在墙上题的诗文还在，隔了这么悠长的岁月，此时的感觉，仿佛那是前生时写下的。岁月久远使人产生对过去的陌生感，不由百感交集，惆怅不已。

山下泉
皇甫曾

漾漾带山光，澄澄倒林影。

那知石上喧，却忆山中静。

上联写泉水的特征，刻画细致，它的态是漾漾，说明泉水下山后是水流满的；澄澄，水还是很清澈的，映着树林的倒影。可是，石头上的人却是喧哗的，这时，泉水才想起来在深山中是那么的安静。上联的意境构造得很美也很成功，下联这个转折也很自然很巧妙，将泉水悔出山的心情写活了。这首诗的意思虽然不完全同于"在山泉水清，出山泉水浊"，却也

> 月高城影尽，霜重柳条疏。
> ——耿湋
>
> 夜后戍楼月，秋来边将心。
> ——戎昱

有接近的意思。清浊形容的是人品好坏的改变,喧静则是讲心灵的安宁和烦扰的变化。

华子冈
王维

飞鸟去不穷,连山复秋色。
上下华子冈,惆怅情何极。

王维这首诗与张九龄那首《中品登荆州城望江》都是因景生情的格式。但是王维选象不够好,转承之间不够自然,所以虽然艺术技巧高超,但这首诗的意象较之张九龄那首,还是差距不小。上联的景与下联的情,结合得不够紧密,转承得不够流畅,情与境稍有间隔之感。

山中五咏·门柳
皇甫冉

接影武昌城,分行汉南道。
何事闲门外,空对青山老。

闲门外,有柳树,对青山,不觉老。读这首诗,我们仿佛化身为柳树。我们究竟为什么,闲着没有事做,日复一日空对着青山,也不懂得欣赏,浑浑噩噩,浪费掉无数美的事物,就那样一动不动地老去呢?下联写得极好,有千古悠悠之概。闲门,这个词造得好。

将赴益州题小园壁
苏颋

岁穷惟益老,春至却辞家。
可惜东园树,无人也作花。

上联妙在对仗的工整,遣词的讲究。岁月的推进只有一种结果,那就是让人更快老去;春天来了,美好的风景未来得及享受,却要离家远行。于是,诗人自然想念起那东园的树,自己不在,它也要开花,可它开了花,又有谁欣赏,谁会与之相对呢?它只会寂寂地开了再落而已。

五绝

近泪无干土,低空有断云。
独随流水远,转觉故人稀。
——杜甫

——李嘉祐

江中诵经

张说

实相归悬解,虚心暗在通。

澄江明月内,应是色成空。

张说这首诗,理解起来颇费脑筋。上联谈道,下联才有诗意。悬解,意即解开悬挂的东西,起句的意思是诵经声解开了实相。第二句的"通"字,虚则通,实则不通,所以是虚心,只有虚心一片,才能通达。而这通达是暗通的,通过诵经,一颗虚心才会通解经义,如果这颗心被世俗邪见充满了,就不能通了。澄江,明月,都是色,佛教的色,其本义是指物质世界,而非局限为女色。明月内,是虚空,澄江被明月所照,恍惚之间,澄江的色成为空。

侍宴赋得起坐弹鸣琴二首(其二)

杨师道 (一作杨希道)

丝传园客意,曲奏楚妃情。

罕有知音者,空劳流水声。

上联是平常写法,下联值得品味。

赠山老人

耿湋

白首独一身,青山为四邻。

虽行故乡陌,不见故乡人。

本诗给我们展现了一个孤独的老人,他白首孤身,与四面的青山相伴。这里是他的故乡,但却只有他一个人,连个乡人都没有。

这首诗用最平常的语言,写足了孤寂。

雁行遥上月,虫声迥映秋。
——李百药

啾啾深众木,嗷嗷入孤城。
——皇甫冉

盛世天音

大唐的雄风、自信、风骨。
大唐的气魄、规模、胸怀。

同洛阳李少府观永乐公主入蕃
孙逖

边地莺花少，年来未觉新。
美人天上落，龙塞始应春。

唐人写公主和蕃的诗，往往是从同情公主的命运入手，一般都写得很凄切、惋伤，而孙逖这首诗却写得意志昂扬。

上联写边地的贫苦，没有美丽的风物，鸟儿也少，花儿也少，到了春天也感觉不到一丝美丽。而现在，大唐高贵的永乐公主嫁到边地了，那里一下子便有了春天。孙逖相信，永乐公主是能够给边地带去美丽、快乐还有文明的。这个"春"不应只当成美丽的春色来解读，它还应有一种文明和开化的意思。要知道古代的"春"字，有时还喻指君恩。

下联极言公主的美丽和高贵，客观上也表现出了大唐的强大和子民们的自信。总体而言，这首诗的艺术成就还是非常高的。

五绝

鸟鸣知岁隔，条变识春归。
望水知柔性，看山欲断魂。
——卢照邻
——宋之问

从军行

王昌龄

大将军出战，白日暗榆关。

三面黄金甲，单于破胆还。

大将领军出战，澎湃的杀气，使得白日照映下的榆关都惨暗了。三面黄金甲，形容大唐军容齐整，军威强盛，面对这样强大的唐军，单于吓破了胆，败退而回。这首诗气象雄健，表达了大唐强盛的国势和军威。

和张仆射塞下曲（其三）

卢纶（一作钱起）

月黑雁飞高，单于夜遁逃。

欲将轻骑逐，大雪满弓刀。

月黑雁飞高，写战之酣；单于夜遁逃，写战之胜；欲将轻骑逐，写战之紧；大雪满弓刀，写战之艰。四句诗，细节刻画完美，将唐军征战的气势写得惟妙惟肖。

这首诗在雪夜月黑的模糊意象中，表现了紧张的战斗情境，令人仿佛置身紧张的战事中，刻画情境极为成功。

和张仆射塞下曲（其四）

卢纶

野幕敞琼筵，羌戎贺劳旋。

醉和金甲舞，雷鼓动山川。

"野幕"，写出边塞的艰苦；"琼筵"，写招待和欢庆的规格，有苦中作乐的意思。羌戎来贺，写的是战胜的影响力。"醉和金甲舞"，写大众意酣，"金甲舞"写风气雄壮。"雷鼓动山川"，则形容气势之强大。

从上面几首诗中，我们可以看到大唐的强大和它的子民那种昂扬的自信。

伤感·沉痛

岁月留下的伤。
心中刻下的痛。

宫中题
李昂

辇路生春草，上林花发时。
凭高何限意，无复侍臣知。

作为唐朝末期的皇帝，李昂受权宦控制，不得自由，最后也死在了权宦的手中。从这首诗中我们可以读到他内心的沉痛。

辇路上生出了春草，上林的花儿开放了，春天是最令人高兴的季节，可是，他面对这一片大好春景，心中只有沉痛；他缅怀大唐帝国的美好，却对江河日下的形势无能为力。

"凭高何限意"，这句话概括得太多了：有对国家存亡的忧虑，有对己身命运沉浮的忧虑，有面对大好春光的感慨……可是这无限的意想，却绝不能让身边的侍臣知道，这一切只能藏在心里，否则就有杀身大祸。如此情境下的一个皇帝，他的内心是何等的痛苦。

羁春
王勃

客心千里倦，春事一朝归。
还伤北园里，重见落花飞。

五绝

天际一帆影，预悬离别心。
白云留永日，黄叶减馀年。
——常建
——刘长卿

王勃的小诗都写得很美。这首诗上联对得好，客心对春事，顿生美妙之意。客心千里，倍言其远；春事一朝，倍言其速。一倦一归，两相对比，心里的落寞和失意，就变得非常浓了。下联在上联的基础上，诗意递进，在上联那种情境下，又在北园里见到了飞落的花片，就更令人伤感了。

奔亡道中五首（其一）
李白

苏武天山上，田横海岛边。

万重关塞断，何日是归年。

即便李白写他仓惶凄楚的境遇，也不失他肆意的浪漫和夸张。他起笔便高远，写天山上的苏武，落笔则到了大海深处的海岛，写困死海岛上的田横。苏武在雪山十九年，田横则与五百壮士宁死不降，困守海岛。他用这两个典故，比拟自己的处境。

历代诗人用典的很多，但能把典故用得跨度这样大，气势这样奔放，比拟境遇这样贴切的，只有李白。在行文上，李白工整地刻其形，但在诗意上，李白则取其神，弃其形，这样落差极大，几乎不可能同时实现的手法，李白是信手拈来，一挥而就。万重关塞，这是李白常用的手法——夸张。这么多重关要塞，就算是顺利地走下去也愁煞人，何况李白还加了一个"断"字，万重关塞被截断，这样的情况下，何日是归年？经过前面三句的造势，这一问，真是令人感慨万端。

清溪半夜闻笛
李白

羌笛梅花引，吴溪陇水情。

寒山秋浦月，肠断玉关声。

在这首诗里，李白使用了很多物象，前三句每句都是两个物象组对。我们看到使用这种排列组合，他不如王维做得好，因为李白胜在气势，气象是他的擅长，而要组合这么多的物象，只有王维那样善于观察总结的有大画师素养的人，才能真正做到游刃有余，化腐朽为神奇。

倚杖寒山暮，鸣梭秋叶时。

一川花送客，二月柳宜春。

——綦毋潜 李颀

这首诗的成功之处在下联。"寒山秋浦月",意象很美,这一句对物象的组合,已经典至王维山水诗的程度。"肠断玉关声",则是承前三句而来,是写景渲染境界之后的点睛言情之笔,意虽已尽,而犹可玩味。

日没贺延碛作
岑参

沙上见日出,沙上见日没。

悔向万里来,功名是何物。

岑参这首,语言直白,上联出人意表,眼前所见,唯有日头和沙子,日出是沙子,日没是沙子,写尽了边疆的荒凉。正是因为这里这么的单调无味,所以作者才后悔不远万里前来求取功名。在这样一个荒凉的地方,即便有了功名又有什么意义呢?岑参是在写诗,但他连写诗最起码的讲究也没有了,一点情趣都没有了,我们看到他上联那种白话式的语言,已经讶异,而最后他连韵都不押了,直接说功名是个什么东西?它害我来到了这样一个鬼地方。

可见,岑参真正是被大漠的风光给雷倒了,一点斯文都不讲了,还好,他的基本素养很深,虽然诗写得通俗,但还没到打油诗的地步。

这首诗作诗风粗犷,直抒胸臆,用单调的文字构成绝佳的意境,情绪强烈,是边塞诗中少见的佳作。

流桂州
张叔卿

莫问苍梧远,而今世路难。

胡尘不到处,即是小长安。

"胡尘不到处,即是小长安"写尽了战乱后唐朝的世事之艰难。这首慰问诗别出心裁,劝朋友不要以为流放在边荒蛮夷之地就有多可悲,现在这个世道很艰难,哪个地方能避开战乱,哪儿就算得上是小长安了(犹如现在人说的人间天堂)。

鸟啭深林里,心闲落照前。——王维

青山满蜀道,绿水向荆州。——崔颢

咏乌
李义府

日里飐朝彩,琴中伴夜啼。

上林如许树,不借一枝栖。

李义府这首诗借咏乌而讽人事。上联工整,属于五绝中最常见的笔法,但他过于追求对仗的工整和字词的凝练,使得上联与下联在诗意上的联系不够紧密。诗好在下联,上林树很多,它却没有一枝可栖,这是因为上林那么多树,不肯借给他一条树枝,写出了世情的淡漠,更写出了求告无门的痛苦。

闲居
高适

柳色惊心事,春风厌索居。

方知一杯酒,犹胜百家书。

柳色很美,但是却惊动了深藏的心事;春风也是美好的事物,可是却令索居的人触景生情。这个时候,才知道一杯酒能销愁,远胜过百家的书(暗示自己虽读圣贤书,却无用武地)。这首诗表达了闲居在家,不为世用的苦闷心情,都是些牢骚话,但对儒生来说,却也有一种警醒的作用。

下楼
李益

话旧全应老,逢春喜又悲。

看花行拭泪,倍觉下楼迟。

这首《下楼》与高适的《逢谢偃》、李益的《立秋前一日览镜》、耿湋的《慈恩寺残春》四首都是写老来之悲,但都不如李益的《下楼》写得动人。

高适的《逢谢偃》写道:"红颜怆为别,白发始相逢。唯馀昔时泪,无复旧时容。"老友相逢,叹岁月蹉跎。这首诗作的特点在于每联的上下句都是对比,以青春对苍老。

李益的《立秋前一日览镜》写道："万事销身外，生涯在镜中。唯将满鬓雪，明日对秋风。"与其他三首相比，这首诗在构思上最好。万事销身外，写人老时诸事流逝、孤独而于世无用的感觉。一个"销身外"，笔力老到，写出了岁月流逝的残酷；生涯在镜中，面对镜子，看到老态龙钟的自己，觉得这镜中人似就是自己的一生，诗意极为浓缩，这一联乃是令人惊艳的佳句，极为概括；唯将满鬓雪，这个"唯"字令人唏嘘，除了满鬓雪，诗人什么也没有了，可这满鬓雪又能如何呢？明日对秋风，在衰老无力的感觉上，再添一种萧瑟的意境。

耿湋的《慈恩寺残春》写道："双林花已尽，叶色占残芳。若问同游客，高年最断肠。"残春与高年相应，同时，叶色占残芳，也隐约喻示着高年的悲凉。在这样的凄景下，同行的人中，倍感凄凉的当然是老年人，年轻人虽然有感残春，但不会如老年人那样联想到自己。

李益的《下楼》也是唏嘘的气息不尽。相互交谈的是老朋友，谈到的也全是老朋友，都老了，相逢是件喜事，何况相逢在春天？可是，这喜上又添悲，因为旧识都老了。两个老人赏花，边赏花边拭泪，因为觉得下楼都力不从心了。迟，写出了缓慢无力，年老体衰；倍，是极言对这种状态的感觉之深。"迟"字用得好，"倍"字用得更好。

秋　日
耿湋
反照入闾巷，忧来与谁语。
古道无人行，秋风动禾黍。

这首诗的具体诗意有些难明，"忧来"是文意的核心，但是我们只看到了忧愁的意象，却不知这忧为何忧。诗人站在闾巷里，看到落日反照，忧从中来，然后描写前方的古道和禾黍，符合"朦胧派"的一种旨趣。

乡在桃林岸，山连枫树春。
驿道青枫外，人烟绿屿间。
——张子荣
——孙逖

乡思·送别

见雁思乡信，闻猿积泪痕。
——岑参

遇人多物役，听鸟时幽音。
——谈戢

永远的相思。
时时的送别。

寒　塘

司空曙（一作赵嘏）

晓发梳临水，寒塘坐见秋。
乡心正无限，一雁度南楼。

早晨对着水梳头，坐在寒塘边，见到了秋天，产生了秋意，我们要理解"见秋"这两个字的意思，不只是见到了秋的景色，还应有秋意。见到了秋，生了秋意，便引发了乡思。正当诗人乡思无限的时候，一只大雁飞过南楼，在他的视线中飞过。那么这只大雁给乡心无限的诗人带来了什么感受呢？诗人没有说，全凭读者体会。

送谭八之桂林

王昌龄

客心仍在楚，江馆复临湘。
别意猿鸟外，天寒桂水长。

客心仍在楚，说谭八不舍湘楚；江馆复临湘，说到了湘水了，从此就别去了。唐人诗中如果地名和方位转换得好，诗意倍增，有时能出神品，王昌龄这首的上联算不上神品，但也还可以。好的是下联，"别意猿鸟外"，将诗意一下子扩展开去，蕴藉无限；"天寒桂水长"，说别意远出猿鸟之外，直达那寒冷的桂水（谭八要到的地方）。唐人许多诗中都这样，相送之心，一定要伴随对方到达目的地。

送张四
王昌龄

枫林已愁暮，楚水复堪悲。

别后冷山月，清猿无断时。

王昌龄这首诗纯用景色渲染情绪，用一派凄景，形容离别的愁绝，意境构造得很成功。"别后冷山月，清猿无断时"，意境上比较接近王维的"月出惊山鸟，时鸣春涧中"，不过这首诗多了些凄凉，清猿哀啼不断，离别的伤感不息，在那冰冷的山月中，这份别情便足感凄切了。

江亭夜月送别二首
王勃

江送巴南水，山横塞北云。

津亭秋月夜，谁见泣离群。

乱烟笼碧砌，飞月向南端。

寂寂离亭掩，江山此夜寒。

王勃的五绝在初唐时算是一道很清丽的风景，他得到了五绝的真味，作出的小诗都比较耐读。这两首小诗以意境见长，两首都算得上情景交融，但第一首尚平常，第二首则达到了意象之境。乱烟飞月，以迷茫混乱之景，道出了送别心绪之乱，而乱烟不但笼罩了碧砌，后来连离亭也掩盖了，使得诗人在离亭中，倍感寂寞，而在大江之畔，夜便格外的寒冷，这个寒也体现了一种孤独的心绪。

竹风能醒酒，花月解留人。——张谓

空斋对高树，疏雨共萧条。——韦应物

送王司直

皇甫冉（一作刘长卿）

西塞云山远，东风道路长。

人心胜潮水，相送过浔阳。

人心有情，胜过潮水无情。诗人自表友谊之心，却不让人觉得虚假。上联写去路之长，云山之远，但诗人却一心"相送过浔阳"，更反衬了"人心胜潮水"的情谊。

送郭良辅下第东归

李端

献策不得意，驰车东出秦。

暮年千里客，落日万家春。

暮年，千里客，献策不得意，写出了郭良辅的失意；落日万家春，以美妙的景涵括了前三联的这种失意，使之淡淡地散落，弥布于万家春色中，于是，这种失意便有了意象的寄托。落日万家春，象征了人生的归宿、恬淡、宁静，既有作者的怜惜和同情，也带了一丝温暖的慰藉之意。

瓜洲道中送李端公南渡后，归扬州道中寄

刘长卿

片帆何处去，匹马独归迟。

惆怅江南北，青山欲暮时。

这首诗写出了一种动态的依依之感。片帆何处去，写对故人远去的感伤；匹马独归迟，写自己情怀的依迟。上联分别写了别者和送者，都很概括。下联以景结情，用青山欲暮时，造出一种隐隐象征思念之情徘徊无归处的意象。

送张起、崔载华之闽中

刘长卿

朝无寒士达，家在旧山贫。

遍观云梦野，自爱江城楼。——孟浩然

庭前看玉树，肠断忆连枝。——李白

　　　　　相送天涯里，怜君更远人。

"朝无寒士达"，写天下寒士想要功成名遂的困难；"家在旧山贫"，写张起、崔载华的家境贫寒，语境中似有抱怨之意，怕也有劝二人认清现实的意味，旧山虽贫，总归是现实的，在朝中发达，对于寒士来说太不现实；"相送天涯里"，刘长卿也是久客他乡，可是，张崔二人的客路比他还要远，于是相比之下，诗人怜他二人的处境比自己更不好，情义便因此写得更真实了。

五绝

山晚云藏雪，汀寒月照霜。
暖手揉双目，看图引四肢。
——张南史

——王建

巧思

构思的巧妙，诗更有味道。

好诗人都有七窍玲珑心。

二月花无数，频年意有违。为经多载别，欲问小时名。
——崔峒

——王烈

秋浦歌十七首（第十五）
李白

白发三千丈，缘愁似个长。

不知明镜里，何处得秋霜。

李白喜爱用夸张的笔调，这一爱好在这首诗里再度体现，他奔放的激情，用浪漫主义的手法表现了出来。这首诗的妙处全在笔法的夸张和诗人的黠慧。起联用"白发三千丈"，引动一个"愁"字，可谓"兴中有比，意味更长（宋罗大经语）"。这句写得豪放不羁、出人意表，让我们不得不叹服他的气魄和笔力。结联写得也好，李白明知故问，不问自己"何处得秋霜"，而是问明镜里怎么得了秋霜。不解诗的人，一定会以为李白在装傻；解诗的人，一下子就读出了味道。李白一个问句，给我们留下了无穷尽的想象余地。仿佛这诗不是在说李白自己，而变成了李白问我们，再细读，进入诗中，这一句就变成了我们的自问之语，你看，这就是李白这诗的妙处。李白的诗，有诸多儿童式的奇思妙想，在这里我们要细细体会。

怨　诗
孟郊

试妾与君泪，两处滴池水。
看取芙蓉花，今年为谁死。

这是孟郊极为苦切的一首情诗。诗中写一个女子对丈夫所说的话，怨怼丈夫对自己的思念不够、关心不够。诗人想法很巧妙，将女人与丈夫两个人为对方流下的泪滴到池中，看看池中的莲花，被谁的眼泪淹死，意即比比谁的眼泪多，谁想念对方更多。如此构思为我们构画出了一幅小女子痴情入妄的情态。

江行无题（百首选一）
钱珝

咫尺愁风雨，匡庐不可登。
只疑云雾窟，犹有六朝僧。

上联写了一种遗憾，在风雨中庐山再好也无法攀登；下联写了一种遥想，怀疑那云雾缭绕的洞窟中，还有六朝的僧人在禅坐，顿时令遗憾更深，也平添了诗味。

春　怨
金昌绪

打起黄莺儿，莫教枝上啼。

五绝

叶雨空江月，萤飞白露洲。
访友多成滞，携家不厌游。
——杨凌

——司空曙

啼时惊妾梦，不得到辽西。

金昌绪的这首小诗构思极巧，广受称道，但是它被人称道的地方也正是它可被质疑诟病的地方。我初读时只有些疑虑它不太自然，有着诗人造作妄想的痕迹，而未必就是女子真实的心灵所发出。当然我不是唐朝的女子，不知她们是否有那样的风俗，或者，一个特别的女子有这样的心理和行为，正反映了她相思的深刻，而那种只能在梦中相逢而梦又难成的无奈和感伤，足值我们为之叹惋，深表同情。

当然，金昌绪挑战极限，用自己的心去感悟女人，并为她们发出声音，这确实是一种高难度的写作。

怨词二首（其一）

崔国辅

妾有罗衣裳，秦王在时作。
为舞春风多，秋来不堪著。

"为舞春风多"，是说当年受宠时的风光，一个"多"字，形容了舞（暗喻皇上的召见）的频繁；下句"秋来不堪著"，则情境急转直下，皇上的宠幸全无。两句一春一秋，一多，一不堪，构成了受宠时和失宠后的强烈对比。

空阶一丛叶，华室四邻霜。
今日又非昔，春风能几时。
——卢纶

——李端

善兴

> 兴是《诗经》的传统。
> 唐诗的兴已有了独特的方式。

古代诗人善兴，陈子昂的《曲池荷》、虞世南的《蝉》、王维的《相思》、李白的《静夜思》，都是善兴的典范。下面几首闺怨，虽境界上有所不及以上所列名作，但都是典型的兴的笔法，运用得可能更巧妙些。

淮阴行五首（其四）
刘禹锡

何物令侬羡？羡郎船尾燕。

衔泥趁樯竿，宿食长相见。

这个女子的情郎或许是商人或许是渔人，总之，她对长别离不满，于是羡慕船上寄居的燕子，还能朝夕与情郎相见。

江南曲
李益

嫁得瞿塘贾，朝朝误妾期。

早知潮有信，嫁与弄潮儿。

这也是一首描写闺中之怨的诗作，巧妙地通过潮守时守信，来怨怼自

五绝

山影水中尽，鸟声天上来。
水清鱼识钓，林静犬随人。
——戎昱 窦巩

己的丈夫归家无期，每一次的许诺都成为空言。

鹧鸪词

李益

湘江斑竹枝，锦翅鹧鸪飞。

处处湘云合，郎从何处归？

这首诗用鹧鸪与斑竹起兴，引发女子离别之情，又用"处处湘云合"来反衬自己的孤独，由此问起自己的郎君身在何处？从何归来？

以上三首诗的共同特点就是见物起感，是从古来的写法，诗经六艺中的兴，也是民间最常用的笔法。这三首民风，用兴都极为娴熟自然，而且极为妥贴，令诗充满了情趣和意味，显得幽思隽永。

美君乘竹杖，辞我隐桃花。
——顾况

兴随年已往，愁与水长流。
——窦群

讽寓

诗可以讽。

唐诗中的讽喻，多了些蕴籍，少了些直接。

张郎中梅园中
孟浩然

绮席铺兰杜，珠盘折芰荷。

故园留不住，应是恋弦歌。

孟浩然这首小诗还是很有味道的。上两联写的是美好的生活，绮席上铺着兰杜香花，珠盘中放着莲花，多么适意的人生啊。可是这样美好的故园都留不住张郎中，大概是他又迷恋弦歌了吧。孟浩然通过淡淡的揣测，讽喻张郎中迷恋外面的花花世界。

听弹琴
刘长卿

泠泠七弦上，静听松风寒。

古调虽自爱，今人多不弹。

这应是刘长卿进谒的诗作。古调，或许是指人品，或许是指政治抱负，或许是指淳朴的风气，总之，这种好的曲调今人是废弃了。

五绝

香烟轻上月，林岭静闻钟。
——钱起

流水生涯尽，浮云世事空。
——杜甫

雪

罗隐

尽道丰年瑞,丰年事若何?

长安有贫者,为瑞不宜多。

罗隐在诗中呼吁共同富裕,封建王朝也是有使子民幸福安康的义务的,不能粉饰太平。

悯农二首(其二)

李绅

春种一粒粟,秋收万颗子。

四海无闲田,农夫犹饿死。

李绅的《悯农二首》,在诗艺上没有什么可说的,平白质朴,好处就在于这首诗所呈现的大悲胸怀,是整个唐诗人中所仅有。这首诗写了农夫的艰辛、勤劳,也写了唐王朝对农民的轻贱。

放 鱼

李群玉

早觅为龙去,江湖莫漫游。

须知香饵下,触口是铦钩!

估计李群玉是个佛教徒,他在放生的时候叮嘱这些鱼,要早早化生为龙,那样才能免祸,千万不要被世间的种种诱惑(香饵)所困,以致被伤害。

咏木槿树题武进文明府厅

刘庭琦

物情良可见,人事不胜悲。

莫恃朝荣好,君看暮落时。

木槿花朝开夕落,所以常被古人用来表达世事无常,富贵荣华短暂。这首诗通过论述繁华有尽时,来劝诫世人不要自恃荣华,更不要让眼前的得意迷困了心灵。

朝暮泉声落,寒暄树色同。
——皇甫冉

江花铺浅水,山木暗残春。
——李嘉祐

赠李中华
梁锽

莫向嵩山去，神仙多误人。

不如朝魏阙，天子重贤臣。

这首诗劝朋友不要被虚无的成仙事业所误，要积极奋发，有所作为，当今的天子是重贤臣的，一个有才华的人不应自弃。

题祀山烽树赠乔十二侍御
陈子昂

汉庭荣巧宦，云阁薄边功。

可怜骢马使，白首为谁雄。

陈子昂不满朝廷的用人风气，认为当权者只任用那些投机取巧的人，而对在边界立下大功的人则很轻视。他同情乔十二侍御，英雄一生，究竟为了谁呢？

百舌
郑愔

百舌鸣高树，弄音无常则。

借问声何烦，末俗不尚默。

借助鹦鹉之口，道出那个时代崇尚花言巧语而不看重厚重的品德。

五绝

溪冷泉声苦，山空木叶干。
莲界千峰静，梅天一雨清。
——严维、高适

明快

> 快乐而美。
> 鲜艳而轻快。

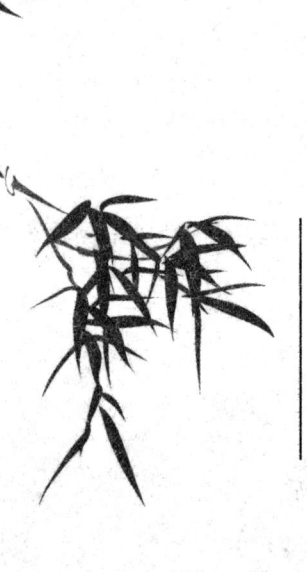

> 风吹花片片,春动水茫茫。
> 无人花色惨,多雨鸟声寒。
> ——李嘉祐

　　都说杜甫的绝句为拗绝,上不得台面。其实,杜甫也有好的绝句,他也有闲适快乐、温文尔雅的时候。比如下面这两首诗:

绝句二首

杜甫

迟日江山丽,春风花草香。
泥融飞燕子,沙暖睡鸳鸯。

江碧鸟逾白,山青花欲燃。
今春看又过,何日是归年。

　　这两首诗清新而又温馨。第一首气息从容不迫,非常闲适,写的是很美的春光,给人以很舒服的感觉。第二首是触景思乡,但也没有写乡愁别恨,还是一派正声。

　　如果杜甫不是后期不得意、颠沛流离的话,照着这样的诗风一路写下去,他也会成为王、孟一流。不过他的山水田园却又不同王、孟的那种清淡,而是一种温暖的、洋溢着生命气息的带些欣喜适意的诗作,这

一点是王、孟所少有的。

杜甫写绝句有一个特点,他比较喜欢对仗。他的一些七绝和五绝,达不到王、孟那样的境界,但却常有一些工整明快的诗作,这是王、孟所不具有的特点。当然,杜甫用对仗写绝句,多数人认为是一种失败的尝试。

李白也有相似的诗作,如他的:

夜下征虏亭
李白
船下广陵去,月明征虏亭。

山花如绣颊,江火似流萤。

这也是一首简洁明快的小诗。如杜甫的第一首一样,写的是唯美的景致,没有顾及感情,如同速写一样,快速而简练地勾画出眼前所见的美景,而这种勾画捕捉到了最典型最鲜明的特色,抓住了景物的根本特征。

五绝

露沾湖草晚,月照海山秋。
花月霁来好,云泉堪梦归。
——郎士元
钱起

这几首都是一样轻快明丽的小诗,一派盛唐人悠然自得的风致,也是那个安宁富足时期,诗人们惬意生活的真实写照。

秋浦歌十七首(第十四)
李白

炉火照天地,红星乱紫烟。

赧郎明月夜,歌曲动寒川。

这是一幅热火朝天劳动的画卷,李白用光、热、声、色,为我们展现了一幅秋夜冶炼图。炉火熊熊,火星四溅,写出了忙碌。照天地,写出了开阔。将这忙碌的红火的景象,置于一个开阔的空间下,美妙的诗境立时显现出来。炉火映红了工人的脸,在这秋夜的寒冷中,他们高声大唱,震动寒川。这首诗积极、欢快、昂扬,写了一群在艰苦的劳动中依旧昂扬向上的冶炼工人,展现了一派盛唐气象,让我们看到一个乐观的李白。

马诗二十三首(其五)
李贺

大漠沙如雪,燕山月似钩。

何当金络脑,快走踏清秋。

李贺这首诗写得也是相当明快的。上联两个对句,写出了一幅唯美的大漠风光。而下联也充满了快活的思想,在上联所构画的美妙意境中,快走踏清秋,是何其畅快。

附：韦应物——时空中错乱的情意和高古之风

> 韦应物是个独特的诗人。
> 诗歌体现一个人的思维、情感和习惯。

秋夜寄邱二十二员外
怀君属秋夜，散步咏凉天。
山空松子落，幽人应未眠。

韦应物的五绝倍受诗论家所重，胡应麟在《诗薮》中说："中唐五言绝，苏州最古，可继王、孟。"总的看来，韦应物的五绝在同代人中算是个中翘楚，但比起王孟、李白来，在质和量上还是有一定的差距，他最擅长的还是五律和古风。沈德潜说："五言绝句，右丞之自然，太白之高妙，苏州之古淡，并入化机。"这种说法抬高了韦应物，但是漏说了孟浩然，实则"孟浩然之自然，王右丞之端正，李太白之天真，韦苏州之幽深，并入化机"。清朝施补华评价这首诗说："清幽不减摩诘，皆五绝中之正法眼藏也。"实则韦苏州诗与王右丞自是两种，全不相同。

韦应物这一首诗，第一联平淡，好在第二联，自对眼前之景（山空松子落）遥想故人，必有前一联于极幽处怀念的情境，才有第四句遥想之味，而唯有第四句遥想之味，顿令前三句平淡之景焕发幽意。

五绝

烟花山际重，舟楫浪前轻。
不知人意远，渐觉鸟飞低。
——杜甫
——陈润

我见到有评家论这首诗，说韦应物用写实与虚构结合之法，将眼前景与意中景并列，认为这种手法很独到。其实在韦应物的诗中，这样的手法他使用得非常之多。对于唐代的诗人来说，这已是不算手法的手法了。如下面这首：

沣上醉题寄涤武

芳园知夕燕，西郊已独还。

谁言不同赏，俱是醉花间。

你看，韦应物给朋友寄诗说，虽然我们不在一处赏花，但我们都醉在了花间。确实，他这种写法常常是拉近了距离，跨越了时空。

宿永阳寄璨律师

遥知郡斋夜，冻雪封松竹。

时有山僧来，悬灯独自宿。

在这首诗中，韦应物遥想师僧的生活起居，以此相寄，显得情意殷殷，真诚而细致。其实，即便没有他这种细腻的感情，单讲雪夜山僧，就非常具有诗意，而且，充满了文人士大夫的雅兴。诗人们评说他诗风古淡，正在这里。

寄璨师

林院生夜色，西廊上纱灯。

时忆长松下，独坐一山僧。

他的这一首诗也是同样的写法，最后一句，将师僧的修行生活写了出来，虽然仅仅写了一件事，但已足够我们体味师僧寂静修行的意境。

韦应物的诗中，也常有将时空错乱置于一境之中的写法，如下面这首：

见紫荆花

杂英纷已积，含芳独暮春。

还如故园树，忽忆故园人。

他眼前的这棵树，恍然间变成了他故园的树，仿佛是回到了故园，然而不止于此，因为这棵树很像是故园的树，令他又忽然忆起了故园的人。可见，我们的过去其实并未逝去，我们对过去的记忆存在于特定的场景之中，这或者是一棵树，或者是一种鸟鸣声。在韦应物的诗里，这棵树就是他特定记忆存在并被激发的媒介。

沣上对月，寄孔谏议

思怀在云阙，泊素守中林。

出处虽殊迹，明月两知心。

这月亮在你那边，是照耀着云阙；在我这边，它安于淡泊，守着树林。你看，一个是富贵官家，一个是林间田野，虽然我们相隔天涯，但同望明月，两颗心与它完全相知。

这首诗是写月呢，还是写人？人与月不可分，也不必分。这就是韦诗的特色，他的诗境中，过去和现在，此地和彼地，总是融合在一境之中的。

韦应物同李白一样感情细腻丰富，所以韦应物的五绝，充满柔情，同李白稍见不同的是，他的五绝更加含蓄。如下面这首：

西郊期涤武不至，书示

山高鸣过雨，涧树落残花。

非关春不待，当由期自赊。

花儿已经落尽了，可惜啊，这不是春不肯等我们，而是我们错过了约期。似怨而无怨字，含蓄之至。韦应物的这种含蓄风格，与王维就更近似了些，尤其是王维的一些写相思写男女之情的小诗，虽然具体之妙各有千秋，但其中韵味总有神似之处。

韦应物的五绝除含蓄之巧外，更有蕴藉之妙。如下面这首：

五绝

鸟去宁知路，云飞似忆家。
野路接寒寺，闲门当古林。
——顾况
——耿湋

赠李儋侍御

风光山郡少，来看广陵春。

残花犹待客，莫问意中人。

他说我那地方太偏僻了，没有风光可看，所以到你的广陵来看春，可是我来晚了，不过还好，你们这儿的残花是很有情意的，还肯待见我。他的后二联写得非常蕴藉，以至于我们无法确定他的具体意思。

虽然我们无法确定他最后一句的具体意思，但我们知道，这一句写得非常美，是妙到毫巅的好句。我们就这么吟着，它蕴有深意，幽微难表，而心可会。

他为什么见到残花就感觉满足，不去提起意中之人呢？或许，此中颇有无奈之处吧。

现在，我们已读了这几首诗，多体味他的末句，就大体可以体会到韦应物那"古淡"的一丝韵味了。当然，韦应物的五绝，古淡的味道其实只是一丝，他的五古才是古淡味真正浓厚的。如果你想感受上古天真之民的风采，想体验他们的心灵，那你可以多读陶潜、孟浩然、韦应物的诗，以诗化心，你也可以是上古天真之民。

我们要知道，凡是高古或古淡的人，往往都是极为洒脱的。

偶入西斋院示释子恒璨

僧斋地虽密，忘子迹要赊。

一来非问讯，自是看山花。

这首诗前两句很拗，但后两句非常好。韦应物说，这次来不是找您，只是为了看山花。你看，多么直爽，一点也不绕弯子，也不讲客套，直来直去，对僧人坦诚相见。韦应物的古淡之风，从这首诗里我们可以体会一二。

韦应物五绝的诗意都很蕴藉，我们可以看到他的心思是很细腻的，他细致的想象往往出人意表，让我们觉得非常有意味，这就是他的五言绝句的一个特色。他的《答李浣》三首，就体现了这一特点。

答李浣三首

孤客逢春暮,缄情寄旧游。
海隅人使远,书到洛阳秋。

马卿犹有壁,渔父自无家。
想子今何处,扁舟隐荻花。

林中观易罢,溪上对鸥闲。
楚俗饶辞客,何人最往还。

这三首诗,都是遥想幽深的佳作。第一首,诗人在春暮时节想念李浣了,于是写诗相寄,但他诗的内容却是:等我的信寄到你所在的洛阳,恐怕都要到秋天了。这种对于人世中遥遥相隔,音书难通的体会可谓极深,虽然用的是最平淡的笔法,却写出了最深刻的感触。

第二首诗人还是用的遥想的笔法,想象李浣的生活,那就是"扁舟隐荻花"的隐士生活。这首诗在三首里面可以说是最弱的一首了,虽然首句连续用典,但在艺术上不能提升整篇的诗味。

第三首则是又一个小名篇了。前两句为我们构画出了一种非常美好的生活,是士大夫的闲适生活,或者是隐士的闲适生活。

"林中观易,溪上对鸥"写出一派高人风范。最后两句再次体现了韦应物诗歌的蕴藉特色,他在想象,楚国的文人很多,谁与李浣交游最密呢?这句等于在问李浣,在那里最好的朋友是谁?最合得来的是谁?这种问法就是一种关心的问候

五绝

汀洲寒事早,鱼鸟兴情新。
客心湖上雁,归思日边花。
——皇甫冉

钱起

了。

韦应物的小诗遥想幽深，写的都是寻常的事，想象的都是最寻常的场景，可是，却造作出了淡淡的、又令我们回味无穷的意境。

以上这些诗都是韦应物五绝中的上品之选，我们从中能看到，韦应物的五绝，古淡只是其一个特点，还有更重要的特点则是遥想幽深，这一特点古人没有看到。

当然，诗人的风格都是多样的，韦应物偶尔也有雄浑的诗作，如下面这首：

西塞山

势从千里奔，直入江中断。
岚横秋塞雄，地束惊流满。

该诗算是比较有气魄的，奔、断，用字较奇，而横、束、满，就更见奇妙了。只是他的下联有着突断的不足，我们似是在读一首半截的七律，这是他这首诗最大的缺憾。他这种纯写山景的诗，虽然也比较好，但是没有形成独特的意境，缺少了神采，比起王维写山水的五绝，差距还是显而易见的。单以五绝而论，韦应物虽不及王维和李白，但要胜过杜甫一筹。

万象皆春气，孤槎自客星。——杜甫

幽意含烟月，清阴庇蕙兰。——郎士元

唐诗小赏

五律

红豆生南国,春来发几枝。
愿君多采撷,此物最相思。

巅峰完美

既要达到巅峰又要实现完美,何其难。

若不曾刻苦地写过,就不会知唐诗的难得。

春景生云物,风潮敛雪痕。
——李嘉祐

水月心方寂,云霞思独玄。
——陈子昂

次北固山下
王湾

客路青山外,行舟绿水前。潮平两岸阔,风正一帆悬。

海日生残夜,江春入旧年。乡书何处达,归雁洛阳边。

王湾这首诗倍受称道,唐人殷璠评第三联"诗人已来少有此句。张燕公(张说)手题政事堂(沈德潜《唐诗别裁集》做:进士堂),每示能文,令为楷式。"可见当时这句诗被尊崇的程度。胡应麟也评价海日一联是妙绝千古的佳句。

王湾这一首诗在气韵方面,达到了一种中正和平、优容、大度、闲雅的极致,这不仅取决于他采用的句式结构所形成的节奏,更与这种节奏与诗意的完美契合有关。意不但与律合,气也与律合,所以就造成了一种完美的气韵。这种气韵的典范,如王维的《洛阳女儿行》,其在韵律上的成就令人叹为观止,读这样的诗令人如聆《高山流水》这样的古曲。同样是写绝句,李白的《送孟浩然之广陵》就比他其他的七绝在气韵上更殊胜,而韩翃久负胜名的《寒食》,也颇具独特的韵律。王湾这首《次北固山下》,平大中正,在气韵上的殊胜,是当之无愧的唐人第一。这首诗在气象方面,也特别符合大唐的那种品味。

王湾这首诗的气象平正阔大,在唐诗气象中算是最中、最正的佳境。这首诗的二三两联,在艺术上的成就是非常高的,也非常有特色,王夫之评第二联是"以小景传大景之神"并不是夸张的说法。这首诗通过对景物的细节描写,构画出正大气象,给我们展现出一幅平正唯美的图卷。可以说,这种气象,只有在大唐才能找到,这种意境的诗,也只有大唐的诗人做得出来。

以境界的完美、整体的和谐而论,没有哪首唐五律能与这首诗相比。虽然它的末句没有出众的特色,但相对于其他优秀五律的末句,它也不遑多让,至少它在气韵和气象上,与前面的佳句一脉相承,构成了一个和谐完美的整体。另外,"归雁洛阳边"也算得比较有想象力,末联虽弱,但经由上面"客路青山外""江春入旧年"的描写铺垫,这最末一句自然而然就更见临近年节迫切思家的味道了。所以,它单句虽较弱,但与上句联系在一起,借结构上的呼应之力,就变强了。

我们在五绝中可以看到,末联是一首诗的重心,最精彩的句子一般都在末联压轴。而在五律和七律中则恰相反,律诗中的末联往往是最弱的,最强的句子一般在二三联。这就使得一首律诗中,如果末联得力会给全诗增色不少。

沈德潜选本第二联上句作"潮平两岸失",以为"阔"字少味。确实,"失"字出奇,"阔"字较平,"失"字比"阔"字更形象些,更神妙些,然"阔"字却比"失"字平正,而且更助诗韵,两字各有千秋,如果是我作诗,可能最后选"阔"字的概率更多些。不过,一首诗炼字,往往有多种选择,所以此句"失"字与"阔"字,都堪吟咏,有两个选择,两种意境,对一首诗来说并不是坏事。

沈德潜又说此诗第三联"江中日早,客冬立春,本寻常意,一经锤炼,便成奇绝。与少陵'无风云出塞,不夜月临关'一种笔墨"。这说明他没有能够透彻理解诗意。王湾的两句,虽与杜甫两句看似相近,实则相差甚远。杜甫是直描景物,而王湾是照见物象。一个写实,一个抽象,杜

五律

身寂心成道,花闲鸟自啼。——皇甫曾

白发老闲事,青云在目前。——高适

甫的句子，只是景致，最多可列为境界语；而王湾则是意境语与气象语、意象语俱得，这其中的差距不可以道理计。

同样的道理，"无风云出塞，不夜月临关"两句，与王维的"明月松间照，清泉石上流"两句，同样是写景，但王维的句子就关乎意象和气象，更加有一种风骨情怀；而杜甫的句子，则纯是景致，这其间的差别其实很大，非真正的诗人难以分辨，诗评家们往往看不到。

过故人庄
孟浩然

故人具鸡黍，邀我至田家。绿树村边合，青山郭外斜。
开轩面场圃，把酒话桑麻。待到重阳日，还来就菊花。

孟浩然的这首诗，是田园诗里的巅峰作品，至少在唐诗中，我们找不到比这首诗更富那种乡土气息、更富农家那种浓厚人情味的作品了。

第一联写得热情扑面，因为故人置办好酒菜请客了，而且这待客的热情很不一般，对农家来说，鸡肉是较为昂贵的一道菜了，这位农人把最珍贵的食物拿出来招待客人。

第二联写得亲切自然，让我们仿佛一下子回到农村老家了。如果我们要找代表乡村特征的一句诗，这句诗就算是再好不过了，它一下子就将乡村的风韵给写了出来。如果我们说北方的田园，那首先想到的可能就是"绿树村边合，青山郭外斜"；如果我们说江南的田园，那可能就会想到小桥流水人家。孟浩然这一联看起来字字平常，但却是最经典之作，因为它的概括力极强。

第三联就更富乡村气息了，老朋友在一起喝酒相聚，谈些打场采桑种麻的事情，正写出了农家的生活。

第四联写得更有人情味了，到重阳的时候，你家菊花开了，我再来喝酒赏菊。这或许是诗人回答故人临别时挽留或再邀的话，以之结尾，亲切无比，更见乡村之情的纯朴厚重。

热情、亲切、真挚、纯朴、悠美、闲适、自然。这首诗的意境，它所洋溢出来的气息，是如此之美，它的每一联都恰到好处，全都普普通通，

> 行雨有时度，溪流何日穷。——蒋列
> 夜静溪声近，庭寒月色深。——严维

平淡如白话，但读着就是那么享受。这就是孟浩然在田园诗上的功力。

如果我们说孟浩然这首诗当得五律的完美巅峰，那我们再来看《唐诗三百首》中另选的一首僧皎然的田园五律《寻陆鸿渐不遇》：

移家虽带郭，野径入桑麻。近种篱边菊，秋来未著花。
扣门无犬吠，欲去问西家。报到山中去，归来每日斜。

这首诗写的也是田园景致，但相比孟浩然的句子，我们就会觉得这样的诗句不够亲切，境界方面也缺少那种传神会心的意味。

望月怀远

张九龄

海上生明月，天涯共此时。情人怨遥夜，竟夕起相思。
灭烛怜光满，披衣觉露滋。不堪盈手赠，还寝梦佳期。

张九龄的诗平正风雅，属于大雅之作，可谓是诗风的正宗。这首诗写离思而不伤，更不凄苦，不怨尤，这就是张九龄这种诗人的境界。如果在唐诗人中要找一个典雅风格的代表，那就首推张九龄。这种典雅与诗人的造诣无关，而是关乎做人的境界以及心态。张九龄做人比较豁达，而做为一个政治家，胸怀远比一般诗人宽广，学问也比大多的诗人深厚，所以他的诗风平正典雅，在唐代诗人中非常独特和突出。

张九龄的诗多用寄托，这首诗也是一样。咏月而寄托相思之情，这种手法李白用来会非常浪漫，张九龄用来就显得古朴。但张九龄在平和雅正和古朴之中，却又极尽巧妙，细腻周到。

海上生明月，天涯共此时。你看他写诗，想到的不仅仅是自己，而是天下的人，天下的人都一起享受或感受这段时光，这就是大雅，这是他做为一个政治家的胸怀，而像王勃的"津亭秋月夜，谁见泣离群"就属于自伤之语，是不能入大雅之列的。

"情人怨遥夜，竟夕起相思"道得平淡，却写得真实。最好的是第三联，你看，张九龄是个多有趣味的人啊，看到月光这么美，他忍不住把蜡

风惊拥砌叶，月冷满庭霜。——柳中庸

门带山光晚，城临江水寒。——薛据

烛灭掉，来仔细欣赏这月光，时间长了，感觉月光之下凝聚了露气，有些冷了，于是披上衣服。写得多么细致，而且极其真实，这样的句子就是神品，情景俱佳，而且情、景、人的行为举动，融合无碍。

最后一联，我们还是要说平正风雅。你看这个人心思多周到，多么有情有意，这么好的月光，他不欲独享，直想送人，送不了，他就许下美好心愿，睡觉时做个好梦，在梦中相会，你看他想的是多么的细腻而周到。

读张九龄的诗，最能陶冶品性，李白说"大雅久不作"，张九龄的古风就可归入大雅之作中。他的诗有深味，但需要细细地品，如同好茶，越品其味越浓。

送杜少府之任蜀州
王勃

城阙辅三秦，风烟望五津。与君离别意，同是宦游人。
海内存知己，天涯若比邻。无为在歧路，儿女共沾巾。

这首诗已达到了盛唐的境界和气象，甚至，如果我们单以境界来论，这首诗即便在盛唐，也是境界非常高的作品，单在五律里比，这首诗甚至可说是境界最高一列的。

整首诗的诗意是高昂乐观的，起句很有气象，而且与离别有关。接下来的句子一气转承，第三联更是传唱千古的名句。这首诗只是第二联弱些，但也受一些官宦文人的激赏，就如下面杜审言的这首诗的首联一样。

和晋陵路丞早春游望
杜审言

独有宦游人，偏惊物候新。云霞出海曙，梅柳渡江春。
淑气催黄鸟，晴光转绿苹。忽闻歌古调，归思欲沾巾。

杜审言的这首诗，不但具有盛唐的气象和盛唐不太明显的那种温和平正，而且还带着一丝丝古朴的意味。对于写早春的诗来说，它可以与王湾的《次北固山下》对比来看。一些前人喜欢这首诗的首尾两联，它的末联确实非常好，它的首联则与大众关系不大，而且诗人虽想在首联出奇制胜,却未达化境。写得最好的,倍受称道的,还是中间两联。第二联是千古名句,它大体与"海日生残夜,江春入旧年"相近,但在造境的气象上要差了些。它的第三联也与"潮平两岸阔,风正一帆悬"有可以互相印证的地方,但所输的还是气象。不过,这一联也有胜过对手的地方,那就是对微妙事物的把握,纵在整个中国的诗歌海洋中,类似这一联的也极其少见,张九龄的"灵山多秀色,空水共氤氲"也有写到这种"气"的地方,但未如杜审言的更深入和准确。

题破山寺后禅院
常建

清晨入古寺,初日照高林。曲径通幽处,禅房花木深。
山光悦鸟性,潭影空人心。万籁此俱寂,惟馀钟磬音。

常建这首诗因为第二联的"曲径通幽处,禅房花木深"而成为千古名诗。其实他的诗句里并没有写哲理,是我们拿他的"曲径通幽"引伸出了哲理。所以他的这句诗名气之所以那么大,有一定的巧合的成分。当然,他写得也非常的好,这一联的两句组合得非常完美。

写禅寺之景,常建这首诗可算是前无古人了,我们很难再找到一首能够写得这样寂静幽深的好诗了。

其实他的第一联也不弱,以晨光为起,起得非常好。他的第三联对得很工整,一远一近,一大一小,写了自己在潭水前得到了空寂的禅境,又写了鸟性与山光的和谐,可以说,这一联写得非常成功,在艺术成就上,它是要高于上一联很多的,因为它深入到了一种悟境,既有对天地万物之和谐的感悟,也有对自己心之空境的体会,山光、潭影,都是虚幻不定的事物,所以这一联其实写得非常美,它是动态的,而且与心灵互相呼应。在这一联里,诗人仿佛化成了天地,超越了自我,感受到山光与鸟性还有人心的关系。所以我说,第三联的艺术成就其实比第二联要高出许多。

它的结尾也非常好。万籁俱寂,只剩下佛门那钟磬的声音仿佛还在扣击着诗人的心灵,这让他的悟境更深了一层。

这首诗有个特点,就是每一联都要比上一联更深入,一层一层地递进

石激水流处,天寒松色间。——高适

万卷长开帙,千峰不闭门。——李嘉祐

到最幽深的境界之中。

大多数的人都喜爱第二联，而没体会到第三联第四联其实更好。

单以诗歌的艺术造诣而论，常建这首诗可算是最强的，如果拿每一联相对比，它比王湾的《次北固山下》还要稍胜一筹。当然，因为它所描述的内容决定了它的气象，这使之最终无法与《次北固山下》争名次。这就好比，描写万里江山的气魄，与描写一块大石的气魄，其主题就决定了两者不能相比。写大石头，即便艺术水准再高，在气象上也无法与万里江山相比，这就是写诗时，题材选择的重要性。诗歌本无高下，就如狮子和鲨鱼一样，有时真的无法做恰当的对比。

送友人
李白

青山横北郭，白水绕东城。此地一为别，孤蓬万里征。
浮云游子意，落日故人情。挥手自兹去，萧萧班马鸣。

如果我们按照律诗平正和雅的审美标准，李白这首诗一改他飞扬流动的天性，写得深沉而真挚，算得上他五律中的最佳作品了。

首联李白起得特别平正，第二联写出了一别后征程万里的状态，万里加一个"孤"字，写出了李白对友人独行的关切之情。第三联是名句，写得情深意重，将依依难舍的缱绻之情，巧妙寄托于外物之中。在李白的眼里，浮云是友人漂游不定的心意，落日是老朋友依依惜别的深情。在这一句中，李白那"天地有意，万物含情"的大诗人境界，再次表露无遗。

李白这首诗的末联结得更好，用萧萧马鸣之声，再次勾起我们的离情别意，使得波澜再起，让诗味悠长，余韵不歇，将惜别的意境无限广远地延伸了出去。

辋川闲居赠裴秀才迪
王维

寒山转苍翠，秋水日潺湲。倚杖柴门外，临风听暮蝉。
渡头馀落日，墟里上孤烟。复值接舆醉，狂歌五柳前。

王维这首诗在其诗作中极重要，它可说是王维诗风的代表。这首诗闲淡、安然、随性自在，饱含王维老年的返璞归真的性情和智慧，是真正的淡至无味可寻，而饱含真味。

第一联写景，寒山渐渐失去青翠，而流水也日日平缓，不再激荡。以写景而论，"转"字和"日"字都用得极好，将时光流逝于悄然不觉中的感触细致地写了出来。转者，缓缓而来，日者，渐渐而至，日岂不也是转动的？这是平常人所忽略的细节，而只有王维这种静观山水自然的大画家才深有体会。所以说，王维这首联是鬼斧神工之作。以人情感怀而论，两句暗合人事，寒山草木渐失青翠，秋水流势不再劲疾，恰如诗人老矣。

于是第二联，倚杖柴门外，真是一个老人的形象举止了，而这位老人在看到寒山秋水渐无力之后，他倚杖在柴门外，"临风听暮蝉"，注意，听的是"暮蝉"，我们读"暮蝉"两字，还要同上面的秋水联系起来，它还是秋蝉，诗人听的是秋蝉在暮风中吟唱。

第三联写景，又见王维对大自然的观察之细致和笔法之老到。"渡头馀落日"，剪取了落日与水即将相接的一刻；"墟里上孤烟"，则是写了第一户人家生火做饭。这一联的炼字功夫值得我们体会，"馀"意味着什么？意味着只有一轮落日，渡头已经无人了，都已归家准备晚饭了，故此写出了静的境界。"上"字用得也好，写出了炊烟的动态，与他"大漠孤烟直"的"直"字，有异曲同工之妙，而"孤"字，则说明有第一户人家生起炊烟，这个"孤"字用得也好，说明已到了做饭的时候了。

最后一联写得富于乡下生活的气息，说裴迪又喝醉了，到诗人这里狂歌。

王维这首诗写的是一派秋暮之景，但是并无伤怀之意，反而处处透着安闲，透着安宁、适意、自足。苍翠为老景，苍者有力，潺潺着重突出了平缓，临风听蝉、墟里孤烟，令人情不自禁想到了乡下的生活。王维这首诗的诗味，用一句诗来说就是"细雨湿衣看不见，闲花落地听无声"，其妙就在若有若无中。

这首诗是王维"淡"的风格中最出色的作品，这个"淡"字里面，还透露着一个"老"，不只是艺术造诣老到，心态也"老"，非常地安闲、

五律

物役水虚照，
魂伤山寂然。
——杜甫

寒磬虚空里，
孤云起灭间。
——皇甫曾

平静、随适而安，是一种心态老熟、静观万物的姿态。

所以，领会王维这首诗的妙处，就要着眼这一个"老"字，用那种更高的心灵圆熟的境界，来体察万物的变化，时光的流迁；用平和的胸怀来对待这些留不住的美好事物。

饯别王十一南游

刘长卿

望君烟水阔，挥手泪沾巾。飞鸟没何处，青山空向人。长江一帆远，落日五湖春。谁见汀洲上，相思愁白蘋。

刘长卿这首诗极见功夫。在唐人五律中，具有独特的艺术特色，以这样的诗歌而言，他自称"五言长城"并不为过，他这一类的诗歌，在艺术造诣上，确实有王维、李白、杜甫等未曾达到之境。

"飞鸟没何处，青山空向人"，未言伤感而伤感满怀，未言惆怅而惆怅甚深。"飞鸟没何处"，起得渺茫；"青山空向人"，对得失落。

"长江一帆远"，友人将逝；"落日五湖春"，别思满眼。

这两联是同一种写法，都是一起很空灵，而一落很蕴藉。所构造的境界充满了情意，而这情意与空山、五湖、斜辉融为一体，刘长卿的这两联极见功夫。

刘长卿的五律，是王维与孟浩然风格的结合体，有王维的神韵，但不全似王维，有孟浩然的气息，但又不全似孟浩然；既有王维的清远闲淡，也有孟浩然的热切深挚，他的诗风气韵，出入于王、孟之间。可惜的是，他的气韵，不及王维的安平正大，也无法做到孟浩然的洒脱自然，这是诗人思想个性使然。仅以本书所选他的几首律诗来看，字里行间，都透露着失意和伤感、失落和无奈，淡淡的忧伤气息，充满着书卷，这就是刘长卿的五律，也是他一生作诗所形成的最鲜明的特色。唐代诗人在气息上，孟浩然和李白神似，刘长卿和李商隐神似。

送僧归日本
钱起

上国随缘住，来途若梦行。浮天沧海远，去世法身轻。

水月通禅寂，鱼龙听梵声。惟怜一灯影，万里眼中明。

钱起这首诗历来备受赞赏，识者皆以为诗篇中有仙梵之气。其艺术手段的成熟和巧妙，只有王维的《山居秋暝》可与相较。

就以对佛法的运用之成熟，及佛法与诗境结合之完美来说，钱起这首诗在唐代少有出其右者，功夫还在王维之上。王维的诗，禅道与诗境往往契合不够完美，达不到无迹可循的境地，而钱起这首诗，则做到了水乳交融，密不可分，使佛法与诗境浑然一体。

钱起这一首诗，夺得造化之妙，与常建的《题破山寺后禅院》，在艺术技巧上都是达到了极致。当然，钱起的诗境不及常建，但他在佛法之境与诗境合一这一层面，却超过了常建，达到了诗歌艺术的另一个巅峰。

钱起这首诗，最大的特色就在于他将佛法与诗境混同一味，寓意深厚。而如果我们将诗境与佛法分开，那么，这一首诗就可以当成两首诗来读，而两首诗都是佳作。

这里我们只看他是如何将佛法与诗境混同的。

上国随缘住，"上国"指唐朝，在唐人的眼中，唐朝为上国，日本为小藩，"随缘"两字就见佛法了，以诗境而论，"随缘住"写出了僧人归国之时之因，缘尽了，所以就要离去。来途若梦行，佛法讲究观世事如梦，这个若梦合于佛法，而以诗境看来，一个"梦"字，写出了奇妙的感觉，是对世事的感叹，是对人生无可捉摸的概括，这份感叹，隐约间氤氲

五律

醉夜眠江月，闲时逐海云。
谷静风声彻，山空月色深。
——李嘉祐
——骆宾王

着一丝无奈，一丝伤感。

"浮天沧海远，去世法舟轻"是广为传唱的句子，上句起得高妙而混然，下句结得隽永而渺远。浮天沧海远，形象而又概括地写出了海天的状态，就因为有了这句的气势雄浑，最后那一个"轻"字，就如点睛之笔，强烈的对比，令妙境全出，既唯美，又写出了泛海的危险和艰难。

水月通禅寂，对佛法了解多的人会知道，佛教中有水月观音，此观音有一法门，谓"观水中月"或"水月空花"，这是佛法中观一切如幻的两个知名比喻。这一句好在，佛法非常自然地入诗，通过大自然的真实景象，写僧人的禅法和境界，极为妥贴和契合，而下句的鱼龙听梵声，较之上句就有些逊色了，它是平常之语，但两句合在一起，组合出来的意境却是那种唯存想象中的若神若仙、奇异玄妙的化境。

最后一联虽然不是历来最受赞赏的，但实际上它却是极品的结句，它超过了常建的《题破山寺后禅院》，也超过了王维的《山居秋暝》。"惟怜一灯影，万里眼中明"，若是诗人之眼，则写出了深深惜别，难分难舍之情；若是僧人之眼，则见万里行舟的艰辛和寂寞。万里眼中明，又岂只是惜别怀念之意？还自当涵盖了以佛法照明心境、驱除魔暗的美好祝愿。

钱起这首诗，需要细品才能领会其意，也需要精通佛学，才能真正体味其妙。

气完神足

> 气韵是唐诗最独特的美。
> 唐诗的气韵是可以塑造一个人的气质的。

唐诗中有好多诗都可以入选这一序列,在这里我们只选择最典型的。

晚泊浔阳望庐山
孟浩然

挂席几千里,名山都未逢。泊舟浔阳郭,始见香庐峰。
尝读远公传,永怀尘外踪。东林精舍近,日暮但闻钟。

整个唐诗人群中,只有孟浩然的诗称得上是真正的高蹈,也是真正的质朴,而其音律的流畅和意象的风流,也是其他人望尘莫及的。孟浩然在气韵上的造诣,一样是不让李白,当我们读到孟浩然这首诗,以及《与张折冲游者阖寺》《舟中晓望》时,便不难明白李白为何那等推崇孟浩然了。原来李白诗歌中的最显著的特色——流畅天成的气韵,孟浩然已先于他成熟,并给了他最好的范例,可以供他揣摩学习,李白的五律、五古、七绝、七古都有孟浩然这种风流豁达之风的影子。

后人叹这首诗为天籁之作,确实,这首诗以淡笔传神,写来一片空灵,都未见著意,而意境微妙,它著景不似张九龄《湖口望庐山瀑布水》精妙,但景中含情,以神妙见胜,高了张诗一等。

李白的《听蜀僧(睿)弹琴》,在气韵上不及此首轻灵洒脱,其《夜

五律

长河隔旅梦,浮客伴孤云。
玉漏殊杳杳,云阙更苍苍。
——皇甫冉
——韦应物

泊牛渚怀古》亦是，不但轻扬空灵之气不及，连蕴藉微渺的妙处也不及。孟浩然这首诗可谓洗尽了字意，更无一字著力，所以才得轻灵无比，风流蕴藉。

在王维的五律里，也不乏这类气韵轻灵的佳作，如《终南别业》、《酬张少府》，都写得语淡而味深，但同样的，论及空灵也都不及孟浩然这首。

在唐人五律中，气韵达到"无滞"这种境界的，张九龄《湖口望庐山瀑布水》当得，王维《山居秋暝》当得，李白《沙丘城下寄杜甫》当得，但都不及孟浩然这首诗能洗尽字意。他将诗的妙意化入了流畅的气韵当中，气韵不滞，物象不死，诗意不著，便当得"神韵"两字。

在五律和五绝中，能够像孟浩然这首诗一样流畅的例子是没有的，也只有七绝中李白的"两岸猿声啼不住，轻舟已过万重山"可以比拟。但李白的诗始终以气胜，意则不及。孟浩然更善于驾驭诗意，此首诗的诗意，立意高，行韵妙，与景境的结合圆融无碍，要超过李白。虽然五律和七绝是两种不同的形式，但还是有的可比的。

在这首诗里，孟浩然像是一个高明的小说家，叙事时一波三折，高潮转折，吊人胃口。

首联讲他乘船走了几千里，古人行舟，几千里路程总得走上好几个月吧，这期间名山都没看见一座，只有那水，眼睛和心灵的单调和苦闷可想而知。

"泊舟浔阳郭，始见香庐峰"，我们都知道庐山很美，但谁看到的庐山之美都没有孟浩然看到的那么震撼心灵，因为他在船上漂泊了数月几千里，才见到香庐峰！这种惊艳和欣喜是不同寻常的。

而庐山的美并不重要，重要的是"尝读远公传，永怀尘外踪"。

孟浩然一下子将思绪从过去的生活阅历中，从书本文字中，带到了另一种不可言传的境界中。"永怀"两字，字意平淡，却把情写得热烈执着；"尘外"两字，不只是讲远公逝去的风流，更因这"永怀"两字，使作者的思绪与逝去的风流似是融合到一起了，遂令这极平淡的事，达到了神化之境。

"东林精舍近，日暮但闻钟"，虽然已经离远公昔时的精舍很近了，但孟浩然毕竟是在船上，所以到了日暮时只能听到钟声。这句与第三联两句合起来读便韵味无穷了。尝读，曾经一读，一读之下便是心中永怀，那种一读倾心、红尘渴慕的感觉，写足了。而临近时，不能近观，只能听到日暮的钟声，将永怀的感情一下子化入钟声之中，令我们读来更觉遗憾。我们可以想象孟浩然遥望东林精舍，听着那日暮的钟声，想着那一读倾心的远公，自己一直都渴慕着他尘外的踪迹，曾经的憧憬在这一刻变得这样近，而却又是那样远，可能将会遥遥一望，第二天便离之而去，无数岁月来的向往，数月行程才得接近，如此的因缘，这会是一种什么心境？无限的诗意尽在此中！

既已到了，孟浩然为何不去一观，而是仅仅听着那日暮之钟？这已经是一种心神之会、心神之交，到了不须著于痕迹的境界了。

这种深怀仰慕而不去着于形迹地细看的状态，就是最好的状态，想象中的就是最美好的，孟浩然是懂这个道理的人，至少他的诗是这样做的。

赠孟浩然
李白

吾爱孟夫子，风流天下闻。红颜弃轩冕，白首卧松云。
醉月频中圣，迷花不事君。高山安可仰，徒此揖清芬。

李白的诗风有一个鲜明特点，就是他的起句非常像孟浩然，是一种神似。孟李的气韵可谓一脉相承。孟浩然是孟李诗风的开创者，李白是继承者和大成者，孟李诗风中，孟浩然稍内敛含蓄些，李白更豪放舒展些，但本质是一类，读者对此要好好体会。

这首诗的起句很高迈，我们仿佛读到诗之神在宣布诏告，宣布孟浩然的文采风流是何其不凡，李白对孟浩然的崇拜导致他认为整个世界应该知道孟浩然，喜爱孟浩然。李白的诗，殊胜的就是他的语气，他的语气就像一个主宰一样。

第二联写得极是洒脱，"白首卧松云"一句，犹为有神，写出了一个品性高洁、行为超凡的孟浩然。

五律

孤松宜晚岁，众木爱芳春。
——陈子昂

日月无他照，山川何顿别。
——张说

第三联继续，"醉月频中圣"写出了一个质朴而有点贪杯、总是在行酒令中被罚酒的孟浩然，这一句充满了李白对他的喜爱；迷花不事君，这一句又极高迈，"迷花"是孟浩然悠雅的喜好，本不是不事君的理由，而李白这样写，就将一个追求天地自然之真美，追求生活之适意，而摒弃世俗富贵的孟夫子，写得活灵活现。

末联也极好，在李白眼中，孟浩然的风流和品德，如高山一样，甚至是不可仰望的。对李白来说，他只能满怀崇拜和激动，写这样一首诗，以此来表达敬意，这种敬意不是仅对孟浩然的人，还是对他德性的"清芬"，在李白看来，孟浩然整个人就是清芬之德的化身。

李白作诗很豪迈，常有夸张的语气，但他对孟浩然所表达的已经不是赞美，而是一种崇拜了。

沙丘城下寄杜甫

李白

我来竟何事？高卧沙丘城。城边有古树，日夕连秋声。

鲁酒不可醉，齐歌空复情。思君若汶水，浩荡寄南征。

李白这首诗的气韵高蹈，如同诗中所写的"浩荡寄南征"一样，有一股唯我独尊、无所不畅的气韵，风流而浩荡，还带着一丝丝不羁，而且李白的情绪也一样是激荡的，这种种不同的节奏，合成了完美的一曲妙音。

李白令后人不可追攀的地方在于他信口成章，随意说来，便拥有无穷诗味。如"吾爱孟夫子，风流天下闻"这样直抒胸怀的白话，却胜过诸多工整典雅的丽句。而"我来竟何事？高卧沙丘城"，一样质朴的笔法，同样流溢着高士风骨和胸怀，他就好似诗歌中的王者，毫无忌讳，将律诗规则踩于脚下，达到了天真自由之境。

我们从李白的很多诗中，都可以看到他同孟浩然在气韵、神韵、笔法上的相似之处，在诗歌创作方面，李白受孟浩然的影响很深。

李白这一类诗给人的感觉是什么呢？好像是王者高歌，霸者狂歌，又好像是高人逸士在放歌。总之，李白这一类的诗歌具有独特的李白特色，令人的情绪不自觉地随之高蹈。这类诗歌好像是最好的音乐，令人不自觉地随着节奏起舞,精神也随之昂扬。

首联高妙在"高卧"两字,高卧为何?这句诗透露着一种难以平静、不得安宁的心绪,李白的情绪是激荡的。

第二联上句好在一个"古"字,下联好在一个"连"字。城边的古树从早到晚,秋声不断,这种秋声不断,听到一个不知自己为何来此的人耳中,会是一种什么感受?李白写出如此的秋声,紧承首联的情绪,递进了一层,令我们体会到他的心绪是迷茫而苦闷的。

"鲁酒不可醉",贪酒的李白居然觉得鲁酒无味,醉不倒自己,而喜好狂歌的他,更觉得齐歌虽然唱了,可无论如何宣泄,都不能抒发出他的情意。

为什么呢?因为他思念杜甫,这思绪激烈浩荡如同汶水一样,李白要将它与汶水一起寄与杜甫。

李白这首诗的诗意和诗境都很好,叙事也极流畅,但这些都不重要,重要的是他在这首诗中激荡的气韵,这才是最醉人的东西。强烈的情绪感染力是其特色。

望九华赠青阳韦仲堪
李白

昔在九江上,遥望九华峰。天河挂绿水,秀出九芙蓉。
我欲一挥手,谁人可相从。君为东道主,于此卧云松。

李白这首诗的艺术价值纯在气韵的跌宕,他那种汪洋恣意的潇洒,实是发挥到了极致。

首联好处在两个"九"字,九江、九峰,李白用这种奇特的方法营造出了独特的气势。第二联的天河挂绿水,气象宏大、超脱,而下联的"秀出"两字,直接写出了一种天地造化之工,仿佛造物主垂下一挂天河,秀出了九朵芙蓉(首联的九华峰)。第二联堪称是鬼斧神工的妙句。

第三联写出了李白特有的那种诗中王者的气势,我欲一挥手,何其豪迈潇洒,而"谁人可相从"显然是充满了自信和轻狂。

末联写韦仲堪,"卧云松"三字写出了一个超群的隐士,他的风骨

烟生极浦色,日落半江阴。
望乡心共醉,握手泪先流。
——戎昱
——窦巩

和情怀，于这三字中尽显。李白的末句虽然在气势上已经回落，但"卧云松"三字所描画出的风采，令诗意并没有衰竭，反而与第三联的"谁人可相从"一句相互呼应，令诗意蕴藉无穷。

寄校书七兄
李冶

无事乌程县，蹉跎岁月馀。不知芸阁吏，寂寞竟何如？
远水浮仙棹，寒星伴使车。因过大雷岸，莫忘几行书。

李冶是个令人钦佩的女诗人，我们说唐朝的诗风，李白和孟浩然、王维都有相似的地方，而真正风味最独特、独一无二的，男中可能是韦应物和张九龄，女中就是李冶。如果说王维、孟浩然的诗淡，那么李冶的《寄校书七兄》比他们的佳作还要淡，通篇透露着一种奇特气息，似是有气无力，似是有意无意，似有所希望又似是可有可无，可以说这首诗的意象构造得极好。

这首诗在唐五律中风味独特，最初将它放在第三序列，觉第三序列众作不如它；又放至第二序列，又觉它有超越第二序列的地方。

此诗写来似是漫不经心，但细味之则觉情意隽永。尤似孟浩然、王维一类淡笔，但又有女性心思细腻的特点，是王孟所不能达处。而其句法、气韵、诗意的转承，则是孟、李一类，但较孟浩然更加内敛些。

此诗娓娓叙来，淡淡的感觉和平常的想法，如同在说一些家常话，或者如一个人独坐出神时的自言自语，而情意和妙境尽在此中流出。

我想很多优秀的诗人都难以将一首诗淡到这种程度，可以将一切文字的繁华都洗炼下去，它的气韵是如此独特，如此闲适，透着如此深寂的气息，有一种令人着迷的力量，这是一种极难达到的境界。李冶在盛唐时诗名显著，唐玄宗甚至因为她的诗而召见她。她的艺术成就是很高的，在气韵的陶冶凝练上，李冶、王维、孟浩然可以并称，都可以当得那个"淡"字。应当说，在古代，她虽然有名气，但她的诗歌成就还是被低估了的，或者是被古人们刻意忽略了的。

我们可以从中看出李冶与薛涛、鱼玄机等女诗人的不同，她是生长在一个寂寞的环境中的，所以本书入选的她的几首诗，多是仄字作韵脚，里面透着淡雅、娴静的女性气息，这种气息在有唐一代女诗人中是绝无仅有的，甚至在以后历朝的女诗人中，也极少再出现像她这样的气韵。

山居秋暝
王维

　　空山新雨后，天气晚来秋。明月松间照，清泉石上流。
　　竹喧归浣女，莲动下渔舟。随意春芳歇，王孙自可留。

　　在王维平淡闲适的风格之中，这首诗则写得如同行云流水，其流畅通达，不让李白。王维这首诗在整体的节奏上最见流畅，而且在其一气贯注的流畅中，转换之间还保持了和谐，其大乐师的素养完美地体现在了这首诗中。无论是李白，还是孟浩然，他们的诗歌固然流畅，但他们的格律和节奏在通篇的协调性上，往往不及王维的浑然一体。

　　这一首诗，意境清新，节奏轻快，是王维山水诗中难得的风格欢畅、意境清新的一首。此诗气韵始终流畅，起句即妙，结句亦妙，一妙到底，遂成绝响。

　　王维善写雨后，如"山中一夜雨，树梢百重泉"因奇而妙。这首诗也是写出了雨后的极美。空山新雨后，一个"空"字，写山之净，新雨之后，空山更净，而且一新。起句妙已如此，而下句"天气晚来秋"，以高爽的秋气来对空山，上下句的境界便相得益彰，互相润色，可谓是完美的对句。张九龄的"灵山多秀色，空水共氤氲"也是灵山秀色与空水氤氲结合，但较之王维的句子，则不免著了一些痕迹，未及王维的自然流畅。而且，张九龄的诗意境尚嫌著色，而王维的意境则纯粹清空，一读之，便会之，清空新鲜高蹈洁净之气息扑面便来，袭人心意。

　　第二联则是传唱千古的名句。它直承上一联而来，雨后的空山、高爽的秋气中，松林间皓月清辉，石上流过清泉。一下子便将第一联的意境填充得丰满了起来。这两联四句，写了不同的景致，而这不同的景致充满了内在的和谐，合起来就构成了一幅美妙的画卷，给我们呈现出了一个清新的、爽利的、宁静的、活泼的意境。

　　第三联写到了人，在这美妙的意境之中，如果没有人的活动，那就会

五律

摇落潮风早，离披海雨偏。
——皇甫冉

连樯渡急响，鸣榔下浮光。
——卢照邻

变成枯寂。而第三联写人，在意境上就很难与上两联相比了，于是王维使用了技巧，"竹喧归浣女"，不见人而闻其声，竹林中传来妇女的谈笑，于是知道她们洗衣归来了，这一句是很妙的一句。下句"莲动下渔舟"，一样的笔法，但是就不如上句好了，因为这一句不如上句那样自然。

最后一联表达了王维的取舍，外面的春芳（也可能是指那些浣女）随它，我只要留在这秋山中。有了这最后的一联，我们再读前面，就可发现前四联的写景，并非纯粹的写景，而是若有所托。山净、气爽、青松、明月、溪石、清泉，以及第三联的竹、莲，诸物皆高洁，与人格的高洁恰恰相合，这是一种"象"这一范畴的写法，我们必须熟悉佛典，才能更好的理解。读这一首诗一定要注意这一点，正是这些具有共同人文特点的事物被完美而融洽地组合在一起，才构成了这首流传千古的佳作。以前的诗评家们没有看到这一点，大约是因为他们作诗的经验不够，对于运用文字组合手段强化诗歌意境的作用体会不深的缘故。这一首诗中，王维未用奇字，不求一联一句之妙，却实现了通篇的妙境，他不概括一件事物的特征，而是概括了众多事物的共有特征，将人人能够会意其特征的事物组合起来，构成了一种和谐而高雅的诗境。这种诗境，自中国有诗以来，都可以称为第一高洁、清净的诗境。在观察力、概括力、艺术手段上，王维的能力无人能出其右，杜甫常有单句中字意凝练的典范之笔，而王维不但擅长单字的凝练，更擅长通篇的凝练，这是一种大概括、大凝练。在这一点上，王维的这首《山居秋暝》，是唐人诗的一个顶峰，这种构境之法，只有《春江花月夜》可与之相比。马致远的《秋思》，也是与王维这首一样的写法。

从这首诗里面构造的意境我们也可以看到，王维的诗品是很高的，这也是为什么在盛唐时，人们将王维视为"一代文宗"的原因。

竹影含云密，池纹带雨斜。
——周思钧

露浥红兰湿，秋凋碧树伤。
——刘方平

春晚山庄率题
卢照邻

田家无四邻,独坐一园春。莺啼非选树,鱼戏不惊纶。

山水弹琴尽,风花酌酒频。年华已可乐,高兴复留人。

初唐的晚期和盛唐的初期,诗人们的意兴最高昂,对世界的信心最强,性情也最洒脱,诗味也最清洌。整个唐代,就数那个时候的诗人最放得开,卢照邻的《春晚山庄率题》,便流露了那个时代人们闲雅、从容的生活状态,确实当得一个"率"字。

首联气韵高妙潇洒,"田家无四邻"写其安静,因为安静,所以才有"独坐"的会心,会心的是"一园春"。一人独坐,富有满园春光,也算一件赏心乐事了。第二联在流畅中渐趋平正,莺啼鱼戏,众生自得,写出了从容自得的气派。第三联则是风情无限,意味醇浓。"山水弹琴尽",美妙的风光在琴音中达到极致,可谓雅意已极;风花在频频的酌酒中飞过,可谓畅快已极。在弹琴中穷尽山水之趣,是人对大自然的互动,风花在酌酒中频频飞至,是大自然对人的触动,第三联可谓是神品中的神品。

末联不出奇,但意兴很高,恰合前三联的情境,何况,这首诗即便只有前三联的惊艳,也已经足够了。

仲春郊外
王勃

东园垂柳径,西堰落花津。物色连三月,风光绝四邻。

鸟飞村觉曙,鱼戏水知春。初晴山院里,何处染嚣尘。

首联应是互文的笔法,写出了郊外春天处处皆美,起得很成功。第二联对得好,对出了醉人的悠美之境,物色风光是一意,三月指时间,四邻指空间,连三月写春光之繁盛,绝四邻则写出了郊外之幽静。第三联写得更好,通过鱼鸟,写出了春意,把景物写活了,鸟飞了,那村庄便觉有了曙意,鱼在戏水,水便感觉到了春情,这一联是极为神妙的一联,需要细细体会。末联虽平常,却也结得高雅。

送梓州李使君

王维

万壑树参天,千山响杜鹃。山中一夜雨,树杪百重泉。

汉女输橦布,巴人讼芋田。文翁翻教授,不敢倚先贤。

王维这首诗在气韵方面,是他的巅峰之作。前四句似天马行空,其流畅和高妙不输李白。但是王维这首诗有一个特点,就是他那种雄浑的气势是逐渐平歇的,一句比一句的气势更小一点,直至最后平稳落地,极为平淡而饱含关怀讽谏之意。

古人用万字、千字作一联的很多,但能用出气势来的并不多,王维在这首诗里则做到了。"万"言其多,"壑"言其深险,"参天"言其大、茂密,所以首句气象阔大,被诗评家们引为律诗工于发端的范例。"千山响杜鹃"一句,没有上句凝练,但是气势尤盛,而且以听觉对应上句的视觉,上下遂构成佳境。

如果说第一联妙在气韵,那么第二联的气韵没有那样高妙了,却在流畅之中令悠美多了些,王维在第二联里还是用了第一联的对法,以"百重"对"一夜",因此这一联依旧造出了繁盛的气势,"百重泉"极写夜雨之大,泉从树梢流落,不逊画境,写出了山峰林木间富于层次的美感,这是极为惊艳的一联。王维写山水常有惊艳的笔法,远远超越同时代的诗人,其他如"江流天地外,山色有无中"等都可谓是神仙之语,令人叹服。

前两联王维的造境,用"繁盛"两字可概括,这也得到了春生夏长秋收冬藏的真意,将夏季的一派繁盛之美用两联写了出来,功力是极高的。

第三联由自然的繁盛转至人世的繁忙,汉女输橦布,写忙碌,而到了下句的"巴人讼芋田",就写出了繁杂。

最后一联是勉励,王维在前三联中写出了一个令人神往的梓州,真是江山如此多娇,于是他在最后一联劝勉李使君恪尽职责,有所作为,就显得非常自然了。

我们看到,这首诗中,王维对于气势和气韵的运用,达到了极为纯熟的境地,从最初的极高妙雄浑,一句一句过渡到了最后的平和稳重,不愧是一代大诗人。当然,他音乐家的身份也令他对于节奏和音律的掌握,

> 楚云山隐隐,淮雨草青青。愿与道林近,在意逍遥篇。——宋之问 皇甫冉

达到了历代诗人的顶峰。后代评家都推崇姜夔在音律上的造诣,但从他们的诗歌中对气韵和节奏的掌握上来看,姜白石较为单一,而王维则千变万化,所以姜白石距王维的造诣,还是差了许多。

夜泊牛渚怀古
李白

牛渚西江夜,青天无片云。登舟望秋月,空忆谢将军。

余亦能高咏,斯人不可闻。明朝挂帆席,枫叶落纷纷。

李白这首诗的气韵不似上首流畅,稍舒缓些但却更嘹亮,是一种穿越古今的清越。它不及《送友人》凝练,但气韵却更加清扬。且最后一联从高昂阔大中一转,以萧瑟结束,出人意表。

首联的上句交待了地点,"青天无片云"给我们构画了一个广阔的意境。第二联写李白在舟中望着秋月,忆念谢朓,我们要好好体味这种望月而怀古思人的意境之美,明月令人的思念倍觉真切,这一联写出了李白在那种情境中的微妙感觉。

第三联写出自己与谢朓由来久矣的神交,在这明月下,李白可以为他高咏,但他却无法听到,对于崇拜谢朓的李白来说,"不可闻"三字,写尽了他心中的遗憾和寂寞。

第四联的意境最美,也最销魂,那个追念缅怀自己最心仪诗人的李白,在寂寞中,在纷纷坠落的枫叶里,扬帆远去。

以上诸首的结句中,王维的"随意春芳歇,王孙自可留"写得潇洒;李白的"明朝挂帆席,枫叶落纷纷"写得萧瑟丰神,余意悠远。

原以为孟浩然的结句不如李王,但细感孟浩然的诗境,才蓦然发觉,孟浩然的结句更加出人意表。他的末联与首联、第三联密切呼应,增益诗意,有曲径通幽之妙。

五律

半侵山色里,长在水声中。
水花松下静,坛草雪中春。
——卢纶

——李益

与张折冲游耆闍寺
孟浩然

释子弥天秀,将军武库才。横行塞北尽,独步汉南来。
贝叶传金口,山楼作赋开。因君振嘉藻,江楚气雄哉。

孟浩然的诗中有一种龙象四顾般的气场,他善用场景的转换,这点与李白一样,这首诗可能句句都较平常,但诗中流动的文气,却有那种豁达广阔的美感。就好像李白在诗歌世界中犹如主宰一样心灵自由,并在诗歌中表现出这种王者之气,孟浩然、杜甫也有这样的气质。

渡荆门送别
李白

渡远荆门外,来从楚国游。山随平野尽,江入大荒流。
月下飞天镜,云生结海楼。仍怜故乡水,万里送行舟。

我们从这一首诗里,再度感受到了仙人飞天般流畅的气息,见到传说中的仙境景象,这就是李白诗歌中那行云流水般的意念,他飞扬的文字所带出来的气象。我们读李白的诗就是读真正的盛唐。

李白一气行文的诗歌是不必要多说的,这首诗里值得一说的是他的末联,李白式的"物有情",写得非常深情,非常美,我只能用这种人人都能说的词语来形容这样的诗句。虽然已过了万里,李白向舟下望去,看那水,依然与故乡的水一样,在他心里以为这水是故乡的水为了送他的舟,一路流来的。你看,多么深情的写法啊。

孟浩然、李白这种以气行文的好诗其实不应来掺合这种排行榜式的热闹,但它既然选在本书里了,在这里就列入第二序列以显盛唐之精神,因为他们的这种超越常规的作诗之道,离开了唐朝就再也难得一见了,所以值得排在前列,以示其重要。

听蜀僧(睿)弹琴
李白

蜀僧抱绿绮,西下峨眉峰。为我一挥手,如听万壑松。

野蝉依独树,水郭带孤楼。
——杨凌

鹤高看迥野,蝉远入中流。
——司空曙

客心洗流水，馀响入霜钟。不觉碧山暮，秋云暗几重。

李白这首诗写蜀僧的琴声，再度表现了他行云流水的气韵、天马行空的意想，诗意一气流注，声韵之美，已让人无暇去思考它的诗意了。确实，李白诗篇中最美好的就是这一类以流动的气韵见长的佳作。

"为我一挥手，如听万壑松"，真是无限地风流蕴藉啊！这首诗从起句开始，就以行云流水样的洒脱运动，将诗的节奏感发挥得淋漓尽致。前两联中，都是上句见小，下句见大，蜀僧一挥手之间，顿时引动万壑松声，写来极有气势。首联也是写得动感十足，飘逸潇洒。风流之意，在前两联，这两联以流畅的气韵、恢弘的气势见长。

第三联则气韵渐缓，依旧流动，而文字则多了几分洗炼。在造句之法上，与前面两联截然不同，使用了倒装。"客心洗流水"，本为"流水洗客心"，李白一用倒装，顿觉其味无穷。"馀响入霜钟"，则令诗味更加无尽了，李白这一联的诗意难测，流水、霜钟究竟是实物，还是曲调名，有待商榷，如果是曲调名，则诗意就平淡许多，如果是实物实音，诗意就极尽深妙。

以我个人的理解，我愿把流水理解成曲意，而非曲名，琴声中意带流水，所以洗净了李白客旅之心；而霜钟则可理解成外音，是山寺中的钟声通过布满霜的山峰林木间传来，与琴音相合。这样理解，诗就更为美妙了。

第四联写了作者听琴中不觉天晚，意指蜀僧的琴音非常吸引人，虽时间流逝而不觉。这一联意思虽简单，但意境却写得极美，让我们深刻见识到了李白的功夫。

秋登宣城谢朓北楼
李白

江城如画里，山晚望晴空。两水夹明镜，双桥落彩虹。
人烟寒橘柚，秋色老梧桐。谁念北楼上，临风怀谢公。

李白这首诗，气韵多了些舒缓、平和，但骨子里依然是流畅。前两联依然是他明快的风格，依然充满他丰富的、不拘一格的想象，"两水夹明镜，双桥落彩虹"这看似平常的比喻，李白用来却显得诗意很浓。而第三联的意境就更好。至于首联,起得温文尔雅,从容自得,第四联也结得蕴藉温婉。李白这首诗与王维最著名的《辋川闲居赠裴秀才迪》气韵相近,都是从容而老到。只是李白的用笔比王维的更随意些,王维的用笔则用意更深些,于是在意象上更微妙,在诗道和诗艺两方面都还是胜了一筹。

广陵别薛八(一题作送友东归)
孟浩然

士有不得志,栖栖吴楚间。广陵相遇罢,彭蠡泛舟还。

樯出江中树,波连海上山。风帆明日远,何处更追攀。

原先以为孟浩然是不工于格律对仗的,后来越读他的诗才越觉得,孟浩然其实最工于此。他的严格对仗与不严格对仗,都最能出对仗的本意,他的诗,最善于意的扩展,在平淡得近似拘束之中,实则是无限量的广阔和自由。他善于把不同的时间和空间组合起来,构成奇妙的意象,如这首诗的第二联,才始相遇,便还,一遇一还,同时写来,那种画面和诗意流动的美、空间距离的美,只可意会不可言传。

湖口望庐山瀑布水
张九龄

万丈红泉落,迢迢半紫氛。奔流下杂树,洒落出重云。

日照虹霓似,天清风雨闻。灵山多秀色,空水共氤氲。

初唐和盛唐的诗歌都以气韵胜,这首诗第一次读时,竟误以为是李白的诗歌,两者的气韵实在太神似了,直以为是李白的诗误入张九龄名下。

"奔流下杂树,洒落出重云"意境与王维的"山中一夜雨,树杪百重泉"有相似之处,不过王维的景象易会,张九龄的诗句更规整典雅了些,所以就不及王维的自然好读。最重要的是,王维的句子极为概括,提炼出了景物的极鲜明的特点,张九龄的句子输之于特色不够鲜明。

"天清风雨闻",是最神妙的句子。杜甫的"无风云出塞,不夜月临关"与此句有相同的妙趣,对自然景物的观察都很细致,但是较之张九龄的句子,却少了一丝灵气和蕴藉。

岁月青松老,风霜苦竹疏。——孟浩然

昨夜梁园里,弟寒兄不知。——李白

"灵山多秀色",固是平平的句子,但与下句的"空水共氤氲"结合在一起,便成妙境,我们要多体会最后一句,它最概括地写出了瀑布在空中的特点,并且,它与灵、秀结合在一起,写出了天地精醇,境界甚伟,亦甚深妙。

舟中晓望
孟浩然

挂席东南望,青山水国遥。舳舻争利涉,来往接风潮。
问我今何适?天台访石桥。坐看霞色晓,疑是赤城标。

孟浩然这首诗的气韵依旧轻灵,胡应麟说它"自是六朝短古,加以声律,便觉神韵超然"。不过当中所蕴的"意"不如《晚泊浔阳望庐山》足,神韵也稍弱了些,《晚泊浔阳望庐山》往往多虚写,这首诗则多了些实写,所以气韵自是超然,神韵则不如上一首。这一序列里的几首诗中,"天清风雨闻""永怀尘外踪""青山水国遥""来往接风潮",结构、意思和气概都称得上是气完神足,实是令人神清气爽的千古佳句,都可称为天籁之音。当然这一首诗结尾不够理想,虽然在文彩和修辞上颇为出色,但是在诗意上却难免有突断之憾。

春日忆李白
杜甫

白也诗无敌,飘然思不群。清新庾开府,俊逸鲍参军。
渭北春天树,江东日暮云。何时一尊酒,重与细论文。

我们都知道杜甫的诗风沉郁、雄奇,但他早期有些作品还是很优雅从容的,也有一些气韵流畅、欢快活泼的作品。

《春日忆李白》可算是杜甫的气韵流,但是杜甫在意象和气象上,挤

山晚云初雪,汀寒月照霜。
坐觉千间静,闲随五马游。
——皇甫冉

——韩翃

不进盛唐大诗人的行列中，这首诗也只有第三联稍微有点意象。

本诗好在诗意一气流贯，有一种清新、飞扬的气韵。首联的笔法近似李白，直接道来。第二联也好，承接首联的"飘然"，写李白诗风的清新和俊逸，用古代两个著名的诗人庾信和鲍照，来做对比，这一联如果不是有上一联的铺垫，将会是比较空洞的一联；而与首联一个起承，就变得妙而有味了。

第三联意象不错，渭北、江东，可能就是当时李、杜二人所在的地方，渭北的树、江东的云，分别指李白和杜甫，云和树各在一方，不得相见，这一联的意象很不错。末联写了对二人重逢的期待。

应诏赋得除夜
王諲（一作史青）

今岁今宵尽，明年明日催。寒随一夜去，春逐五更来。
气色空中改，容颜暗里回。风光人不觉，已著后园梅。

从名字上看，王諲似是一位女诗人，能写出这样的诗，已可以媲美薛涛一流了。这首诗与杜审言的《和晋陵路丞早春游望》、王湾的《次北固山下》在诗的气象上非常接近。第二联是可以与杜、王争锋的佳句，不过第三联就稍差了些，下句意象不够深入，象写足了，意却短少了些。首句用巧，比杜审言的首句差不太多，但较王湾的首句就要逊色多了。末联写得还算不错。

题义公禅房
孟浩然

义公习禅寂，结宇依空林。户外一峰秀，阶前众壑深。
夕阳连雨足，空翠落庭阴。看取莲花净，方知不染心。

孟浩然的这首诗，依然体现了盛唐诗那流动的气韵之妙，但是，已不如上面几首灵动，而是在转换之间，更平淡从容了一些。这是因为诗中著笔于静景，气韵不能带动境界，文字有些寂寥，意象有些凝结。

神品化境

神品化境,让我们心灵冲上一个高度。
用文字,蕴含天地的神奇和美妙。

与诸子登岘山
孟浩然

人事有代谢,往来成古今。江山留胜迹,我辈复登临。
水落鱼梁浅,天寒梦泽深。羊公碑尚在,读罢泪沾襟。

孟浩然的诗读透了,就很容易理解为什么李白会对他那么的崇拜了。孟浩然的诗里面有微妙不可解的佳作如"春眠不觉晓,处处闻啼鸟。夜来风雨声,花落知多少",而雄气勃发的如"江山留胜迹,我辈复登临",涵盖千古的如"人事有代谢,往来成古今",至于挚朴亲切的如"开轩面场圃,把酒话桑麻"。无论是微妙还是雄浑,亲和还是热切,孟浩然都能用淡语表达出来,这就是所谓的返璞归真,唐朝的诸位大家如李白、王维、杜甫,都达不到孟浩然这种境界。

炼字也有很多种境界,有些是得到了物象的趣味,如"两个黄鹂鸣翠柳,一行白鹭上青天"、"江碧鸟愈白,山青花愈燃"。有的则是得到了物象最根本的特征,如"大漠孤烟直,长河落日圆"。有的是契合了意境,如"微云淡河汉,疏雨滴梧桐"。有的是得到了韵味,如"春风又绿江南岸"。有的是达到了神妙之境,如"往来成古今""山色有无中"。

江村片雨外,野寺夕阳边。
云敝望乡处,雨愁为客心。
——岑参

谈戟

而孟浩然的"往来成古今"较王维的"山色有无中"更妙，因为它的诗意更富于哲学意味。

孟浩然这首诗得到了真大气、真沧桑，他对时空的感触超越了同时代的诗人们，虽然这首诗一直不够被重视，但它真实超越了"气蒸云梦泽，波撼岳阳城""微云澹河汉，疏雨滴梧桐"这样传诵广泛的佳句。

"人事有代谢，往来成古今"是唐诗中最上乘的诗句，其深哲精炼胜过张若虚。"往来"二字用得最为神奇。

"江山留胜迹，我辈复登临"又是唐诗中最上乘的诗句，其意雄绝胜过杜甫。我们看到，孟浩然虽然用笔写出了千古之慨，江山之意，但却语调平和，落尽奇异，返璞归真。

它，言辞不深，而其意深不可度；它，语调不雄，而其意雄绝天下。

首联起得高妙至极，以"代谢"两字，高度概括了人世的最根本也最显著的特征，而"往来"二字，则极为形象地、动态地概括了时间的特质，在一往一来之间，于是成古今。这一联包含了多少的感慨啊，有多少文人对此吟咏过，感慨过，可是，又有谁的诗句比孟浩然写得更到位呢？没有。一往一来，造成了古今之别，这"往来"二字，用得概括、神妙，以两个简单的行动状态，化出了古今无穷的深意。

"江山留胜迹，我辈复登临"，文字和语调依旧是那样的平淡，但一个"留"字，顿时天人相合，江山如同有意，为人间留下了胜迹，于是，我辈登临至此，仿佛江山与人早有约许。这一联的诗意是直承上一联的，意即虽然古今（时间）变幻，但江山（空间）却留下了胜迹以待来者。正因为有了前面三句的诗意，"我辈复登临"这一句，才尽得风流。登临胜迹这一种举动本身已蕴有雄壮的意味，何况将这举动置身于既浩大又微渺的时空之中。所以孟浩然娓娓道来，平淡缓和，但其意却是雄绝天下的。这就是诗意的借势，一旦前面的诗句造成了大势，那么，平淡的话语也可以占尽风流。

第三联极为洗炼地写出了冬日风景的特色，恰应了孟浩然此时的心情，是情景交融的好句。第四联好在一个"尚在"，感古伤今，正对比了孟浩然此时的失落。

这首诗的后两联也都是好诗句，但相比前两联的极其出色，就显得平淡了许多。前两联的神妙，后二联不能为继。如果不是这样的话，孟浩然这首诗可以成为唐五律中最神妙的作品，甚至成为毫无疑义的第一。

在狱咏蝉
骆宾王

西路蝉声唱，南冠客思侵。那堪玄鬓影，来对白头吟。
露重飞难进，风多响易沉。无人信高洁，谁为表予心。

骆宾王的《在狱咏蝉》非常著名，甚至被誉为咏物诗的第一佳作。这首诗不逊色于盛唐，其实单以五律而论，在境界上，初唐高于盛唐。如陈子昂、王勃的五律，或中和雅正，或乐观昂扬，总之，初唐胜在格调，格调一高，境界自高。

起句用蝉声带出自己的囚徒处境，句式工整而气韵舒缓。

第二联写心境，自己蒙冤下狱，咏唱古人遭诬陷时吟唱的《白头吟》。第三联是名句，描写在谗言诬陷之下，自己的困难处境。四联写得也很好，虽然身处牢狱，但不放弃操守。

这首诗很值得赞美，除了艺术成就高之外，它的格调也很高，因为作者虽然蒙冤，但诗写得却非常平正，不怨不哀，通过对蝉的咏叹，来表达自己的高洁情怀，这就是初唐胜于盛唐的地方。

望洞庭湖赠张丞相
孟浩然

八月湖水平，涵虚混太清。气蒸云梦泽，波撼岳阳城。
欲济无舟楫，端居耻圣明。坐观垂钓者，徒有羡鱼情。

登岳阳楼
杜甫

昔闻洞庭水，今上岳阳楼。吴楚东南坼，乾坤日夜浮。
亲朋无一字，老病有孤舟。戎马关山北，凭轩涕泗流。

秀迹逢皆胜，清芬坐转凉。
——吴巩

山临青塞断，江向白云平。
——王维

孟浩然和杜甫都写过关于岳阳楼的诗，而且是不相上下的佳作。我们将这两首写洞庭和岳阳楼的诗作对比来看，就更能看出诗人艺术造诣上的差距。

首先，孟浩然写景，笔力更加自然。在艺术的天赋上，李白、王维、孟浩然都要比杜甫高不少。首先看起联，孟浩然的"八月湖水平，涵虚混太清"，"涵""混""虚"三字境界全出。而杜甫的"昔闻洞庭水，今上岳阳楼"虽然流畅，读来也颇有诗味，但实在不免平淡了一些，他这种写法类似李白，李白起句往往看似很直接，但却很高妙，杜甫使用这种手法，往往因整篇气韵的原因，效果不如李白。他这个首句，在艺术上比孟浩然要逊色不少。再看第二联，杜甫用了一个"坼"字，一个"浮"字，都是用力过猛，如果我们用电影的感觉来表达的话，杜甫这联是灾难电影。孟浩然的"气蒸云梦泽，波撼岳阳城"是雄浑的气象，我们一下子就能在脑海中构画出一幅洞庭湖水浪拍城的镜头来。而杜甫的呢？吴国的大地和楚国的大地在东南方裂开了，天和地在湖水上漂浮着，尤其是"乾坤日夜浮"，对于一个湖泊来说，这样的句子确乎是属于失真了。杜甫的夸张笔法在这首诗里用得并不是恰到好处，而是有点失败，远不如李白用夸张来得自然妥贴。

上两联，杜甫比孟浩然差得远，但下两联，虽然孟浩然写得很工整，但他毕竟是写了一首干谒诗，委曲求人的情况下，他的后二联虽然功夫十足，不落俗套，但毕竟一点也不感人。

而杜甫的后两联则再现了他平民诗那种能够引起众多读者共鸣的特质，将写景的诗引到了自己的凄凉处境上来，尤其是最后一句写战乱，自己感慨时艰，泪流满面，一下子便血肉丰满，感人至深。

这就好像一场电影，孟浩然前半部分是雄武激烈的大片，但后一半就变成了令人昏昏欲睡的平剧叙事了。而杜甫的前半场也是非常精彩，好像上半场演了一场惊心动魄的大地震，后半场则是一幕令无数观众为之落泪的感人悲剧。于是，观众都纷纷赞扬杜甫的好，只有演员和导演（诗人们）这些专业人士在说，孟浩然的前半场演得水准有多高，演技超过了杜甫，后半场的艺术手段也非常棒，不比杜甫差，从艺术上来说，或许孟高

鼓角悲荒塞，星河落曙山。
客散高楼上，帆飞细雨中。
——杜甫曾 皇甫曾

于杜。但最后的结论,却往往还是杜甫的写得比孟浩然的好,这就是平民诗人和隐逸诗人的差别,也是杜甫之所以最终博得高名的原因。

汉江临眺
王维

楚塞三湘接,荆门九派通。江流天地外,山色有无中。
郡邑浮前浦,波澜动远空。襄阳好风日,留醉与山翁。

到这里我们终于再见到王维的五律了。李杜王孟的诗歌,不必赶热闹去评选巅峰完美,因为他们最具特色的诗,独树一帜,如王维的山水诗,他这一类诗以其整体风格和艺术成就,可与盛唐最出色的单篇佳构并列。所以,虽然王维的五律在唐诗中是数一数二的高明,但本书并没有多选他的作品进入巅峰完美,喜爱他的读者也不必以为憾事。

王维这首诗起句很好,气势比较雄阔,一下子给我们展开一幅开阔的画卷,然后接下来,我们所看到的,就是神秘幽远的妙境了。

第二联是传唱久远的千古名句,它固是一联传神的好诗,同时,它也是一种高妙画艺的总结,实际的山水妙境和画境,在这联诗作里完美地合一了。这一联,描写的其实是我们目力所能达到的极限和终点,也就是天地相接的地方,我们的视力不能超出那个范围,那里叫地平线,在那里我们的视力已穷尽了。王维这句诗的妙处就在于,因为有一条江向那里流去,在天地交接之外,这条江还是在流动的,这是我们目力不能及,但心智完全能推想出的事情。所以,"江流天地外",给了我们无尽的想象空间。我们看到的是这一方天地的山河,而这方天地之外的大江,任凭我们想象。这句诗看似字字平常,它构出的意境却堪称是鬼斧神工。江流天地外,固然是极好的诗了,而更好的还在后面,"山色有无中",才是最出人意表的。

山色为何在有无之中呢?因为遥远,目力难及,所以若有若无,而这句诗在这首诗的整个大情境里,就显得特别美。王维是将山与水合写的,山色之所以若有若无,与江水大有关联,不只因为极目远望,更因为水汽朦胧。

五律

江火明沙岸,云帆碍浦桥。
不复人间见,只应海上期。
——祖咏
——李颀

山际空为险，江流长自深。
静坐山斋月，清溪闻远流。
——储光羲
——王昌龄

我们读到第二联的时候，虽然第一眼就能感到"山色有无中"诗味的出色，但还不能够读透它的深意，必要读到"郡邑浮前浦"时，看到那一座城池仿佛在江水之中浮动，这时候我们才知道，王维所写的汉江，其气势之大，郡邑在其间不过如一叶浮舟，那么青山也自涵在大江之中，水汽迷濛，在大江流出天际之地，山色自然在有无之中了。

这首诗的特色就在于王维以大江大水的特性涵盖其他一切事物，这是想象的能事。他以大江之气象，幻化了万物入诗中，这就是盛唐诗人善于捕捉气象的一个例子。

王维这首诗，确实像一幅构思极为完美的画卷。

当然有一点，诗中的画境因为存着无尽的想象空间，所以，它比实际的画境要美得多。即便王维以这首诗的诗意构画出一幅绝美的画卷，我还是以为，王维的诗会比他的画更美。

这首诗的结尾比较平淡，呈现了一种安宁、舒适的情怀，以及对拥有山水之美的满足。

读到这个"郡邑浮前浦"时，不由想到了杜甫的"乾坤日夜浮"，杜甫的这句诗受到不少人的诟病，认为他写得不真实。我以为他的骨力和气势过于雄大了，而他选择的文字确实不足以承载其雄壮的思想和感受,以洞庭水涵括乾坤,确实有些蛇吞象的感觉。而王维以大画师的眼睛,看到江水汹涌,波光雾气之中,郡邑好像在漂浮,就显得非常真实,我们面对大江的波浪一般都会产生这种视觉上的错觉。

我们在这里依旧能领会到,李白和王维的气韵总是能恰到好处地带动诗境的产生,而杜甫靠用力,靠骨力和文字的凝练创造意境则往往过度,时常产生种种的不完美,无论是细节还是整体。所以唐人的诗好,根本原因在于气韵,先天的气韵得力,创造境界如顺水行舟,是得天地之造化;而后天的笔力,则是逆水行舟,是向天地夺造化,想写出出神入化的好诗,何其之难。

过香积寺

王维

不知香积寺,数里入云峰。
古木无人径,深山何处钟。
泉声咽危石,日色冷青松。
薄暮空潭曲,安禅制毒龙。

王维这首诗的特色就在于他的意境和气氛,他构造出了一种枯寂的、寒冷的、空旷的意境。这首诗的色彩和感觉都极为浓烈,那种深山里的感觉透出了文字,令我们如身临其境一般。

"不知"两字,说明作者第一次来,

五律

向郭青山送,临池白鸟看。
舟轻不觉动,缆急始知牵。
——刘长卿 姚崇

也说明香积寺不在人迹较多之地。"数里入云峰","云峰"两字,开启了整篇空旷、寂寥的氛围。

木是古木,路径罕有人迹,山太深,无法判定钟声来自何处。王维寥寥数语,佳境便出。

泉声如咽,流过危石,日色冰寒,照在青松上,连青松也觉得冷了。这一联跟上一联都是极为凝练的佳句。

最后一联写到了僧人,他安坐在空潭边上,制伏了潭中的毒龙(一说是心中的贪嗔痴等毒)。

王维这首诗的写法有近似其《山居秋暝》的地方,那就是他对物象的选择,虽然没有《山居秋暝》那样浑然天成,但他用"咽""冷""空""曲"这样十分讲究的色调,来给物象著色,顿令境界出彩。

归嵩山作
王维

清川带长薄,车马去闲闲。流水如有意,暮禽相与还。
荒城临古渡,落日满秋山。迢递嵩高下,归来且闭关。

这首诗近古,以韵味古淡胜,若律若古,并得其妙。

第二联对得松散,因为用律诗写古意,往往不出味道,而用律诗的大体,在细节处放松,自由散漫地写来,那种无可无不可、闲雅随意的味道就流露出来了。所以大诗人在创作律诗的时候,往往故意突破格律的藩篱,而产生更妙的韵律,大诗人真正追求的是韵律的美,而非格律。

首联写清流,写车马,都是动态的事物,但动态的事物中透露着闲适。写清川,用"带长"两字透露了一种绵远舒缓的感觉,写车马,用了"闲闲"两字,那种并不着急,自由而行的情状,一下子写了出来。

第二联可能赞赏的人较多。《唐诗鉴赏大辞典》以为,王维笔下的流水和暮禽充满了情意,鸟儿是与诗人结伴而归,作者用流水、归鸟比喻自己的归隐。其实王维的山水田园一向淡雅,他对外物的观察一向是客观理性的。第二联的妙处若是强解强读,就失去了韵味。它的妙处其实是在有意无意之间，若有若无，不著于象，不去强辨，这样诗味自浓。

流水如有意，有的是何意？只怕仅是诗人一种内心有所感发，但还不明确的感受，若是明确了，那就是李白"仍怜故乡水，万里送行舟"的风格。李白的诗妙在直接，痛快言情；王维的诗妙在隐约，似有似无。

李白的直接明朗与他的性情相关；王维的隐约含蓄也与他的性情有关，更与他佛学的修养有关。流水如有意，只是他修学佛法时，那种"不动心"的境界受到了一丝轻轻的摇动，所以，流水如有意。好像有意，究竟有没有呢，以王维学佛的觉悟，应知一有即迷，他是不会主动让它有的。至于"暮禽相与还"一句，恐怕也与王维己身无关，是他见到的事物。当然，如果有人喜欢用暗喻来理解，认为王维这是借流水飞鸟而言己志，那也未尝不可。

第三联就是比较经典的五律作法了。合律，而且气象、境界都达到了一流的水准。尤其是写景之工，更具大画师的深厚功力。

城是荒城，渡是古渡，日是将落，山是已秋。"落日满秋山"一句尤其美妙，将秋山之萧瑟，更染一层落日之辉。大画师写景的功力，确是千古无出其右者。

末联写嵩山，又令我们看到了王维笔力的凝练，"迢递"是横向的写，写山之广远，"高下"是纵向的写，写山之多姿。"归来且闭关"一句，虽然是全诗中最独立的一个句子，却很重要，它是整首诗的方向，每一句中所蕴含的意思和感情，都要根据这一句来理解，解评家们认为流水暮禽是一种暗喻的根据，也是从这一句而来，所以，它虽不是出彩的句子，却在诗中有其独特的重要性。

终南山
王维

太乙近天都，连山接海隅。白云回望合，青霭入看无。
分野中峰变，阴晴众壑殊。欲投人处宿，隔水问樵夫。

王维这首诗依旧体现了他大诗人和大画家的双重功力。

起句甚是高妙，气势之大，就是在杜甫的五律中也少有。这一联用的

酒客逢山简，诗人得谢公。
寥落人家少，青冥鸟道深。
——张继
——皇甫冉

手法如李白"疑是银河落九天"一般，连山虽远，亦不能到海隅，这是想象和夸张的手法。王维这么写，我们读来觉得很好，而杜甫的"乾坤日夜浮"却受到诟病，这中间有着细微的差别，读诗时碰到这种情况要细细体会。

第一联写了终南山的高和远，构画出了一个全景，仿佛一幅巨画。

第二联则写了神奇变幻的云雾。很多人分析这首诗时，都将两句分开来评，其实两句是一意，是互文。在远处看是云雾，走进去后发现没有了，等走远了回头再看，发现还是有的，这是视觉上的一种物理现象。王维抓住了山中云雾的这种特征，用回望、入看、合、无这几个字一概括，加以工整的对仗形式，顿令这一联成为千古名句，我们无法不叹服王维的观察力和概括力，及他凝练的笔力。

第三联也是颇能显示王维观察力和概括力的一联。山的中峰坐落在不同的星宿分野中，在不同的分野中观看，中峰出现各种变化。既写了中峰的阔大，也写了它的变化多姿，较之苏轼的"横看成岭侧成峰"，更具磅礴的气势。"阴晴众壑殊"，则是写了终南山峰壑的多变，在阳光的照射下，其色彩景致呈现出不同的变化。王维的第四联写到了自己的行为，整联妙在"隔水"两字，由此两字而出诗味。

前人评此诗，多认为第

四联与前三联不相称,不能匹配前三联的雄奇壮美。实则雄壮之意,本难一气到底,也不必一气到底,一气到底就会犯杜甫诗中末句突断的毛病。我们看古人的山水画,雄奇者有之,秀美者有之,山中或要有一樵夫,或要有一寺,或要有几座村居,然后画就有了生意,王维身为一个大画师,自然深知此理,末句固然与前面之雄壮不相称,有其所写事物不同的原因。

酬张少府
王维

晚年惟好静,万事不关心。自顾无长策,空知返旧林。

松风吹解带,山月照弹琴。君问穷通理,渔歌入浦深。

王维的许多诗歌适合老年人读,读之可静心。这首诗也算他知名的佳作,绝佳的句子如第三联,写得洒脱、惬意。

其实他的"万事不关心",也是极为凝练的好句,受到诸多人追捧。

这首诗的末联我们需要注意,这是借用了禅宗手段而形成的笔法。禅宗惯于不正面回答问题,而从侧面敲击。王维这联中,不正面回答穷通之理,而以渔歌入浦来隐喻暗示,用得非常自然。而末句这种行为,则是满溢了旷达潇洒,一幅隐者高士的派头。

关于他的第二联,历代评家说这是自谦之语,其实王维是实话实说,他在政治上确实没有什么建树,估计一生也就是从事事务性的工作。既然没有什么特殊的治国之策,那么对他来说归隐确是不错的选择。

终南别业
王维

中岁颇好道,晚家南山陲。兴来每独往,胜事空自知。

行到水穷处,坐看云起时。偶然值林叟,谈笑无还期。

这首诗中间二联极好。"兴来每独往,胜事空自知"道出一派高人风范,写的是心理需求的一种满足,是一种会意,虽然不似陶渊明"悠然见南山"那样轻松自然,却也有一种在山水间得到了愉悦满足的感情流露。

下一联紧接此联,何谓"胜事"?当然是山川自然之胜。于是"行到水穷处,坐看云起时","胜事"就是由坐看云起等行为而得的。这一联写得极度潇洒。古人诗歌中写得这样潇洒的,还有赵嘏的"残星几点雁横塞,长笛一声人倚楼"。不过王维的潇洒不够通俗,还是文人墨客或隐士逸人的潇洒;而赵嘏的潇洒则是普通人的潇洒,容易引起更多的共鸣。

所以王维这两联是一脉相承下来的,诗意可以合一,与其他五言律中间两联完全独立的情况不同。

入若耶溪
崔颢

轻舟去何疾,已到云林境。起坐鱼鸟间,动摇山水影。
岩中响自答,溪里言弥静。事事令人幽,停桡向馀景。

在艺术上，崔颢这首五律不比他名闻天下的《黄鹤楼》差。这首诗充满了画境一样的美，透出的气息可谓悠然自适，而且颇有一种文人士大夫的高雅之致，也有一种隐士逸人的风致。

"轻舟去何疾，已到云林境"给我们一种轻快的动感，"云林境"令我们有逐渐进入一种仙境的感觉。"起坐鱼鸟间"，到这一句已经极其接近最原始的自然了。"动摇山水影"，虽然意思很简单，但这一句将山水写绝了。在水中，因为人划船时动了水镜，于是让山影有了灵动的神韵。这句与"起坐鱼鸟间"合为一联，那种人入自然、归于元始的意境，就在平常的景物中显现了。

"岩中响自答，溪里言弥静"，这句诗的诗意要比"蝉噪林逾静，鸟鸣山更幽"韵味浓厚得多。上句说的是空谷的回音，"响自答"三字概括得非常好，"溪里言弥静"写出了人说话和不说话两种状态，令寂静的山谷和溪流有了人的加入，而这人的加入，更显示了这山谷和溪流的寂静。

望秦川
李颀

秦川朝望迥，日出正东峰。远近山河净，逶迤城阙重。
秋声万户竹，寒色五陵松。客有归欤叹，凄其霜露浓。

"远近山河净，逶迤城阙重"，"远近"将境界拉得很广，这远近的山河，用一个"净"字概括联系了起来，在这山河中，有重重的城阙，这样一幅江山图画，确实是很美。这是标准的盛唐气象，王李高岑，这四人的诗中，常有这种有力的、开阔的、浩大的境界。唐人用"净"字写秋景，这是非常独特的。秋天在盛唐人眼中，不是萧瑟的，而是肃清的、广阔的，这一点唐人与后人不同。

"秋声万户竹，寒色五陵松"，这一联紧扣秋景，虽然写的是秋声和寒色，但有万户、五陵的雄阔为基，还是写出了一种气象的阔大，竹和松也给我们带来了一种挺拔的力感。我们要注意在初盛唐时期，诗人们即便写离愁羁旅，其意志也是昂扬的，气象也是开阔的。

烟雾积孤岛，波涛连太空。——沈颂

巨浪天涯起，馀寒川上凝。——阎宽

神品

动静皆无意，神品。

动静皆有意，神品。

同悲鹊绕树，独作雁随阳。
——皇甫冉

野奏风成曲，山居云作缨。
——姚崇

秋夜雨中，诸公过灵光寺所居
刘长卿

晤语青莲舍，重门闭夕阴。向人寒烛静，带雨夜钟沈。
流水从他事，孤云任此心。不能捐斗粟，终日愧瑶琴。

此首神品，算是句意超脱的好诗。这首诗意象营造得极好，首联"青莲舍"点明地点是佛寺，在佛寺中晤语，下句重在一个"重"字和一个"闭"字。重门闭，顿时将凡俗的喧嚣全部隔离开去，令诗意幽深起来。寒烛向人，夜钟带雨，二联好在凝练，也为我们构造出了一种迷离的意境。三联最好，是神妙已极的佳句，流水且从他，孤云且任他，事事由他，我心自然，达到了一种从容自由的心境。末联也好，好在遣词造句的独特。虽然三联说得潇洒，道得风神，但末联还是回到现实中来，自己没有勇气辞掉这个小官，终日愧对瑶琴，这里的"瑶琴"何指？是指那种心性自由的、高洁的、无拘束的理想的隐修生活。

读刘长卿的诗，要注意他诗中的意象，他笔下的物象常常都是有所指的，他做到的不只是情景交融，主要还是意的交融，他笔下的意、情、象三者往往都完美交融了。所以意象流的诗往往有两重诗意，情景交融的意境是一重，再加意象是一重。

登河北城楼作
王维

井邑傅岩上，客亭云雾间。高城眺落日，极浦映苍山。

岸火孤舟宿，渔家夕鸟还。寂寥天地暮，心与广川闲。

王维这首诗较特殊，首联很平常，有点失王维的水准，它出色在二四联。王维善于写暮色，他的五律中有好几首都是写暮色写得很出色。第二联上句的作用是交待地点，写出了气势，因为在高城远眺，所以才有下句的"极"字，也就有了第四联的寂寥天地，还有"广川"的"广"字；下句的"极浦映苍山"，这个"映"字，与上联的"落日"紧密相连，因为落日照在了河水中，河水的反光映红了苍山，这一联的风景是很美的。第三联写到了人，就如中国的山水画中，总要有一个小点存在，这个小点的存在给山水带来了生机，第三联写了岸火、孤舟、渔家、夕鸟，在第二联那浩大的境界中存在这些微小的事物，整个画面就显得既美而又富生机。第四联是这首诗中最好的一联，它与第三联的联系也很紧密，因为渔家夕鸟已还，孤舟已宿，所以诗人在高城上，感觉到了暮色中天地的寂廖，于是心空落落的，与宽阔的大河一起闲了下来。注意这个"闲"字，不是悠闲的那种意思，而是诸虑尽歇、不复逐于尘劳的意思，这个心闲的境界，与天地寂廖的境界是对应的，对于这个寂廖，要体味下老子所说的"寂兮寥兮，独立而不改"。

和灵一上人新泉
刘长卿

东林一泉出，复与远公期。石浅寒流处，山空夜落时。

梦闲闻细响，虑澹对清漪。动静皆无意，唯应达者知。

刘长卿的五律就像李商隐的七律、杜牧的七绝一样，饱含细腻丰富的意象，读他的诗一定要体会这一点，刘长卿用意象流，开创了唐诗歌的另一种境界。

五律

来雁清霜后，孤帆远树中。——高适

水光壁际动，山影浪中摇。——楼颖

唐朝人都比较推崇惠远，所以远公成为一种代称，用以称谓德高望重的出家人。第二联神妙，"石浅寒流处"，意思比较难解，但意境很美，水很寒，很浅，流在石头上。这一句的构境主要依仗"浅"和"寒"这两个字，"山空夜落时"的"夜"字可能有误，正确的可能是"叶"或"月"字，以"月"字的可能性更大些。第二联的境界很美，美在一种清寒的意象，月落时，写的是那一瞬间，月落下万物不见的感觉，这个"时"字用的是很妙的，把我们的感觉定格在那里了，由我们去领悟。

第二联同第三联的联系极为紧密，"梦闲闻细响"，紧承上联的叶落或者寒流，睡梦中听到了叶落和寒流之声，叶落，当然是细响，而这细响，只有在梦闲时才会听闻，梦酣了自然听不到，用闲来形容梦，确是点睛的神笔，这接连三句构成的意象很美，是一种清凉的美。接下来"虑澹"紧紧对应着"梦闲"，给我们揭示出一种极度安宁的无所挂虑的自由心境，不过"对清漪"三字，在意象上与前面虽然和谐，但是在诗意上稍有牵强，与"梦闲闻细响"不太相称。梦闲闻细响，是无意的，而"对"字，则似是有意，破坏了那种无意而得天然之趣的境界。

末联结得还是很好的，尤其是上句动静皆无意，表达了一种放下万事、一切随心的境界。"唯应达者知"，这个达者就是灵一上人了。

凌朝浮江旅思

马周（一作韦承庆）

太清上初日，春水送孤舟。山远疑无树，潮平似不流。

岸花开且落，江鸟没还浮。羁望伤千里，长歌遣四愁。

这首诗在气息上令我们有一种似曾相识的感觉，仿佛是王湾的《次北固山下》，或者说是王湾《次北固山下》的姊妹篇。它们的气韵都是那么的四平八稳，但却宽广正大。可以说，马周的《凌朝浮江旅思》、王勃的《送杜少府之任蜀州》、杜审言的《和晋陵路丞早春游望》都是初唐最好的五律，是盛唐五律的序幕。马周的这一首诗在艺术上很完美，除了它的内容比王勃和杜审言的诗稍见狭窄单一外，在其他方面毫不逊色，确是一首极见功力的好诗。

这首诗,已经具备盛唐的气象和神韵,但还沾有初唐的那种士大夫之气。我们从这首诗上仿佛又体会到了李世民、虞世南等人的优容闲雅的气息。可是,马周最终超脱了他们的范式,超越了他们的诗境,将自己的诗带到了盛唐的境界中。

马周的《凌朝浮江旅思》、杜审言的《和晋陵路丞早春游望》,这两首五律出现在初唐的诗坛,具有深刻的意义,他们率先开辟了盛唐宽阔广远的境界和诗风。

还京(一作广陵送别宋员外佐越郑舍人还京)
张谔(一作韦述)

朱绂临秦望,皇华赴洛桥。文章南渡越,书奏北归朝。

树入江云尽,城衔海月遥。秋风将客思,川上晚萧萧。

首联其实还是满有气势的,但是朱绂、皇华两词太文气了,与整首诗的感觉不谐。第二联的作用是将境界阔开了出去,这一联的气韵还是很潇洒的,也较有力度。第三联则是很美的一联,"树入"将景致从近处拉到远处,树林慢慢进入江云中,连在一起,并逐渐被江云吞没,而遥远的城池,与孤月相接,这一联数个物象组合,营造了一种奇美的气象。末联秋风挟带客思,一起晚萧萧,将前两联的潇洒旷达,渐渐转成了蕴藉凄婉。

渡扬子江
孟浩然(一作丁仙芝)

桂楫中流望,空波两畔明。林开扬子驿,山出润州城。

海尽边阴静,江寒朔吹生。更闻风叶下,淅沥度秋声。

首联意境还可,上句大好,下句勉强。

第二联是上妙联,如胡皓"楚塞云中出,荆门水上来"。杜甫"日出寒山外,江流宿雾中"不是不好,但不如"林开杨子驿,山出润州城"对得工整典范,也不如其诗意和气韵方正阔大。这三联中,胡皓和孟浩然善于用气,而杜甫则不善于用气。胡皓一个"出"字,一个"来"字,将楚塞之云、荆门之水,带到我们的眼前;孟浩然用一个"开"字,一个

"出"字，将扬子驿和润州城带到了我们眼前，一幅美妙的画卷仿佛刚刚对我们展开，等待我们的想象力发挥，趣味发酵；而杜甫的一个"外"字，一个"中"字，则是直接描写景物的状态了，日出寒山、江流宿雾，是大自然天然存在的景象，没有与心灵互动。孟浩然写诗，物象与心灵往往是互动的，所以物象就是活的。物象一活，就成为气象或意象，这一点在写作中尤其要注意。

第二联的妙处，林和山，仿佛是主动的，树林开处，显出了扬子驿，群山吞吐，显出了润州城，树林、扬子驿、山、润州城，在孟浩然笔下都仿佛是活物，它们意志昂扬地出场了！

第三联也是大好的一联，不过好处转为境界的阔大和细节的和谐完美，有了第二联那种神奇的"动"，第三联似乎应该静一下了，于是在海尽处，边阴静了，而江上寒风起了。

末联结得很美，由于第三联写江上寒风起了，所以风中落叶飘了，又加上了一点秋雨，于是江涛、寒风、落叶、秋雨，共同交织成了一派秋色。

孟浩然的五律中，常有出人意表、独一无二的妙联，对此我们要认真品味。

寄全椒山中道士
韦应物

今朝郡斋冷，忽念山中客。涧底束荆薪，归来煮白石。

欲持一瓢酒，远慰风雨夕。落叶满空山，何处寻行迹？

韦应物这首诗备受称道，在唐人诗中独具一格。这首诗的气韵就像潇潇秋雨一样，笼罩着那种带一股寒意的苍茫。

首联便风神无限，因为郡斋冷，便想起了山中的人，变幻的场景带动着变幻的思维。他在干什么呢？他超群脱俗，与众不同，在涧底拾柴，准备"煮白石"，这一联带着奇异的气息。第三联诗人想持酒前去，慰藉道士于风雨夕中，给在寒冷和孤单中的人以温暖。末联给我们构画出了一个神妙的意境，只有空山落叶积满，那人的踪迹无处可寻。

这首诗的末联令我们想起贾岛的《寻隐者不遇》，不过贾岛写得更通俗，寓意和事理更胜些；而韦应物的"落叶满空山，何处寻行迹"则是意境和情境更胜些。贾岛写出了神往，而韦应物的诗既有神往，又更多了些神伤。

寻南溪常山道人隐居
刘长卿

一路经行处，莓苔见履痕。白云依静渚，春草闭闲门。

过雨看松色，随山到水源。溪花与禅意，相对亦忘言。

刘长卿的五律，充满的是淡淡的忧伤。他这首诗达至了独特的境界，闲淡而且平和，意思幽深，颇有隐逸高人的风韵。

"白云依静渚"尚可，"春草闭闲门"顿时出味，令人惊倒，春草与闭闲门本不相关，但一入此境，顿觉妙味无穷，闭闲门，是所寻道人已出，故作者思绪落于春草之上，极其自然。

"过雨看松色，随山到水源"正写出了随意而行，无心而见的感觉，一派的随缘自在，与"采菊东篱下，悠然见南山"同一境味。

"溪花与禅意，相对亦忘言"，既是写禅机，则不可强解。

楚江怀古
马戴

露气寒光集，微阳下楚丘。猿啼洞庭树，人在木兰舟。

广泽生明月，苍山夹乱流。云中君不见，竟夕自悲秋。

马戴这首诗在造境方面是上乘之作。首联构造出了很好的意境，"露气寒光集"，观察自然界比较细致入微，写出了露光中湿寒的感觉；微阳下楚丘，也同样观物细微，而且意境可谓浑然一体。

"猿啼洞庭树，人在木兰舟"，空间的转化运用得也非常好，令得境界飞动起来。

"广泽生明月，苍山夹乱流"这一联的造境很有特色，气息是马戴那个时代独有的，很美，但却细碎，不像初盛唐那种集中的、有力的美，马

五律

澄彻天为底，渊玄月作心。——张均

夕烟杨柳岸，春水木兰桡。——李乂

戴所营造的美是散的，碎的，乱的……

末联写悲秋，此悲何来，可能就是由前三联来，前三联造境非常成功，气韵的独特在《全唐诗》中几乎找不到第二首类似。虽然孟浩然有几首悲切的山水诗与之有些相似的诗意和气息，但诗风境界毕竟还是不同。

宿云门寺阁
孙逖

香阁东山下，烟花象外幽。悬灯千嶂夕，卷幔五湖秋。

画壁馀鸿雁，纱窗宿斗牛。更疑天路近，梦与白云游。

孙逖这首《宿云门寺阁》在唐人五律中，算是少有的意境流的佳作了。

首联的"烟花象外幽"中的"烟花"是人间美的事物，本是小物象，但"象外"两字却很大气，一下子将诗境变得恢弘宽阔了；而"幽"字，则将这恢弘宽阔，染上一种幽微渺茫之色，再度与烟花的属性相合。

"悬灯"，形容灯之高；"千嶂"，山峰高而多；"卷幔"，在寺中床前，卷起帘子，看到的是远处五湖正处秋天。这一联写了山的高和多，水的多和秋。所处的中心极小，而所见的境界极远，意境殊胜。

在山寺的画壁上还有鸿雁的画像，而在纱窗上则挂着斗星和牛星。这一联想象奇诡，对仗出色。

前三联，孙逖所造的意境可谓是气象万千。

末联，处在这样一种高阔幽深的世界中，自然会怀疑接近了天路，于是在梦中与白云同游也就显得很自然了，末联结得也很超脱。

孤雁
崔涂

几行归塞尽，片影（念尔）独何之。暮雨相呼失，寒塘欲下迟。

渚云低暗渡，关月冷相随。未必逢矰缴，孤飞自可疑。

首联开门见山，写出了作者对孤雁的同情。独何之？这一深情的追问，开启了下面三联的意境：

"暮雨相呼失",那几行归塞而去的雁影早就尽了,此时无论孤雁怎样相呼,都已彻底失去了同伴的相随。失去伴儿的孤雁,它似是累了,在寒塘上空盘旋,想要下来歇息,可是望向天边,又想飞去,追上同伴,下去还是不下去?它盘旋着,迟疑着。

"渚云低暗渡,关月冷相随",在它孤独的旅程中,渚云沉沉,暗暗,低低地压着渡头(也有说此渡为度,指雁在低低的渚云中穿行),而有的时候则是有寒冷的关月,伴随着它,它在冷夜中孤飞,也许还是在努力想追上同伴。凄冷抑郁的意境,似乎有刺骨的寒冷,在困着这只孤雁。

这一路上不一定会遇上猎杀者,但是作为一只孤飞的雁,它时时惊疑不定,颇有惊弓之鸟的忧惧。

崔涂的《孤雁》,首联以不尽的怜惜之情开启,除了唐诗中偷春格一类诗的首联外,很少有这样出色的首联,这是传情的一联。第二联则以情态胜,崔涂用传神的情态,深入地写到了孤雁的处境和心理,是传神的一联。第三联以意境胜,造境入神,堪称神品。第四联依然殊胜,以揣摩胜,写出了失群孤雁惊惧的处境。

禹庙
杜甫

禹庙空山里,秋风落日斜。荒庭垂橘柚,古屋画龙蛇。
云气嘘青壁,江声走白沙。早知乘四载,疏凿控三巴。

杜甫的禹庙写得富于沧桑之感,神话气息浓厚,将一座带着神秘色彩的古庙的感觉写了出来,当得他"地才"的称号,是一首一流的好诗。

我们看这一首诗的妙处,可以与王勃《滕王阁诗》中的"画栋朝飞南浦云,珠帘暮卷西山雨"对比来看。

首联起得高妙,"空山"二字,是整个诗境的起笔,恰是因为山空,而可造就那鬼异神奇的妙境。"秋风落日斜",在"空山"二字的基础上,初步写出了一种萧瑟。

第二联紧紧跟随第一联,更进一步。荒芜的庙宇庭院中,古老的橘柚树枝干下垂,一派沧桑、古老的气息迎面而至。古旧的老屋中画满龙蛇,到了这里，一个神话般的奇异画境便呈现在我们脑海中。

第三联令神话的气息再进一步，云气本是虚幻之物，一个"嘘"字，再现杜甫"语不惊人死不休"的风采，仿佛云气中隐藏着一个神灵，对着青色的古壁吹气。"江声走白沙"一句，使诗境一下子从神话中穿越而出，连接了神话和现实。江声是听觉，写的是远处，这一句近半为想象，杜甫听到江声，想到了沙被冲走。

于是最后一联写大禹的事迹，也就水到渠成了。

山下晚晴
崔曙

寥寥远天净，溪路何空濛。斜光照疏雨，秋气生白虹。

云尽山色暝，萧条西北风。故林归宿处，一叶下梧桐。

这首诗的第一联是很惊艳的，寥寥远天，"寥寥"两字用得好，加上一个"净"字也很出彩，为我们构造了一幅妙境。溪路空濛，意境也很美，这一句起关键作用的是那个"何"字，它对于这句诗的气韵是很重要的，提升了诗歌的气势。

第二联紧承一联，继续构造诗境，同第一联一样有气象，尤其是"秋气生白虹"一句极佳。

可是崔曙写到了第三联，气势便尽了。第三联写得较普通，"暝"字倒是点出了晚晴这一主题。

末联的"一叶下梧桐"，还是颇富神韵的，不过相比许浑的"淮南一叶下，自觉老烟波"，它在诗意的微妙上就差了一层。

题玄武禅师屋壁（屋在中江大雄山）
杜甫

何年顾虎头，满壁画瀛州。赤日石林气，青天江海流。

锡飞常近鹤，杯度不惊鸥。似得庐山路，真随惠远游。

杜甫这首诗里面，气象和意象都构造得不错。在杜甫的五律里面，两首气象和意象都好的，都是宗教壁画题材的诗，可见神仙故事给了他不小的启迪。

首联是孟李式的起法，很有气势。第二联构境神妙，赤日和石林，青天和江海，物象不凡，加一个"气"字和"流"字，把境界写活了，可谓气韵飞动。第三联写的是神话传说，禅师的锡杖飞在天空中，与仙鹤为伴，而他"掷杯于海，浮游而行，与鸥鸟为侣"的这种仙游的行为，与第二联所构画的大背景，相辅相承，气象和意象互化，达到了鬼斧神工之境。末联，杜甫似从这壁画上，看到了庐山之路，不由想随惠远禅师共游，由观画而生出世之想。

孤 雁

崔涂（注：前序已评）

几行归塞尽，片影（念尔）独何之。暮雨相呼失，寒塘欲下迟。

渚云低暗渡，关月冷相随。未必逢矰缴，孤飞自可疑。

"几行归塞尽"，写这孤雁的离群，已有数群雁离去，而他自己却茫然不知所之。

第二联是最有名的一联，在暮雨之中，孤雁呼唤着伴侣，却终归还是落单了，看着那寒冷的池塘，它是落下来呢？还是继续飞呢？它很犹疑，徘徊不定，上句写得极可怜，下句写得极可伤，它进退两难，若是继续飞，可能气力不继，若是落下来，恐怕离同伴们越来越远。第二联妙在通过对情境的描写，写出了孤雁的心理变化。

低低的、阴湿的云，可能雨还未停，这只孤雁继续飞行，在阴云中穿梭，云散了，那月光也很冷，而孤雁在寒夜里也不曾休息，还在奋力向前追赶。第三联造境很妙，营造了一个冰冷、寥阔的境界。

第四联也非常优秀，这一路上，它未必就会被箭和网伤害，但对于一只孤飞的大雁来说，一切都是可疑的，都是令它惊恐不定的。

崔涂因为这首诗被称为崔孤雁，这首诗确实写得很神妙。（这首诗前面已评过了，却因排序时反复剪切复制，误以为未评，在这里因与杜甫的诗对比，竟又评了一次，大体意思差不多，细处则有不同，遂列在这里不删，前后印证也好。）

独愁常废卷，多病久离群。
况我夜初静，当轩鸣绿琴。
——祖咏 储光羲

孤 雁
杜甫

孤雁不饮啄，飞鸣声念群。谁怜一片影，相失万重云。

望尽似犹见，哀多如更闻。野鸦无意绪，鸣噪自纷纷。

杜甫的首联直白，不及崔涂的深含同情。杜甫的第二联确实不如崔涂的第二联写得生动，但境界气象，却超过了崔涂很多。只是，崔涂这首成名之作，在整体的艺术性上，却又胜过杜甫的《孤雁》。崔涂写的是雁，以雁为喻。杜甫写的是雁，以雁自比。杜甫的笔力胜，崔涂的意境胜，整体协调性胜。在行文上，杜甫的稍嫌直白，不及崔涂的意象微妙。

崔涂写雁，以雁为主，靠的是观察的细微入神；杜甫写雁，则加入了更多的主观意识，这是杜甫一贯的写法。而在唐人中，尤其是盛唐人，好用主观的比较少，这是两种不同的取向，如王孟等，一般是天人合一，追求天人的和谐，而杜甫则是人定胜天，追求自我意识的突出，也许这一点，就是杜甫在盛唐时成为非主流诗人的最重要的原因。

春宫怨
杜荀鹤

早被婵娟误，欲妆临镜慵。承恩不在貌，教妾若为容。

风暖鸟声碎，日高花影重。年年越溪女，相忆采芙蓉。

杜荀鹤的这首诗，也是诗眼突出之作，好在第三联的凝练，为我们写出了一个富丽精工的诗境。其第二联也是传唱千古的名句，虽然境界不是很高，寓意却颇可玩味。

夕次盱眙县
韦应物

落帆逗淮镇，停舫临孤驿。浩浩风起波，冥冥日沉夕。

人归山郭暗，雁下芦洲白。独夜忆秦关，听钟未眠客。

韦应物对字词的雕琢，常常破坏他的诗境。这首诗的首联不够好，与下三联极不相衬。第二联的"浩浩"和"冥冥"用得好，将情境染上了羁旅的情绪。第三联是神妙的一联，尤其是下句最好。中间两联气韵都比较流畅，而末联的气韵又有了韦氏特色，稍微拗口起来，不过在诗意上，末联还是很出色的，在钟声中无眠，独忆秦关，诗意很悠长。

早 行
郭良

早行星尚在，数里未天明。不辨云林色，空闻风水声。
月从山上落，河入斗间横。渐至重门外，依稀见洛城。

首联很好，写实。次联最佳，写出了夜行的所见所感，颇富韵味，意境造得妙，云林之色莫辨，风水之声空闻，将夜行的感觉写足了。第二联构境迷离。第三联构境则广阔起来，写到了月和山，天上的星河，将境界扩展了，这时天色微明了。而到了第四联，则天色更明些，能够依稀的见到洛城了。这首诗将夜行至晓的过程一步一步写得很细致也很美。

孝敬皇帝挽歌
刘祎之

戒奢虚厦辂，锡号纪鸿名。地叶苍梧野，途经紫聚城。
重照掩寒色，晨飙断曙声。一随仙骥远，霜雪愁阴生。

很多唐人都写过挽词，甚至有的诗人作品中挽词占了大半篇幅，但写得好的很少，这首诗算是其中的翘楚。这首诗值得我们佩服的地方在于它虽然有许多生僻的词汇，却写活了丧葬的气象，在唐人诗中写丧葬，除了太宗悼魏征的"惨日映峰沉，愁云随盖转"，还没有能写到这种意境的。

急雨江帆重，残更驿树深。已带千霜鬓，初为万里行。——顾况

五律

耿湋

妙境

超凡脱俗，是神品。
在真实中得雅趣，是妙品。

重谊人愁别，惊栖鹊恋枝。
轻烟拂流水，落日照行尘。
——戴叔伦

秋日赴阙题潼关驿楼
许浑

红叶晚萧萧，长亭酒一瓢。残云归太华，疏雨过中条。
树色随山（关）迥，河声入海遥。帝乡明日到，犹自梦渔樵。

许浑这首诗可以放到盛唐中去，与李杜王孟的佳作在一起华山论剑。

这首诗具备盛唐的气象，气韵流转之间，有点接近李白的风行之气，不过这首诗的气韵在流畅之中却带着一丝萧瑟之气。中间两联境界非常美，但它最终还是失于生远，比之孟浩然诗境的切近，于普适之境尚有距离。

这首诗的起句非常美，其造诣几乎接近李白。其结句也非常美，是非常成功的结句，尤其难得。

阙题
刘眘虚

道由白云尽，春与青溪长。时有落花至，远随流水香。
闲门向山路，深柳读书堂。幽映每白日，清辉照衣裳。

刘眘虚这首诗,在唐诗中别具一味,少有与之近似的佳作。这一首诗,清、雅、幽、深,每一句都具独特韵味,整体构成了一种幽静的境界。这个境界似有淡淡生意,而又像是一个与世隔绝的、极端孤寂的境界。

落花流水,本是寻常之物,但诗人们常常籍此二物构造出佳境。刘眘虚也不例外,只著"时有""远随"四字,便令诗味隽永。

如果单以诗句而论,这首诗除第二联两句外,其余句子都不显眼。但正是这些不显眼的句子,构成了一个美妙的诗境,这样的句子,就可以说是语淡而味深,称之为洗练。

秋晓行南谷经荒村
柳宗元

杪秋霜露重,晨起行幽谷。黄叶覆溪桥,荒村唯古木。
寒花疏寂历,幽泉微断续。机心久已忘,何事惊麋鹿?

柳宗元这首诗的气息是极为独特的,在盛唐中,几乎不见这样的气息,此诗气象意象都有,但都较淡。柳宗元的意虽是淡淡的,但却把众多物象都染透了,令这首诗意旨微妙,很有味道。

柳宗元这首诗的炼字很值得揣摩学习,堪称经典的炼字案例。首联写秋,从树杪写起,用"霜露重"来加重秋气的感觉,下句是晨行,地点是幽谷,一个"晨"字一个"幽"字,这一联起得妙,且为全诗定下了基调。第二联很美,是一种凄艳的美,荒凉的美,摇落的美。叶是黄叶,落满溪桥,村是荒村,木是老木,一派荒凉之气,从字里行间扑面而至。第三联写得美,美在细致入微,花是寒花,这个"寒"字两重意思,一个是秋寒,一个是晨寒,再加上很稀疏,又寂寞,还有一个"历"字,这个"历"字可能要从"历历"来讲,一眼就数得清楚,稀少,快落光了,幽泉变得很细,因为秋季没有那么多雨水了,所以断断续续。末联写他的行踪惊动了麋鹿,虽然本意不是写荒凉,但麋鹿的出现再次见证了荒凉。在这样荒凉、寂寥的意象里,作者说"机心早已忘",就令人毫不怀疑。四联八句,都透着繁华落尽,归于荒芜平淡的气息和情绪。

楚江怀古（其一）
马戴

露气寒光集，微阳下楚丘。猿啼洞庭树，人在木兰舟。

广泽生明月，苍山夹乱流。云中君不见，竟夕自悲秋。

此首前序中已评析。

处士卢岵山居
温庭筠

西溪问樵客，遥识主人家。古树老连石，急泉清露沙。

千峰随雨暗，一径入云斜。日暮鸟飞散，满山荞麦花。

温庭筠这首诗，在造境方面颇具特色，有很深的观察和凝练功夫。

第二联是这首诗中最好的句子，苍老的古树，其树根突出，抱着老石块，而急湍的泉水，冲走了水中的杂质，只剩下干净的沙子。这一联对事物的观察很细致，也描绘出了典型的景致。

第三联的诗意可能更丰富些，众多的山峰在雨中忽然暗了下来，而一条小径弯弯曲曲的向上，直入云中，颇具水墨画的意境。

沙上渔人火，烟中贾客舟。
云月孤鸿晚，关山几路愁。
——李端

——杨凭

第四联以景语为结,是唐诗中最普遍的笔法。

以上三首诗都是盛唐后的佳作,盛唐之后的诗风由此可窥见一斑。三首诗所描绘的景象都比较苦切,透着一股凄凉,诗人们失去了初盛唐诗人自信、优容、博大的气魄,诗境里面透着一种茫然,一种仓惶,诗的气韵急促,意境衰老,带着一种末世的惊慌。与前面几首盛唐人的作品,形成了鲜明的对比。我们在初盛唐诗人的诗作中,是读不到这种彷徨的气息的。

如果以意境的造作、情景交融的程度来评价诗歌的艺术成就的话,这三首其实比前面的佳作还要略胜一筹。

秋日登吴公台上寺远眺
刘长卿

古台摇落后,秋入望乡心。野寺来人少,云峰隔水深。
夕阳依旧垒,寒磬满空林。惆怅南朝事,长江独至今。

刘长卿五律的气息,与孟浩然极为切近。这一首诗充满了苦切失

橘叶零落尽,空柯苍翠残。
日隐桑柘外,河明间井间。
——王昌龄
——王维

落的情绪,令我们一时想起了孟浩然。

起联甚妙,古台,"古"字好,"摇落后"增其荒古萧瑟气息,有了这萧瑟之气,所以说是"秋入望乡心",望乡之心碰上了这古台上树叶摇落的秋景,诗味便出来了。

中间二联写寺庙处于深山中,往来的人稀少,写了一种孤寂,云峰,写了山甚高,而中间隔了深深的山涧。这一联又作"野寺人来少,云峰水隔深",这样的语序就更突出了那个"隔"字。

第三联的"旧"字,与第一联的"古"字是一个用法,夕阳和摇落,是带有同样情感色彩的景物,"寒磬满空林","寒""空"两字,再度表现了诗人的心情,磬声和树林都染上了诗人心情的颜色,而一个"满"字,准确表达了诗人的感觉,是非常凝练的用字。

最后一联似与"望乡心"这一主题偏离了,但"长江独至今"一句,仍令它不失为一联好诗。

> 飒岸浮寒水,依阶拥夜虫。
> ——司空曙
>
> 上古人何在,东流水不归。
> ——崔峒

宿杜判官江楼
郎士元

适楚岂吾愿,思归秋向深。故人江楼月,永夜千里心。
叶落觉乡梦,鸟啼惊越吟。寥寥更何有,断续空城砧。

首联较平。第二联,"故人江楼月",起得高妙;"永夜千里心",对得隽永。第三联,"叶落觉乡梦",起得神妙,"鸟啼惊越吟",诗意虽然也不错,但却不相衬,可惜了"叶落觉乡梦"这样的佳句。

裴迪南门秋夜对月(一作裴迪书斋玩月之作)
钱起

夜来诗酒兴,月满谢公楼。影闭重门静,寒生独树秋。
鹊惊随叶散,萤远入烟流。今夕遥天末,清光几处愁。

首联起得高妙,"月满谢公楼"一句尤好,仿佛只要诗中出现谢公,便增韵味。第二联造境好,"影闭重门静",到了这个"静"字,"月满谢公楼"的味道才算足了。"寒生独树秋",意境也很好,不过这个"独树"稍有些刻意了,令这句失了些天然的神韵。第三联好在精雕细刻,"鹊惊随叶散"尚可,"萤远入烟流"甚妙,有月,有影,有烟,诗境至此才满足。

送崔过归淄青幕府
韩翃

平陵车马客,海上见旌旗。旧驿千山下,残花一路时。

春衣过水冷,暮雨出关迟。莫道青州客,迢迢在梦思。

"旧驿千山下",尚可;"残花一路时",则其美不可方物矣。第三联成功的地方在于用一个"冷"字和一个"迟"字,构画出了一个寒冷的暮雨天,让诗意染上了分别的凄伤,而"暮"和"迟"则将这别情又染上了一丝晦暗的色彩。

送友人入蜀
李白

见说蚕丛路,崎岖不易行。山从人面起,云傍马头生。

芳树笼秦栈,春流绕蜀城。升沉应已定,不必问君平。

李白这首诗的妙处,在于他描写了特别的环境。李白描写蜀道,可谓是千古来的第一人。首联以"蚕丛"一词的形容见妙;第二联则以描写奇特之景见妙。"山从人面起",极写山峰的众多、错落矗立之态,写出了蜀山的奇诡气势;"云傍马头生"是一样的意思。第三联则笔锋一转,写出了悠美的意境,将蜀城秦栈置于春流芳树之中。末联则写得较为豁达,说是升是沉都是早已定下来的事情,所以我也不必问候你平安与否,我们可以看到,李白这个诗人不太喜欢说客套话。

月夜有怀简诸同病
骆宾王

闲庭落景尽,疏帘夜月通。山灵响似应,水净望如空。

栖枝犹绕鹊,遵渚未来鸿。可叹高楼妇,悲思杳难终。

借牛耕地晚,卖树纳钱迟。
旋头有精芒,胡骑猎秋草。
——王建 李希仲

首联是一种铺垫，为第二联的神妙做了时间上的交待。闲庭落景，应是"落影"，月光通过树木或其他事物投下了幽幽的影子，而这月光又透过了疏帘，照进了屋里，这句的关键在一个"尽"字，"尽"是一个过程，说明骆宾王在月光下的时间已经很久了。他在月光下做什么呢？也许是享受那种宁静，于是，就有了鬼斧神工的第二联，上句写了一种回响，这种回响可能是秋虫引发的，总之，空谷的回响在月夜中，令诗人感到似是青山有灵。下句对得很美，水在月光下很洁净，反射着月光，一望如空。第三联则写得中规中矩，是咏怀的风格化入了律诗，诗味特别。

与颜钱塘登障楼望潮作
孟浩然

百里闻雷震，鸣弦暂辍弹。府中连骑出，江上待潮观。
照日秋云迥，浮天渤澥宽。惊涛来似雪，一坐凛生寒。

孟浩然这首诗在唐诗中也可算是别树一帜了。他用写故事的手法来写律诗，而且写得很出色。首联起得不算惊艳，但手法运用得独特，有些近似李白。百里就能听到如雷震般的潮声，写足了钱塘潮的气势，下句则写听到这潮声，正在弹琴听琴的朋友们放下琴，一起去观潮。第二联好在上句的动感，下联则因为与上句的对仗，及地点的变换，情节发展很顺畅。第三联是妙品，构画出了广阔的意境和气象。第四联写近景惊涛，潮气拍天而来，所有人都觉得一阵寒意，为这一段小叙事做了完美的结局。

题苏许公林亭
韩翃（一作钱起）

平津东阁在，别是竹林期。万叶秋声里，千家落照时。
门随深巷静，窗过远钟迟。客舍苔生处，依依又赋诗。

第二联第三联构画的意境都是妙品，尤其是第二联，阔大而且细腻，万叶千家，形容其多，将诗意一下子扩展开去，而秋声落照则给这万叶千家染上了感情色彩。第三联工整典雅，写得更加细腻了，门庭随着深巷往里，自然会很静。窗过远钟迟，是禁不起考究的句子，不过在人的意识中，还是写得极美的。钟声慢慢悠悠的传来，有些迟了，因为巷子太深了，苏许公的家所处之地太幽静偏远了。

次下牢韵
戴叔伦

独立荒亭上，萧萧对晚风。天高吴塞阔，日落楚山空。
猿叫三声断，江流一水通。前程千万里，一夕宿巴东。

此诗上两联极佳，是盛唐气象。首联是孟李式的起法，而且颇有风神。第二联则雄浑广阔，上句富气象，下句则意象甚美。但从第三联开始，气便不继，达不到盛唐的标准。前序的讲评中说孟浩然的《与诸子登岘山》，后两联不继前两联，但孟的后两联还是盛唐气息，戴的后两联则要更逊色一些。一般来说，律诗都是两联好，第二三联或第一三联，其中第三联最为重要，是决定一首诗好坏的根基，是精彩篇章的高潮，而戴叔伦此首妙处在第一二联，第三联无力，显得中气不继，确实有些可惜。

登鹳雀楼
畅诸

城楼多峻极，列酌恣登攀。迥临飞鸟上，高谢世尘间。
天势围平野，河流入断山。今年菊花事，并是送君还。

这首诗的气势比较高奇，气象阔大雄浑，总体诗意也较浑成，但是不够圆融无碍，与杜甫那些气势阔大的作品近似，但还及不上杜甫最好的作品。首联气势就很高，这是成功的地方，但以登临入笔，在诗意和布局上就显得较平。末联也是较平的一句。第三联是唐人诗中的好句，第二联则是高妙的句子，可以进入唐人第一流的佳句序列中。

秋杪江亭有作（一作秋杪干越亭）
刘长卿

寂寞江亭下，江枫秋气斑。世情何处澹，湘水向人闲。
寒渚一孤雁，夕阳千万山。扁舟如落叶，此去未知还。

五律

落花飘旅衣，归流澹清风。
——韦应物

山店云迎客，江村犬吠船。
——岑参

此诗的第二联值得我们反复吟咏，上句发问，但下句没有正式回答，而是借用湘水的"向人闲"，引发思考，于是这一联意象悠悠，神韵自足。第三联意象好，刘长卿善用"孤"字和"一"字，这同他的身世际遇有关系。"寒渚"写出了时节的不堪，心境的凄凉，"孤雁"是他的自比。在寒渚中，孤雁看到了夕阳照耀千万群山，辽远的背景更反衬了孤雁的单薄。

早秋
许浑

遥夜泛清瑟，西风生翠萝。残萤栖玉露，早雁拂银河。
高树晓还密，远山晴更多。淮南一叶下，自觉老烟波。

这首诗整体写得还算巧妙，而且也没有什么明显的不足之处，但终觉境界构画得不够精彩，不够出色，有些疏，有些远。第二联是比较经典的句子，但较之孟浩然的"微云淡河汉，疏雨滴梧桐"就差了一层。他的末联写得很不错，很有意味，是这首诗里最精彩的一联，就算放在整个大唐的佳作中，都算得上是妙句了。

"高树晓还密，远山晴更多"，这种句子很像当代诗人的句子，可见诗歌的特色有时是会穿越时空的。

风神无限

那一举一动，一吟一咏，令我们向往。
那一歌一啸，一来一往，令我们神游。

其实唐人还没有把注意力放到自己的一举一动上，他们的风神无限更多不是著于自己的行迹，而是在他们的境界和物象中显现，他们没有那种"独立小桥风满袖"的风神，最多也只有"啸起青蘋末，吟瞩白云端"的风神。唐人的精神世界是意象的，他们始终陶醉于天地万物，而不是自我欣赏和自我陶醉的。这就是唐诗区别于宋词的一个重要特征。

新安江上寄处士
孟云卿

深潭与浅滩，万转出新安。人远禽鱼静，山空水木寒。
啸起青蘋末，吟瞩白云端。即事遂幽赏，何必挂儒冠。

首联是孟李式的起句，但没达到孟李的那种气韵之美。第二联的意境极好，孟浩然的"水落鱼梁浅，天寒梦泽深"可与此联参看，因其气韵和诗意极为相似，但孟浩然的胜在自然浑一，孟云卿的一联在意境构成上要更好一些，更丰富也更有层次。这首诗的精华在第三联，长啸吟瞩，放纵心绪，抒发郁积之气，令我们想到了诸如竹林七贤那种名士的旷达。第四联好在通达，与第三联结合在一起，令整首诗都有了一种高蹈之意，自我

五律

离肠便千里，远梦生江楼。
月色遍秋露，竹声兼夜泉。
——王昌龄

——李巖

的精神得到了舒放。

送国子张主簿
包融

湖岸缆初解，莺啼别离处。遥见舟中人，时时一回顾。
坐悲芳岁晚，花落青轩树。春梦随我心，悠扬逐君去。

包融的这首诗，除第一联较平外，其他三联都具风神。第二联的妙处全在"时时一回顾"，那是张主簿对包融的顾恋，而这种顾恋又是建立在"遥见"之上的，那是包融对他的目送，双方彼此，都很情深。第三联妙在蕴藉，"坐悲芳树晚"，是包融的情绪，为什么"坐悲芳树晚"？是因为与朋友的离别，朋友离去了，他坐而悲伤，而他悲伤的时候，正值芳岁晚，这个时候的悲伤才最是诗意的悲伤。而这种悲伤如何了结？诗人给出了完美的对句："花落青轩树"，芳节向晚，自然要花落，花落青轩树，令得上联那一个"悲"字终是有了着落。第二联情深，第三联风神，第四联则是销魂的神品了，春梦在这里并不是写实，而应理解为一种情结，一种代指，这春天如梦般的美好境界，随着我的相思之心，悠悠扬扬的跟随着友人离去，末联真是风神无限。

小园纳凉即事
苏颋

烦暑避蒸郁，居闲习高明。长风自远来，层阁有馀清。
散洒纳凉气，萧条遗世情。奈何夸大隐，终日系尘缨。

唐诗界流传有"燕许大手笔"的说法，这个大手笔不是指诗作的质高量多，而是指心胸气魄，政治家的心胸和气魄确实要大些，从诗中便可看出一二。

首联好在下句，居闲之时，还不忘习"高明"，起句便胸襟不凡。"长风自远来"，足见气魄之大；层阁有馀清，好在"馀清"两字。第三联的上句平常，妙在下句，以"萧条"两字，概括诗人"遗世情"的状态，说不上准不准确，但诗味是很浓的。末联是自嘲之语，说自己自称大隐（古人谓大隐隐于朝）实属吹牛，因为自己的真实状况就是终日为尘劳（政治生活）所累。这首诗的妙处就在于作者将阔大的襟怀与解暑纳凉的小细节结合起来，既有生活味，又超出了生活，写出了抱负，有一种大隐之风的名士风流。

与夏十二登岳阳楼
李白

楼观岳阳尽，川迥洞庭开。雁引愁心去，山衔好月来。

云间连下榻，天上接行杯。醉后凉风起，吹人舞袖回。

李白的这首诗与上面苏颋的一首对比来看，会有更多趣味。两首诗在情绪上是极相近的，都是惬意之作，但苏颋的中规中矩，平正阔大，文意合乎典籍，饱含着道学的熏陶，而李白的则较为放任不羁，充满个性，张扬而自恣。

首联气象开阔，动感十足。"雁引愁心去"，李白此时心情很好；"山衔好月来"，则令他的兴致更高。首联和第二联的行文之法值得我们学习。首联用一"尽"一"开"，将视觉不断地延展，给我们以极开阔的感觉；第二联一"去"一"来"，令心情和意境愈发昂扬。

第三联是充满想象力的句子，是李白独有的夸张文风。

第四联写酒醒了，兴尽了，凉风吹着舞袖，李白尽兴而回。

谢公亭
李白

谢亭离别处，风景每生愁。客散青天月，山空碧水流。

池花春映日，窗竹夜鸣秋。今古一相接，长歌怀旧游。

李白与谢公有缘，他写谢公的诗有数首都是神来之笔，传世之作，好像他一想到谢公，精神便昂扬起来，诗兴便勃发而出。这首诗首联写"风景每生愁"，但他接下来三联，却不见愁意，我们只看到了空阔的意境和美好的时令。第二联"客散青天月"，也许是李白聚会散了，也许是写当年谢公宴会后客散，客散之后，独留一片明月在青天中，这其中的诗味真的很浓，人事虽然聚散无常，但青天明月却永远随人；下联的山空碧水流，也是写喧嚣过后的寂寥，但是这寂寥却是一种唯美的寂寥：客散山空，青天明月空对碧水流逝。如果说第二联意境阔大而寂寥，那么第三联就细致而绵远，池花映日，春很美，窗竹夜鸣，秋也很销魂，一春一秋，给了我们时光流逝的感觉。末联也很高明，今古一相接，今古看似很远，看似两个世界，但却能一相接，相接于此谢公亭，相接于李白的怀念之中，相接于李白的长歌中。

出涧泉声细，斜阳塔影寒。——张继

残春过楚县，夜雨宿吴洲。——韩翃

宿业师山房，期丁大不至
孟浩然

夕阳度西岭，群壑倏已暝。松月生夜凉，风泉满清听。

樵人归欲尽，烟鸟栖初定。之子期宿来，孤琴候萝径。

首联交待了时间，夕阳群壑，孟浩然用写意的笔法，没有细致描写概括，也没有刻意去构画诗境，一个"度"字，一个"倏"字，虽然看似凝练，却也不过如此而已，他似乎是信笔写来，根本未曾在意。第二联好得很，达者的风神尽显。"松月生夜凉"，这个"凉"应该是消暑的凉，而不是伤人的秋凉，"风泉满清听"，实在是太美了，妙在一个"清"字，大自然的美，风声、泉水声，充满了整个世界，而这些声音落在一个"清"听里，只有这种"清听"，才配得上这神妙的风泉！用世俗的话来说，就是最美的景，碰上最美的人了，没有这个人的"清听"，这大自然的风泉也就无人体会，这就是孟浩然诗歌中的最高妙之处！第三联与首联一般，孟浩然似是很随便地写出来的，一点也没有讲究，零零落落的归樵，欲栖未定的烟鸟，时时打破孟浩然寂寥的心境，诗意于是就自然而然地转到了末联。他与丁大约好了在此弹琴，共享佳时美景，可是时间到了，他却没有来，只有孟浩然依然在等待。

霁后贻马十二巽
储光羲

高天风雨散，清气在园林。况我夜初静，当轩鸣绿琴。

云开北堂月，庭满南山阴。不见长裾者，空歌游子吟。

在这一序列里，除了"楼观岳阳尽，川迥洞庭开"之外，这首诗的首联算是起得最好的了，一下子就给我们营造了一个很舒服的意境。第二联的好处要靠首联的铺垫，在首联营造出的园林清气中，诗人在夜刚刚静下来时，心神宁静而专注，弹琴自娱，不亦快哉！第三联的造境还算不错，上句境界开阔，下句描写真实。末联则表达了对友人的想念之情。

五律

枝繁宜露重，叶老爱天寒。
同心久为别，孤兴那对此。
——郎士元 钱起

潇洒·高怀·大雅·高古·旷达

高士之风。
高雅之情。

> 寒沙蒙薄雾，落月去清波。殿闭山烟满，窗凝野霭虚。
> ——杜甫《豆卢复》

送元公之鄂渚，寻观主张骖鸾
孟浩然

桃花春水涨，之子忽乘流。岘首辞蛟浦，江中问鹤楼。
赠君青竹杖，送尔白蘋洲。应是神仙子，相期汗漫游。

首联是有着孟浩然特色的起句，"桃花春水涨"，还是写得很美的，孟浩然显然是要给张观主一个瑰丽的仙境；下句的"忽"字用得极好，将一个平凡的句子写活了。第二联写蛟、鹤，意在点出观主的不凡，本是极平常的句子，但是孟浩然运用了地点的变换，又使用了一"辞"一"问"两个动作，使得句子有了流动的气韵。这首诗的关键在第三联，充满了豪气，而这豪气又是不食人间烟火的豪气，与金钱财物权势无关，是隐士高人的风流豁达的豪气，赠送的东西是充满了仙气的，这一赠一送超越了凡俗，气概高蹈。

游景空寺兰若
孟浩然

龙象经行处，山腰度石关。屡迷青嶂合，时爱绿萝闲。
宴息花林下，高谈竹屿间。寥寥隔尘事，疑是入鸡山。

屡迷青嶂，本是苦恼之事，但诗人却自得其乐，虽迷路而不苦恼，因为他"时爱绿萝闲"。山中绿萝本是常闲的，人们爱绿萝，往往是爱它的姿态和颜色，而诗人则是爱其"闲"，一个"闲"字，顿时点石成金写出了悠然从容的意韵。第三联写得好，写足了在山中的美好生活，累了就在花林下休息，兴致来了，就在竹林中高谈。末联写出了山中的宁静，不被世俗所扰。

游灉湖上寺
王琚

春山临远壑，水木自幽清。夙昔怀微尚，兹焉一放情。
云间听弄鸟，烟上摘初英。地僻方无闷，逾知道思精。

首联意境营造的还可以，第二联甚有高士之风，说自己以前也有一点高士的向往和风骨，到了今天在这湖上寺中，才"一放情"，找到了另一个自我，或许这是一个真实的自我，或许这是一个偶然的自我，总之，诗人放开了自己。第三联意境构造得极好，是神来之笔，神妙之境。云间、烟上，无论做什么，都远离了烟火气息，何况是听鸟摘花这样的雅事？末联结得也好，地方偏僻，但人并不苦闷，因为在这里更加容易体会"道"的精深。

感遇诗三十八首（其二）
陈子昂

兰若生春夏，芊蔚何青青。幽独空林色，朱蕤冒紫茎。
迟迟白日晚，袅袅秋风生。岁华尽摇落，芳意竟何成。

青青，状其美好，写其生机。幽独，写其在林中独一无二。空林色，写其冠绝群芳。第三联写得好，意韵很美，写足了娇态。第四联是点睛之笔，诗人以兰若自喻。前面三联，写足了悠美，而最后却说，岁华都已摇落尽了，这兰若的芳意，竟何成？自然是被辜负了！自责和惋惜之情，在淡淡的描述中，尤显沉痛。陈子昂与张九龄的诗风，有很相近的地方，他们都擅以似有似无的淡笔，来写心灵中最深的感触。

天遥辞上国，水尽到孤城。
归人望独树，匹马随秋蝉。
——皇甫曾

——高适

寻张五回夜园作
孟浩然

闻就庞公隐，移居近洞湖。兴来林是竹，归卧谷名愚。
挂席樵风便，开轩琴月孤。岁寒何用赏，霜落故园芜。

"兴来林是竹"，大约是写高怀的；"归卧谷名愚"，则是强调质朴和低调。"挂席樵风便"，大约是对张五的一种鼓励，在隐居生涯中，有那一席樵风，随时泛舟很方便；"开轩琴月孤"，则是实写，没有了上联的浪漫随意，不过这个"孤"字在这里没有伤感，而是一种得到宁静的欣慰，因为这个"孤"字的对象是两个很雅的事物：琴和月，一人虽孤，有琴月当轩，自然可以从中自娱，身体上虽孤独，但精神上不寂寞，反而是极为充实的。末联也许是有感而发，但多少破坏了前三联的意境。

登垄
高适

垄头远行客，垄上分流水。流水无尽期，行人未云已。
浅才登一命，孤剑通万里。岂不思故乡，从来感知己。

高适这首诗品比较高。诗好在第二联，用水流不尽来对比自己的行程不已，将人生的无奈写足。末联写出原因，不归故乡，漂泊在外，是因为感知己知遇之恩，思图报效。这种立意比较高，而又很真实不媚俗。

桐竹赠张燕公
李伯鱼

北竹青桐北，南桐绿竹南。竹林君早爱，桐树我初贪。
凤栖桐不愧，凤食竹何惭。栖食更如此，馀非凤所堪。

高格。以凤自比，也以凤比张说，句句不离凤和桐竹是这首诗的特点。

登润州芙蓉楼
崔峒

上古人何在，东流水不归。往来潮有信，朝暮事成非。
烟树临沙静，云帆入海稀。郡楼多逸兴，良牧谢玄晖。

帆影连三峡，猿声在四邻。
——李嘉祐

途中甘弃日，江上苦伤春。
——胡皓

首联写上古之人不可寻，而东流之水不可归，时间和空间都拉得很远。第二联是这首诗的关键一联，往来潮有信，这是天地自然的恒常，而朝暮事成非，则是人事的无常，妙在对比。第三联工整，写景写得较美。

寻梅道士（一作寻梅道士张山人）

孟浩然

彭泽先生柳，山阴道士鹅。我来从所好，停策汉阴多。
重以观鱼乐，因之鼓枻歌。崔徐迹未朽，千载挹清波。

首联用典，以柳、鹅为喻，喻梅道士之高致。第二三联气韵高蹈，最堪吟咏。彭泽山阴、观鱼鼓枻、停策汉阴、崔徐，孟浩然这首诗里多用典故，大异于他一向质朴简练的诗风，但他用典很贴切，增益了诗味。

寻雍尊师隐居

李白

群峭碧摩天，逍遥不记年。
拨云寻古道，倚石听流泉。
花暖青牛卧，松高白鹤眠。
语来江色暮，独自下寒烟。

李白这首诗写得很是逍遥适意，意境也很美，可称大雅。首联写群峰绿意摩天，雍尊师就住在那群峭间，过着逍遥的日子，连岁月都忘记了。第二联写李白自己，拨云寻古道，一派高士风范，在其中累了时，就倚石听流泉，此句颇得自然之乐。第三联写了众生的和谐满足，构画出了一种理想的情境，花暖松高，在这样古雅的环境中，青牛适然而卧，白鹤安然而眠，通过四个物象，影射出了雍尊师天人合一的境界。第四联写两人畅谈甚欢，直到日暮，李白告辞，独下寒烟而归，下句颇具风神。

素风啼迴蝶，惊月绕疏枝。
直念恩华重，长嗟报效微。
——骆宾王

——于季子

情胜

情到浓时是怎样一种情景？
心到痛时是怎样一种感触？

梦渚鸿声晚，荆门树色秋。
暗通山下草，流出洞中花。
——李端　戎昱

春望
杜甫

国破山河在，城春草木深。感时花溅泪，恨别鸟惊心。
烽火连三月，家书抵万金。白头搔更短，浑欲不胜簪。

杜甫这首诗笔力老到，诗意跌荡曲折。第一联"国破"对"城春"，国虽破，但山河尚在；城虽春，但草木幽深。两句都是后三字反常于前二字，司马光说："山河在，明无馀物矣，草木深，明无人矣。"这一联写出了战乱后满目疮痍的气象。明代的胡震亨对这联极为赞赏，评价说："对偶未尝不精，而纵横变幻，尽越陈规，浓淡深浅，动夺天巧。"第二联也是反常的写法，看到鲜艳的花儿，反而伤心溅泪，听到美妙的鸟啼，就想起了战乱离别，为鸟声所惊，真是多愁善感到了极点。有了前面两联的铺陈，第三联自然转承而出，点出战乱在继续，家书难得。

最后一联杜甫写实，写自己的老状。本来就花白的头发，因为满腹愁绪、心思烦乱而搔，愈搔愈短，几乎都别不了簪子了。最后一联写愁困之状，让我们联想到杜甫晚年三月不梳头的故事来，这种情状，实在是愁困懒惰已极了。

月夜忆舍弟
杜甫

戍鼓断人行，边秋一雁声。露从今夜白，月是故乡明。

有弟皆分散，无家问死生。寄书长不达，况乃未休兵。

人愈老，愈爱读杜诗，若是历尽人生千般滋味，则除杜甫之外，余人之诗皆无味。

这首诗写得沉痛。而且诗意层层递进，将思念之情越写越浓。

第一联的上句写因为战乱，不能正常前行。边秋，点出了环境，经历过战争的边境本就荒凉，何况逢秋，而在这秋边之上，加上一雁声，诗味立时就出来了。"边秋一雁声"，极见杜甫凝练的笔力。

"露从今夜白，月是故乡明"，上句犹可，下句极神，是表达思乡之情的绝佳诗句。"月是故乡明"，意岂在明月？乃是家乡之一切。对于一个长年在外的人来说，月当然是故乡的明，水当然是故乡的甜，哪怕是故乡的狗儿，也会透露着一股不一样的亲切。杜甫的意思，绝不仅仅是咏月，而是咏故乡，他身在羁旅，困于战乱之中，想起故乡的种种好处，就以月亮也是故乡的明亮来代表了而已。第三联就更是佳句了，上下句俱佳，俱凝练。我也有兄弟啊，可是都分散了，见不着面，我现在已经没有家了，没地方问他们是死是活。你看这一联写得多么沉痛。这一联是多么地概括，将兄弟分散，生死离别的苦痛，写得经典而真实。我们再想到他的七律中有"思家步月清宵立，忆弟看云白日眠"的思家忆弟之诗作，同类诗中，没有比杜甫的更痛彻更堪吟咏玩味了。

最后一联紧承第三联，自己寄出的书信总是送不到，何况身处在这兵荒马乱中，杜甫说到这里笔意就止住了，他剩下的意思就只能由我们读者去想象了。战乱一日不休，家人的生存问题就一日不能让诗人安心……

宿桐庐江寄广陵旧游
孟浩然

山暝听猿愁，沧江急夜流。风鸣两岸叶，月照一孤舟。

建德非吾土，维扬忆旧游。还将两行泪，遥寄海西头。

五律

山川乱云日，楼榭入烟霄。虽殊两地荣，幸共三春好。

——陈子昂

张说

孟浩然写诗遇思而入咏，与杜甫时常强力为诗不同，所以孟浩然的诗往往情景交融，恰到好处，淡而味幽，清而味长。与他那些清新爽朗的田园诗不同，孟浩然的山水诗作许多是在他外出求仕不得意时所作，往往充满了强烈的伤感和忧悒。

我们看到，孟浩然的五律中，有些充满了淡然的潇洒，有些则充满了强烈的情绪，这一特点在唐朝诗人中较为少有。

孟浩然这首诗是典型的以情带景，景为情染。山色昏暝，愁景，听猿啼声，愁事，沧江湍急，顿时似觉诗人的愁情奔涌，而这湍急加一个"夜"字，又增了一层愁意。

"风鸣两岸叶"，句法用得好，将风拟人化，顿出神韵，且与"月照"相对，一时风月似是两两有意，而"风鸣两岸叶"，承上句愁景而来，猿声凄切，江流湍急，又加上了风叶乱鸣。当孟浩然将一派愁景渐渐推上了极致之时，他笔力一转，一轮明月照在孤舟之上，暗表了一个孤独的路人，这个孤独的路人寄寓在前面三句所构画出的一派愁苦之境中，虽不言愁苦而愁苦气息袭人。

"建德非吾土"，意表思乡；"维扬忆旧游"，意表念友。正是由前两联所构的凄苦惶惶的境界，自然引出这种思乡念友的感情。

孟浩然的末联写得非常好，非常苦切，真挚而且执著，一下子将挚热的、强烈的感情推向了高潮，并且伤感之情不尽，可谓是五律结句的典范之作。

留别王侍御维

孟浩然

寂寂竟何待，朝朝空自归。欲寻芳草去，惜与故人违。

当路谁相假，知音世所稀。只应守寂寞，还掩故园扉。

读孟浩然这一首诗的时候，总觉其好，但要分析，却难以找出它好的证据来。唐代大匠中，许多人善写这一类诗，虽无警句，亦无妙境，但在平淡之中，蕴生妙味，与独特的气韵结合，就能让人赏玩不已。这种独特的艺术美感，可能是名士风流，可能是文人雅趣，也可能是真性情的流露，总之,美妙而无迹可循。这一类的律诗,大诗人常有。这类诗有一个共同点,就是都比较像古诗,有古风,有古味,有古韵,李白、王维、孟浩然、韦应物,都有这样的作品。以古诗笔法,来写五律,写出了独特的味道。

孟浩然这首诗,极像陶潜,得了陶潜作诗的真味。

全诗四联八句,一个味道,寂寞、失意、伤感,还带了一层忧惋的惜别。在这寂寞、失意当中,隐着另一重味道,那就是淡然,不是超脱的淡然,而是忧郁的淡然,是伤感的淡然,是一种受伤后彻底放下的消极。

这是孟浩然留别王维的一首诗,可能是没有当面交付,或者是不告而别。

我在这里寂寞地等待什么呢?每天都是独自归来,毫无结果。

想要寻芳草而去(隐居),又惋惜要与王维你分开。你看,孟浩然是多么重感情的一个人,他的诗句总是能拨动人的心弦,令人内心深处的感情不觉而生。

在我的人生道路上谁能帮我呢?知音太少了(暗示王维是自己的知音,为自己做的努力已够了,虽然无果,自己也很感激)。

所以最后孟浩然无奈无助地说,我只应该回家安守本分寂寞地待着,关起农家的门(寓意不求仕宦)。

没什么激动,没什么伤切,淡淡地叙来,却让人心中不忍。这就是性情中的孟夫子,不像李白那样"拔剑四顾心茫然",不像杜甫那样"恶竹应须斩万竿"。孟夫子始终是个老实人,是个厚道人,是个本分人,是一个纯朴厚重的老农,伤感却没有过多怨尤,落魄却没太多不平,不像杜甫的牢骚满腹,将文字都化成了利剑,而他只是有时自怜自伤。

所以孟浩然的诗才具备了独特的气韵,得到了田园的真味。

将随浮云去,日惜故山遥。
——钱起

风月自清夜,江山非故国。
——杜甫

早寒江上有怀

孟浩然

木落雁南渡,北风江上寒。我家襄水曲,遥隔楚云端。
乡泪客中尽,孤帆天际看。迷津欲有问,平海夕漫漫。

有一段时期孟浩然的感情是伤切的,对这种感情,他喜欢用五律表达,这首思乡诗应当也是他在外求仕不得意后流落江湖时的作品。

虽然这是一首十分伤感苦切的诗作,但是孟浩然写得激烈流荡,恰当运用了夸张的笔法。这一首诗堪称为意与境相契合的典范之作,在造作意境的方法上,颇值得反复玩味学习。

诗起句寒冷萧瑟,与诗人凄苦彷徨的心境相契。

第二联转承得极为顺畅,意境转而迷茫渺远。遥隔楚云端,看似是写距离之远,实则透露出的是一种前路茫然之情。这一句将实景与心境完美地结合了起来。

第三联上句写了客居的不得志,思乡的情切;下句依旧描写遥远,看归帆自然又会加重乡思。

第四联是唐人律诗结句的典范,"迷津欲有问"一句,写得很有技巧。诗人想要问,但终归没问,这欲问而不问,是最有味道的。为何不问?因为他看到了"平海夕漫漫",那广远的路途令他望而生畏。最后一联已经是一种隐喻了,"迷津"正是他当下心境的写照,其实故乡虽远,若要回归,一点都不难,因为孟浩然的处境不同于杜甫,杜甫是真的有家不能归,而孟浩然不能归家,不是出于战乱的阻隔,而是出于他迷茫的心境。这首诗的妙处就在于,他的心境与他眼中的环境有着相似之处,所以,他的一切景语都成为情语,情景交融,达到了无法分割的境界。

过景空寺故融公兰若(或作过潜上人旧房、悼正弘禅师)

孟浩然

池上青莲宇,林间白马泉。故人成异物,过客独潸然。

既礼新松塔,还寻旧石筵。平生竹如意,犹挂草堂前。

孟浩然写情的诗很真挚,所以他这一类诗很耐读,意境也很深远。

第二联用对比,逝者和来吊者已成今昔,而吊者也不过是一个过客,吊过了还要走的,那逝去者岂不可悲?"过客"两字,更显逝者的死寂。

礼过了故人埋骨的松塔,孟浩然还要到以前两人相聚交谈的石筵前坐一下,怀念过去两人交往的情形,情意写到此便很浓重了。

末联增益了哀伤之意,故人虽逝,他栽种的竹子,是他生前最爱玩赏的，还在草堂之前，物是人非的感慨，使得结句余韵不绝，"竹如意"也许是竹子做的器物（如意），具体应做何解，可能要由考据学家来研究了。

赴京途中遇雪
孟浩然

迢递秦京道，苍茫岁暮天。穷阴连晦朔，积雪满山川。

落雁迷沙渚，饥乌集野田。客愁空伫立，不见有人烟。

很明显，孟浩然在赴京途中，心情是矛盾的，他的本意不愿赴京，但又不得不去，所以在中途他愁闷无比。

这首诗前三联都对仗，但都对得不严紧。孟浩然在首联便写出了他的苦闷。"迢递"，遥远曲折的意思，在孟浩然看来，秦京的道路如此迢递，不堪去；"苍茫"，不仅指天色，更是他心中的颜色，苍茫的天色令诗人压抑，而这时候又快要过年了，他的心境由首联的意象表露无遗。

穷阴，"穷"字足看出孟浩然对这阴雪天气的厌烦，"连晦朔"，说明这阴雪天气时间很长了，所以积雪满山川，这种情况是不利于行走的。

写落雁用一个"迷"字，恰应了孟浩然此时的心情。"饥乌集野田"，写出了这阴雪天气的苦，连乌都只能在野田觅食。末联写了孟浩然此时的处境，他处在客途中，四望无人烟，说明他正苦于羁旅。处于这样的境况下，前面三联所写的愁闷情绪，感觉就更深浓了。

别弟妹二首
王维（一作卢象）

两妹日成长，双鬟将及人。已能持宝瑟，自解掩罗巾。

念昔别时小，未知疏与亲。今来始离恨，拭泪方殷勤。

小弟更孩幼，归来不相识。同居虽渐惯，见人犹未觅。

宛作越人语，殊甘水乡食。别此最为难，泪尽有馀忆。

这两首诗直接叙述情境，兄弟兄妹间的情意就在这看似絮絮叨叨的讲述中表露无遗。岁月流迁、人世别离、血缘亲情诗中都有展现，那款款的深情，也在字里行间中透露着，似乎随意说着，却感人至深。

这两首诗淡笔言情，却字字是泪，将感情寄寓在深情的细节中，是其独到的成功之道。

伤田家
聂夷中

二月卖新丝，五月粜新谷。医得眼前疮，剜却心头肉。

我愿君王心，化作光明烛。不照绮罗筵，只照逃亡屋。

诗虽简朴，只要情写得切，写得深挚，诗便好。

虚池驿题屏风
宜芬公主

出嫁辞乡国，由来此别难。圣恩愁远道，行路泣相看。

沙塞容颜尽，边隅粉黛残。妾心何所断，他日望长安。

唐人很多写公主出嫁的五律，但只有这首是公主自己写的，而且写得还不错。前三联直抒胸臆，第四联最好，公主想象遥远的将来，自己遥望长安，那才是断绝一切指望、最断肠的时刻。此时一路的悲伤愁苦，毕竟还是在大唐的土地上，此时已愁绝，而来日之愁将更甚。

落花
李商隐

高阁客竟去，小园花乱飞。参差连曲陌，迢递送斜晖。

肠断未忍扫，眼穿仍欲归。芳心向春尽，所得是沾衣。

李商隐的七律、七绝、五绝倍受赞赏，他的五律则相对弱些。前二联写落花，后二联写得具有深情，第三联写因为伤心而不忍扫落花，这是因由自己的不幸，而感慨落花的不幸，后世这样写的，有朱淑真"满地落花帘不卷，断肠芳草远"及欧阳修"泪眼问花花不语，乱红飞过秋千去"，虽具体写法和最终的意境不尽相同，但都是把断肠之情与落花联系在了一起。末联用情甚深。

闲适·淡雅·悠美

那种兴味索然。

那种随遇而安。

野望

王绩

东皋薄暮望,徙倚欲何依。树树皆秋色,山山唯落晖。
牧人驱犊返,猎马带禽归。相顾无相识,长歌怀采薇。

王绩的《野望》可能是大唐的第一首像样的五律(与马周的那首不知谁更早些,但马周的要更像唐诗一些),而他写得也确实不错,虽依然有着古诗的气息,但也算是正宗大唐的诗作了。王绩的《野望》,形神之间,与王孟的山水田园极为相似。王绩在沈宋前六十年就写出这样水准的五律了,他这首诗意境开阔,属对工整,格律和谐,转承自然,是最早的成熟完美的五律。王尧衢曰:"此诗格调最清,宜取以压卷。视此,则律中起承转合了然矣(古唐诗合解)。"可见历代对这首诗的评价是很高的。王绩的《野望》最可贵的是它能从宋齐梁陈的绮丽柔靡之中脱身出来,也没有受太宗、虞世南那个圈子的豪阔气象所影响,将诗写得朴素平淡,而意境俱足,开了王孟一派诗风的先河。

这首诗里的情绪很浓,我们很明晰地感到一种彷徨无依的感觉。他的第一联就写出了这种"欲何依"的感情。在树树秋色、山山落晖里,诗

五律

泉溜含风急,山烟带日微。——苏颋

万重春树合,十二碧峰齐。——刘方平

人深切地感到，他同那些驱犊、带禽归来的农民不是同类人，我们感到了他那种无法真正融入这个群体的深深的无助，所以他最后的那句"四顾无相识，长歌怀采薇"也就容易理解了。他放不下文人士大夫的理想和追求，虽然他想隐居，过高士的生活，但就这首诗来看，他刚刚开始，还很不习惯，心中怕是也充满惶恐之情。这首诗情景交融得非常完美，是很成功的一首律诗，在初唐就写出这样的作品是很难得的。

春江独钓
戴叔伦

独钓春江上，春江引趣长。断烟栖草碧，流水带花香。
心事同沙鸟，浮生寄野航。荷衣尘不染，何用濯沧浪。

首联的上句起得很好，可是下句太直接，可惜了上句。第二联中上句写景工整，好的是下句，"流水带花香"，意象很美，风神无限。第三联是令人神往的好诗，将诸多心事归结于沙鸟这一种物象，而将自己的浮生寄于野航，实在是经典凝练，诗意无限。末联写得很高蹈，自己着荷衣，寄托于大自然中，一尘不染，何须去著于形迹，用沧浪之水来清洗呢？

游凤林寺西岭
孟浩然

共喜年华好，来游水石间。烟容开远树，春色满幽山。
壶酒朋情洽，琴歌野兴闲。莫愁归路暝，招月伴人还。

起句就充满了游玩的喜悦和适意。第二联靠对景物的描写，增益了首句的情绪。第三联直接写人，在这悠美的风景：山、树、水、石之间，好朋友畅快地喝酒，高兴地弹琴唱歌。最后一联结得好，劝大家不要担心回去太晚，自可招唤月亮来相伴，照亮归途，这种笔法令我们想到李白，孟浩然的性情与李白很神似。唐诗中像这首诗这样，写得欢乐快意、愉悦满足的，还真不多。孟浩然的诗中多有田园乐趣，与王维的田园截然不同，田园对孟浩然来说，是一处乐土，他本性就适合于田园；而对王维来说，田园只是他避世的工具，是疗治心灵创伤的一剂药方。所以他们的田园诗,味道也就截然不同。

待酒不至
李白

玉壶系青丝,沽酒来何迟。山花向我笑,正好衔杯时。

晚酌东窗下,流莺复在兹。春风与醉客,今日乃相宜。

只有李白写"山花向我笑"这一类的句子才美,如果别人来写这般句子,可能就是病句。第二联"山花向我笑",正是喝酒的好时候,对着这山花饮几杯该是多么惬意,可惜酒没有来。第三联可见李白是个乐天派,终于喝到酒了,可是已经晚上了,山花不再对李白笑了,却又有流莺在为他鸣唱。可见只要有酒,李白是随时能让自己高兴起来的。所以末联他说,今儿个我这醉客,与那春风是很般配的,很相宜的。这春风有了我便更醉人,而我这个醉客有了春风,也更得风流了。总之,李白的眼中,万物有情,而他就是大自然的骄子,大自然的一切永远都在配合他。

凉思
李商隐

客去波平槛,蝉休露满枝。永怀当此节,倚立自移时。

北斗兼春远,南陵寓使迟。天涯占梦数,疑误有新知。

都说李白的律诗跟古诗差不多,李商隐的这首诗,也有古诗的韵味。不管怎么说,相比盛唐的境界,它的韵味还是稍见平淡了些。这首诗应知其气度之闲雅从容,是很与众不同的。李商隐的七律独特,五律也很独特,理解起来都有些困难,但诗味也很浓,要从意象上去把握。

从岐王过杨氏别业应教
王维

杨子谈经所,淮王载酒过。兴阑啼鸟换,坐久落花多。

径转回银烛,林开散玉珂。严城时未启,前路拥笙歌。

这首诗造境算不上多出色,但王维叙事的从容,笔法的圆熟,诗意转承的流畅，都值得我们学习。"兴阑啼鸟换，坐久落花多"，这一联是非常妙的一联。因为坐久，所以才兴阑，因为兴阑，所以才刚刚发觉啼鸟已经换了，这个"换"字用得非常好，令意境一下子提升了上去，这个"换"字，有几个版本，如"唤""变"，终是以"换"最妙。

涧南即事，贻皎上人

孟浩然

弊庐在郭外，素产惟田园。左右林野旷，不闻朝市喧。

钓竿垂北涧，樵唱入南轩。书取幽栖事，将寻静者论。

末句的"论"字，似应为"观"字，"观"合韵，也合上句"书取幽栖事"的意，书自然要观，所以末联的"论"字可能是"观"字之误（当然事可以论）。

首联写得朴素，"素产"为田园，除此无他。第二联写田园的好处，幽静，不俗。第三联写田园中的惬意生活。末联才提到了收信人，这一轮的起承转结很自然。

> 乱猿心本定，流水性长闲。
> ——戴叔伦
>
> 一灯传岁月，深院长莓苔。
> ——戎昱

仄律

仄律本该同平律一样兴盛。

珍惜仄律吧，它美得独特而又稀少。

横吹曲辞·关山月

崔融

月生西海上，气逐边风壮。万里度关山，苍茫非一状。

汉兵开郡国，胡马窥亭障。夜夜闻悲笳，征人起南望。

崔融这首诗，十足有李白《关山月》的气象，但他的节奏不是李白那种气韵的流畅，而是多了些顿挫，所以诗歌整体上的美感要稍逊于李白的《关山月》，但是在气势上比李白更壮阔些。

我们从第二句可以看出崔融在艺术上还是不及李白成熟，崔融"气逐边风壮"，表达的是一个"壮"字，但这个"壮"字他是直接来写的，而李白则是"苍茫云海间"，直接用景象来表达壮观。崔融用"非一状"来形容苍茫，来形容明月"万里度关山"的情状，是笼统的；李白则是"长风几万里，吹度玉门关"。李白的诗风还算是讲究的，崔融的诗风则是粗犷的，这也是他这一首诗在艺术上的特色。

> 五律
>
> 山川不可望，文物尽成非。
> 每同沙草发，长共水云连。
> ——崔融
>
> ——皇甫冉

相思怨
李冶

人道海水深，不抵相思半。海水尚有涯，相思渺无畔。
携琴上高楼，楼虚月华满。弹着相思曲，弦肠一时断。

寄朱放
李冶

郁郁山木荣，绵绵野花发。别后无限情，相逢一时说。
望水试登山，山高湖又阔。相思无晓夕，相望经年月。

将这两首归为仄律，可能有许多人不认同，两首诗的中间两联是对仗的，它们在韵律方面比较成熟，我认为算得是一种律诗，所以选在这里聊备一格。李冶是一个独具特色的女诗人，这两首诗依然透露着独特的气息，那是一种慵散的、细微的而又情意深深的感觉。李冶善于古律，这两首诗的第二联和第三联都具有同样的特色，第二联对仗，第三联则下句紧承上句，上句写上楼，则下句写楼如何，上句写登山，则下句写山如何，形成了她独特的韵律，这种亦古亦律的做法，配合她独一无二的气韵，遂使得李冶成为唐代最出色的女诗人。

金乡送韦八之西京
李白

客从长安来，还归长安去。狂风吹我心，西挂咸阳树。
此情不可道，此别何时遇？望望不见君，连山起烟雾。

李白的送别诗，多有强烈的情绪，这首诗与《沙丘城下寄杜甫》一样，情绪很强烈。首联看似写得平常，但李白的失落感就在这絮叨中表现出来了。第二联情绪激烈，狂风吹我心，"狂"字写出了李白心情的不平静；西挂咸阳树，他的心无法安宁，已经悬在遥远的咸阳了。第三联在强烈的情绪中，还透露着无奈（此情不可道），也透着不甘（此别何时遇）。第四联写望了又望，不能看见友人，只能看见他离去的方向，但还是望了一次又一次，对远方的渴望极为强烈。直到那连绵的群山泛起了烟雾，诗意终于是在不平静中作了个了结。

旅魂惊处断，乡信意中微。
——张鼎

幽思缠芳树，高情寄远山。
——包何

望　岳
杜甫

岱宗夫如何？齐鲁青未了。
造化钟神秀，阴阳割昏晓。
荡胸生层云，决眦入归鸟。
会当凌绝顶，一览众山小。

　　杜甫这首诗很著名，因为这是写在他青年时期的佳作，从这首诗中，人们看到了一个大诗人的未来。

　　首联起得很雄阔，"齐鲁青未了"，看似不着力，实则写得很大气。第二联是杜甫以后也较少见的风格，写得颇富哲学意义，很有学问，可惜的是杜甫没能继续这种诗风。第三联的情绪很激烈，意志很强大，"荡胸生层云"一句，很豪迈。末联是最著名的一联，杜甫写出了英雄气概，凌于绝顶，睥睨四方，意志强悍。

新晴野望
王维

新晴原野旷，极目无氛垢。
郭门临渡头，村树连溪口。
白水明田外，碧峰出山后。
农月无闲人，倾家事南亩。

五律

近关多雨雪，出塞有风尘。
月送人无尽，风吹浪不回。
——高适

——包佶

王维这首诗淡淡地写来，每一句都紧扣"新晴野望"这一主题，每一句写景都很平常，组合起来却是一幅悠美宁静的田园风光图卷。

这两首诗鲜明的突显了王维和杜甫两人诗歌中的一些特点。在这里小作分析：王维的韵律如同盛唐所有的诗人一样，追求行云流水的那种天然的流畅，而杜甫的诗作中，韵律则往往有顿挫，这一点他大不同于盛唐的诗人。盛唐的诗人往往追求天然，而杜甫则力求奇绝。杜甫还有一个特点是，他往往将不寻常的事物组合入诗，这种写作手法令他的诗作具有了盛唐诗人所不能有的丰富内容，而同时，也致使他单篇的章法和结构，不如众多盛唐诗人的作品那样浑然一体。这是杜甫诗作的一个显著的特点。

临高台
沈佺期

高台临广陌，车马纷相续。回首思旧乡，云山乱心曲。

远望河流缓，周看原野绿。向夕林鸟还，忧来飞景促。

第二联好，后两联则还未圆熟，未脱二谢（谢朓、谢灵运）的风意。

长安秋夕（一作中秋感怀）
戎昱

八月更漏长，愁人起常早。闭门寂无事，满院生秋草。

昨宵西窗梦，梦入荆南道。远客归去来，在家贫亦好。

第二联写得极有神韵，第三联写得有古韵，末联写得极富生活哲理。

句意超脱

独特的造句之法，独特的意象。
遣词造句间透出的超脱之美。

北青萝
李商隐

残阳西入崦，茅屋访孤僧。落叶人何在，寒云路几层。
独敲初夜磬，闲倚一枝藤。世界微尘里，吾宁爱与憎。

在李商隐的五律里，这算是艺术成就较高的一首。首句起的寻常，第二联写得又非常有味道，神韵都出，意境很好。第三联写孤寂写得也非常好，一个"独"字，一个"一"字，写尽孤独，而这种孤独直承上一联的萧瑟和寒冷，就更有味了。末联是非常好的一联，这一句的这种境界，在唐人诗里都算得上是独一无二的。末联看似一个孤句，但它却由上面几联转承而来，由景致至境况，再至感慨，转承非常自然。当我们看完末句，再看起句，我们会发现首句虽然平淡，但能与后面浑然一体，残阳、茅屋、孤僧，恰与后面种种情境相符，于平淡中而有巧用，这是一首完美的诗作。

"世界微尘里，吾宁爱与憎"可算是唐人诗中最出色的句子，论禅意远胜王维，论情则达到李商隐式抒情的极致之境，值得反复吟咏。

一酌千忧散，三杯万事空。
中峰落照时，残雪翠微里。
——贾至
——钱起

五律

217

送安律师

皇甫冉

出家童子岁，爱此雪山人。长路经千里，孤云伴一身。

水中应见月，草上岂伤春。永日空林下，心将何物亲。

第二三联句意超脱。

长路经千里，写安律师此去之遥，孤云伴一身，只有那天上的白云与他相伴，此句虽然写得孤单，但同时有一种高洁的意象。

水中应见月，与上句的"孤云"一样，用水中的明月比喻世事的无常，同时也暗示安律师心性的明净，水本无谓，有月则灵，这句也是对安律师禅境的赞赏。"草上岂伤春"，则写了安律师的豁达，他可不是那种动不动就睹物伤情的人。

"永日空林下"，与"孤云伴一身"句一样，写安律师的孤独和高怀，"心将何物亲"是一句私下好奇的问询，同时也是一种关怀的表达，您终日都在空林下禅坐，您的心中，会与何物相亲呢？

送夏侯审校书东归

钱起

楚乡飞鸟没，独与碧云还。破镜催归客，残阳见旧山。

诗成流水上，梦尽落花间。傥寄相思字，愁人定解颜。

唐人写落花的诗有很多，但出神入化的只有几首，王维的"兴阑啼鸟换，坐久落花多"和钱起的"诗成流水上，梦尽落花间"，算是其中的翘楚，而钱起的两句，尤多一些神韵。第三联是极其令人惊艳的句子，可谓是风神无限，可惜的是第二联不够强，令这首诗无法进入巅峰的序列。

首联写得好，用飞鸟比喻夏候审校书，而当目送友人直至不见时，自己才孤单的与碧云结伴而还，这句写出了惜别的依依。末联写得也很好，期望友人能时常给自己寄书，自己看到他的书信，可以解愁消闷，这样说，友人就不会因疏懒而不给自己来信了，所以末联写得很巧，是个好结句。第一三四联俱佳，唯第二联不齐，在意境上没有达到浑一之境。

故乡临桂水，今夜渺星河。
——宋之问

寒山叶落早，多雨路行迟。
——韩翃

早下江宁
钱起

暮天微雨散,凉吹片帆轻。云物高秋节,山川孤客情。

霜蘋留楚水,寒雁别吴城。宿浦有归梦,愁猿莫夜鸣。

第二联好,炼字奇特,"高"和"孤"使得句意超脱。第三联的"留"和"别"用得也不错。

江亭晚望
宋之问

浩渺浸云根,烟岚出远村。鸟归沙有迹,帆过浪无痕。

望水知柔性,看山欲断魂。纵情犹未已,回马欲黄昏。

第二、三联句意超脱。

宋之问处于初唐时代,他的律诗大多没有达到气象的高度,可以用境界、意境来概括他的诗歌。首联其实也写了浩大的景致,浩渺的江水浸到云根,远处的村庄笼罩着烟岚,也很阔大了,却没有气势。

第二联是佳句,但却依然是工整细致的描写,好就好在遣词造句的独特。

第三联是好句,但还是有拼凑句子的痕迹,达不到那种浑然天成的境界。

江陵晦日陪诸官泛舟
钱起

节物堪为乐,江湖有主人。舟行深更好,山趣久弥新。

尊酒平生意,烟花异国春。城南无夜月,长袖莫留宾。

节物堪为乐,写时节和自然景物都值得玩赏。江湖有主人,这个主人是自指,自视为江湖的主人,这个思想和情怀非常好。舟行深更好,写出了泛舟之趣的深和长,这情趣越来越浓,而不是逐渐变淡的;"山趣久弥新"是同样的意思,山的美和趣,越是欣赏便越觉得不足,越是有更多可发现的地方。烟花异国春,用烟花来概括春景,"异国"两字点明自己是

古驿秋山下,平芜暮雨中。水清迎过客,霜叶落行舟。
——韩翃
——郎士元

客居在外，不过本诗见不到羁旅之意，而是非常享受这异国的美景。

秋夕与梁锽文宴
钱起

客到衡门下，林香蕙草时。好风能自至，明月不须期。

秋日翻荷影，晴光脆柳枝。留欢美清夜，宁觉晓钟迟。

第二联是这首诗的诗眼。末联写得也很好，留欢美清夜，这种句式较为独特，也写出了独特的美感。

乌程水楼留别
皇甫曾

悠悠千里去，惜此一尊同。客散高楼上，帆飞细雨中。

山程随远水，楚思在青枫。共说前期易，沧波处处同。

这首诗好在"客散高楼上，帆飞细雨中"的风神。第三联则好在句式的独特。

清溪行
李白

清溪清我心，水色异诸水。

借问新安江，见底何如此？

人行明镜中，鸟度屏风里。

向晚猩猩啼，空悲远游子。

李白这首诗在行文上的特点是很少见的，有一些口语化，但又不完全是口语。诗意超脱出了我们常见的范式，至于意境，则第三联较为出色。

如实凝练

气象和意象固然难构造,如实凝练也不易。唐诗中还是写实描摹的多,但出色的不多。

这一序列的诗,虽称不上神品,但炼句谋篇,都工整圆熟,很见功夫,以写实居多。

使至塞上
王维

单车欲问边,属国过居延。征蓬出汉塞,归雁入胡天。
大漠孤烟直,长河落日圆。萧关逢候骑,都护在燕然。

观　猎
王维

风劲角弓鸣,将军猎渭城。草枯鹰眼疾,雪尽马蹄轻。
忽过新丰市,还归细柳营。回看射雕处,千里暮云平。

王维这两首诗应是他早期的作品,艺术手段较之他后期的山水田园来说,显得单一了些,也没有后期作品那样出神入化。但这两首依然是五律中的佳作。

王维对自然景物细致而独到的观察力,在这两首诗中已经表现出来,同样的,建立在这种观察力之上的凝练的笔力,也在这两首诗中有着充分

五律

过江云满路,到县海为邻。荒城背流水,远雁入寒云。
——郎士元《独孤及》

的表现。

"大漠孤烟直，长河落日圆"是流传甚广的句子，一个"直"字，一个"圆"字，出人意表，尤其"直"字用得极为传神，再加上一个"大"字，一个"长"字，从而构成了美妙而具有概括性的画境。

《观猎》这首诗中，草枯，雪尽，炼字已经是很见功夫了，而疾、轻两字，在此基础上又凝练了一层。若非草枯，鹰眼便不能如是之疾，若非雪尽，马蹄也不会如此之轻。这一联也是广受赞赏的名句，体现了王维的观察力和笔力。

《观猎》的总体艺术水准要较《使至塞上》高一些，"忽过新丰市，还归细柳营"看起来似是平常的句子，但一忽一还，使得诗句气韵流动，形容出了将军的军队行军之迅疾，将行军迅速，不及驻足的感觉写足了。新丰和细柳的用典也没有让我们觉得生硬，反而因其气韵的流畅，令我们觉得它们对得很好。第四联上句用一个"回看"，下句用"千里暮云"，重写射雕时场面的广阔，让前面那雄健威武的狩猎，给我们留下的印象更深了。这一首诗也体现出王维在五律布局结构方面的功夫，他的诗转承流畅，布局严谨，意思紧凑。要知道，王维的五律，在观察力、笔力、结构布局方面，终唐一代，几乎无人能出其右。

春夜喜雨
杜甫

好雨知时节，当春乃发生。随风潜入夜，润物细无声。
野径云俱黑，江船火独明。晓看红湿处，花重锦官城。

第二联写足了春雨的特点，而随风而潜，润物而细，写出了春雨的神韵，遂成千古名句。

水槛遣心二首（其一）
杜甫

去郭轩楹敞，无村眺望赊。澄江平少岸，幽树晚多花。
细雨鱼儿出，微风燕子斜。城中十万户，此地两三家。

杜甫这两首是一种诗风，每一首诗中都有脍炙人口的句子，而且他的文字特别地洗炼，我们挑出他的每一句都是好句，每一联都是好联，其中的好些句子让人贪吟不尽。

正是从这几首诗里面可以看出杜甫同王维、孟浩然、李白的不同。这种不同是精神的不同，王孟李的五律里面流荡的气象是盛唐的气象，而杜甫的这几首田园则是精工的风格，对此需要仔细地体味。我一直不将杜甫视为盛唐的诗人，因为他的风格、他的气象，与王维、李白、孟浩然他们截然不同。

我们读那些盛唐诗人的诗歌时，如王昌龄、王之涣，甚至是张旭这样写诗较少的诗人，都能从他们的诗歌中读出相同的感觉，而读杜甫则另是一种。杜甫的写作，他的构境、他的气象和气韵，都与他之后的诗人有相近的感觉。

杜甫是一个承前启后的诗人，他经历过盛唐，但在盛唐时代他的诗名不显，其中不是没有原因，因为他的使命是承前启后，而更重要的是启后。从盛唐之后，诗风有一部分就是杜甫的诗风，杜甫开启了后世，以诗的精神本质而言，我们不必勉强把他归于盛唐。

王维、李白是盛唐诗坛的领袖，而杜甫则是盛唐之后的领袖。

后 游
杜甫

寺忆曾游处，桥怜再渡时。江山如有待，花柳自无私。
野润烟光薄，沙暄日色迟。客愁全为减，舍此复何之？

江 亭
杜甫

坦腹江亭暖，长吟野望时。水流心不竞，云在意俱迟。
寂寂春将晚，欣欣物自私。江东犹苦战，回首一颦眉。

以上三首诗之所以放在这里，是因为它们具有相同的内在气韵，在杜甫的诗作中这三首诗的写法算是别具一格的。我们还应注意到，杜甫并没有将这一种风格一路发展下去。杜甫的诗风是多变的，这三首诗里面那种

五律

野人相问姓，山鸟自呼名。——宋之问
往来花不发，新旧雪仍残。——杜审言

气韵格外舒缓、咬字求出奇的手法，随着其诗风的不断变化，最终成为杜甫诗作中的一瞥惊鸿。

实际上，杜甫如果将这种风格发展下去，它可以成为非常好的艺术形式。虽然杜甫没有致力于这种笔法，但他却影响了一个人，那就是韦应物，虽然韦应物的风格气韵与杜甫完全不同，但韦应物诗中那格外舒缓、咬字求出奇的笔法，尤其是每一句中字词节奏的运用，都能从杜甫的这几首诗中寻到踪迹。

我们从这里也看到杜甫与盛唐诗人的差别。李王孟等无不追求气韵的流畅，追求那种诗的天然；而杜甫所造就的这种气韵，与整个盛唐人都不同，他确实开辟了新的途径，只是这条路未被更多的人走下去，而杜甫也因为个人际遇，未更多地持续这种写法。

对于气韵的变化，李白在他的古歌行里也作过尝试，如他的《蜀道难》《梦游天姥吟留别》等，刻意将其天风海雨般流畅的气韵作了一种截断，令我们有那种在极速飞行中忽然刹住、忽然坠落的感觉，这种截断更加凸显了他气韵的流动性，这种看似破坏的怪异笔法，反而让我们更觉他气韵的百般变化和神奇。李白虽然对盛唐的气韵作了创新的尝试，但并没有去走另一条路，走那条路的，就只有杜甫。

韦应物顺着杜甫曾走的道路，走出了一个独一无二的自己。这就是杜甫与韦应物之间具有的一种微不可见的、承前启后的关系。当然，历史上韦应物是否真的借鉴或受了杜甫的巨大影响，我们并不能据此断定，一切只是一种推测。

旅夜书怀
杜甫

细草微风岸，危樯独夜舟。星垂平野阔，月涌大江流。
名岂文章著，官应老病休。飘飘何所似，天地一沙鸥。

这首诗是杜甫五律中的佳作，杜甫在晚年无奈地离开成都，失去了严武的庇护，在途中有所感触，写下了此诗。诗的第二联是广为读者称道的名句，第三联则是牢骚满腹，第四联则自况凄凉的境遇。第二联以广阔

的田野,奔涌的大江,灿烂的星月,向前反衬第一联"危樯独夜舟"的凄凉,向后反衬"天地一沙鸥"的漂泊无依。这一广阔的境界之下,第一联那即时的窘境和第四联那长久的困境,就更加强烈了。可以说,因为第二联写得特别好,其他几联便跟随着变得更妙了起来。

  这可能是杜甫的五律里面写得最好也最受欢迎的一首吧,之所以未将它选入巅峰完美是因他的第三联,可能许多文人都喜爱这一句,因为大家感同身受,在这里只是觉得这两句虽好,但思想境界和格调上毕竟落了下乘,所以不列入巅峰完美之列。

五律

日晚菱歌唱,风烟满夕阳。
家中贫自乐,石上卧常闲。
——卢照邻

——秦系

春山夜月

于良史

  春山多胜事,赏玩夜忘归。掬水月在手,弄花香满衣。
兴来无远近,欲去惜芳菲。南望鸣钟处,楼台深翠微。

  若是《春山夜月》后面不标上于良史的名字,说它是杜甫的作品,大多数人不会怀疑。

第二联颇得趣味。你说他是童趣呢，还是情趣呢？总之，这两句是深得春夜赏玩的乐趣，也因此而成为千古名句。

第三联是古诗的手法和韵味。

这首诗浑然一个整体，转承很自然，第二联是第一联的深入，第一联春山胜事，写得是宽泛的事物，赏玩忘归，也是宽泛地讲，而第二联的掬水看月，弄花留香，则是细致的讲，是集中讲事，讲胜事中最胜的事，赏玩中最好的玩。第三联写欲走前的留恋不舍之情，从第二联来，正是因为第二联那尽兴的美妙的赏玩，所以才这样难舍。第四联则是对第三联的强化，在欲去未去之时，望向隐现在青山深处的楼台。

就像多数的五律一样，这首诗的妙处在中间两联，第二联得其趣，第三联则胜在情。于良史看春山夜月，一派美妙，无限深情，山水花月俱是美妙难舍，构画出一片深情缱绻的妙境。

于良史的五律作得非常好，"风兼残雪起，河带断冰流"被胡应麟认为是中唐诗的代表（他以王湾的"海日生残夜，江春入旧年"代表盛唐，温庭筠的"鸡声茅店月，人迹板桥霜"代表晚唐）。他其他的好句子如"烟归河畔草，月照渡头人"写得风韵十足，意境迷离，也算是上品的佳作。再其他如"雨洗山林湿，鸦鸣池馆晴""舟依渔潋合，水入田家流"也算得清新工整。

天净光难灭，云生望欲无。
日气含残雨，云阴送晚雷。
——杜审言　崔曙

秦州杂诗二十首（其七）
杜甫

莽莽万重山，孤城山谷间。无风云出塞，不夜月临关。
属国归何晚，楼兰斩未还。烟尘独长望，衰飒正摧颜。

首联气象雄阔，山是万重，其中点缀一座孤城，画面的对比很强烈。第二联是非常闻名的一联，被认为是极善写景致。第三联写征人未归，只因楼兰之敌还未斩尽。第四联写得很失落，前面的雄壮气已尽失，诗人独望烟尘，被飒飒衰风，摧老自己的容颜。

江汉
杜甫

江汉思归客,乾坤一腐儒。片云天共远,永夜月同孤。

落日心犹壮,秋风病欲苏。古来存老马,不必取长途。

这一首诗杜甫写得非常大气,不服老的气概,感动着一代又一代的人,但杜甫虽想给我们展现他英雄的气概,最终却让我们看到了满纸的无奈。

"乾坤一腐儒",将一个腐儒与乾坤汇入一句,竟然变得大气而神奇,有着巨大的对比反差,足令我们反复吟咏。第二联"片云天共远,永夜月同孤"就更美了,是极凝练的佳句。

不过,虽然杜甫的语句中带着不服气的心情,但是,他给我们构画出来的,最终却是一幅人力不可回天的绝望或者说是无奈的境界。

乾坤够大,更见一腐儒的渺小,天空远阔,一片微云也够小,何况,漫漫长夜中,那月亮与诗人一样孤独。

虽然杜甫"心犹壮",但他的壮心犹如落日,何况他身在病中,虽勉强说是"欲苏",也毕竟不是苏于春风中,而是苏于秋风中,何况是"欲苏",苏不苏还难说呢。

五律

洞水流年月,山云变古今。
年年春不待,处处酒相留。
——崔曙
崔融

最后一联近似牢骚的话，道出了他认清现实的无奈，自古以来，老马都不会被重用，杜甫当然知道，他是不会被重用的。

所以这首诗最终还是落入了牢骚之中，同写老马，杜甫与曹操就不同，曹操是"志在千里"，而杜甫终究不过是"与月同孤"，甚至伤心失望到"不取长途"。英雄和诗人的差距就在这里，无论一个诗人如何想建功立业，他始终不具备英雄的气概，他最多只有文人的骨气。

送别
李百药

眷言一杯酒，凄怆起离忧。夜花飘露气，暗水急还流。
雁行遥上月，虫声迥映秋。明日河梁上，谁与论仙舟。

若把李百药这首诗放在送别一序中，并不突出，他这首诗的好处在于字句的凝练，而这凝练全体现在中间两联。"夜花飘露气"，把夜景写得很缥缈，这一句很典型，"暗水急还流"。夜中看不见水，应是听见水流声才知流急，这一联的美全靠上句。第三联最好，雁行遥上月，妙在一个"上"字，让视野更开阔了，而且雁行逐月，这构图确实很典雅也很唯美，而虫声迥映秋，妙在那个"迥"字，将虫声的凄切或者说响亮写足了。在一行雁逐月而上的夜色中，还有响亮的虫鸣，这副夜景虽比不上王维的"月出惊山鸟，时鸣春涧中"那样灵动，却也是非常经典的一联了。

赋得古原草送别
白居易

离离原上草，一岁一枯荣。野火烧不尽，春风吹又生。
远芳侵古道，晴翠接荒城。又送王孙去，萋萋满别情。

白居易的这首诗，是我们从小就倒背如流的作品，是很好的一首诗，但要从完美的角度来审视的话，它就有着诸多不足之处。这诗前三联是写物（前二联是一意，第二联是经典的诗句），也就是写春草，后一句是点题，同王维、杜甫等人的"一联一妙境，诸境相融通"的境界相比，它显然显得有些单薄。最后一句以草拟情，情与景的交融渐近自然化境。

送别·思念·羁旅·乡愁·相见

缠绵的是思念。
刻骨的是乡愁。

五律

吹笙虚洞答，举楫便风催。
峡出朝云下，江来暮雨西。
——赵冬曦
刘方平

唐人的送别诗和思念之作中，优秀的作品很多，与山水诗一样，佳作林立，所以在这里单独作为一列，可以相互比较、印证，有助于我们更好地体味唐诗之妙，深入揣摩诗的作法。

喜见外弟又言别

李益

十年离乱后，长大一相逢。问姓惊初见，称名忆旧容。
别来沧海事，语罢暮天钟。明日巴陵道，秋山又几重。

在这一序列中著名的相逢或离别诗里，李益的这首写得最好。超胜在他的第三联。

其他几联，艺术水准与其他几首佳作在伯仲之间，但"别来沧海事，语罢暮天钟"一句却于深深叹惋之中，写出了开阔辽远的意境，值得反复吟咏。恰是这一联，令李益这首诗超越了后面几首的境界，最终高出了一层。

"问姓惊初见，称名忆旧容"，这一联写得十分真切，这样的事情在现实生活中常有发生，亲戚好友故人的偶遇，一问姓名原来相识，极富亲切感，生活气息很浓厚。何况，这种亲切承上联的"十年离乱后，长大一相逢"。经过十年离乱，才见了今日这一次。有了这个历史环境，就更显相逢之可贵了。

诗的末句写得也算余韵悠长，诗人遥想明日的情景："秋山又几重"。充满了离别的悲伤之感，而这种离别的悲伤，又因首句的"十年离乱后"，而更加厚重了些。

喜外弟卢纶见宿
司空曙

静夜四无邻，荒居旧业贫。雨中黄叶树，灯下白头人。
以我独沉久，愧君相访频。平生自有分，况是蔡家亲。

《唐诗三百首》中选的司空曙的三首诗，都是亲故相逢或离别的内容。司空曙确实很擅长写离别，他的诗很有苍凉的感觉。你看这首诗中的意境，首联写他的家孤独地立在野地之中，连个邻居也没有，是一处荒居。第二联佳境全出，雨中的黄叶树，灯下的白头人，树叶和人都是时日无多，青春不在。凄凉的雨，昏暗的灯，穷人不得意的心，这一联全写出来了，是神笔。第三联是纯写心境的，感激的情意自然流出。为什么这么说呢？"穷居闹市无好邻，富在深山有远亲"，司空曙对表弟说："我贫穷困顿了这么多年，你一直没有忘记我，时常来看我。"你看这份情意深不深？估计司空曙因为穷，也不爱四处走亲访友，所以只有卢纶来看他，而且是频频地来看望，可能还时常带点礼物特意接济他，估计司空曙大约是无以为报，所以他说是"愧君相访频"，你这样念着我这个穷亲戚，我真是又感激又惭愧。

最后一联写得也很好，司空曙可能觉得自己说这种感激的话对于情真意挚的表弟来说就太见外了，于是说，这都是我们两个平生有缘分啊，何况我们是血缘之亲。这个结句非常好，它在前三联的悲凉沉郁之中，加入了人生美好真挚的情感，让这首诗一下子升华了，也让诗意变得神圣了起来。前五句和后三句的对比是强烈的，而又是融洽的。

整首诗在苍凉悲凄之中，有着美好的慰藉。这首诗传诵不多，并不是因为诗不够好，而是因为它适合老年人的心态，年轻人往往体会不到，只有历尽沧桑的人才能品味出其中的深意，没有足够的人生阅历，是感悟不到这诗那深沉的美的。

所以司空曙的两首离别诗，只有中年以上的人才能真正深入地体会，才更容易引起心灵的共鸣。

淮上喜会梁川故人
韦应物

> 江汉曾为客，相逢每醉还。浮云一别后，流水十年间。
> 欢笑情如旧，萧疏鬓已斑。何因北归去，淮上对秋山。

韦应物的五律，总带有丝丝的古意，而且还带有一丝丝行云流水的悠然气韵。尤其这首的第二联，"浮云一别后，流水十年间"所蕴涵的意象真是神妙极了。这种以物象来比拟并概括实际的手法，他应用得非常纯熟，这种手法因为高度地概括和凝练，在诗人的作品中较少出现，而一旦出现就是极品的佳句，这一联也不例外。他用"流水十年间"概括这期间无尽的情绪和经历，看似极平淡，想表达的却是极丰富，给我们想象的空间也极广远。他所取的象，为浮云和流水，取得也极恰当，浮云一别，踪迹随风而逝，人生漂泊不定的情绪，尽在其中，写的是短暂的一瞬，流水十年，潺潺不断，思念不绝，写出了岁月的流迁。孔子在岸边说"逝者如斯夫，不舍昼夜"，古人所体味的逝水年华，韦应物在这一句中尽得其妙，这一联可谓是神品的绝句。其他三联都很平淡，但都写得很实在，在非常写实的笔触间，流露出浓厚的故人之谊。王孟韦柳都是五言诗的高手，他们在语调平淡，旨意深远这一点上，常有异曲同工之妙。"相逢每醉还"，淡然地叙述，却含着彼此深厚的情意，碰上了就一定要一醉方休，说明了交情的深厚和融洽，"欢笑情如旧，萧疏鬓已斑"也是平常的语句，却流露出虽然年华逝去了很多，但他们情怀依旧，友谊不减。最后一句更见蕴藉，故人北去，从此他只好独对秋山，再没有挚友陪伴了，说到山时用一"秋"字，顿增全篇的萧索落寞之意境，令惜别的情意达到顶

五律

啼鸟弄花疏，游蜂饮香遍。
——沈佺期

赏来荣辱从，别至惜分飞。
——苏颋

点，使结句的感情蕴藉不尽。

赋得暮雨送李胄

韦应物

楚江微雨里，建业暮钟时。漠漠帆来重，冥冥鸟去迟。

海门深不见，浦树远含滋。相送情无限，沾襟比散丝。

读韦应物这首诗时，恍若有丝丝张九龄《感遇》的气韵，当然，他们的意境特色还是不同的。韦应物的五律同张九龄还有李白一样，都是擅用古诗的手法来作五律，所以这种集律古之特点于一体的五律读来别有韵味。

韦应物的五律是极为有味的，因为他用古法写律诗，相对其他诗人来说，运用这种手法，韦应物算是很娴熟的，也是用得最好的人之一，取得的成就也很大，这种写法令他在唐诗人中独树一帜，取得了特别的艺术成就。

高明的诗人在造境的时候，只写景而不言情，但却让我们感到了情，这是因为他所造的境，其色已被情感所染。这首诗里的"漠漠帆来重，冥冥鸟去迟"就是最好的例证。在诗人的眼中，天地漠漠冥冥，帆重鸟迟，让我们感受到了他沉重的心情和伤感的情绪。而温飞卿的"鸡声茅店月，人迹板桥霜"就属于写真，没有沾染这种情感的色彩。

韦应物这一首诗对情境的构画相当细致，在细致中又极为传神，他写海门时，用"深不见"来形容阴雨天气所造成的视觉模糊之感，明明知道就在那里，但却被阴气所遮看不见，他用"重"、"迟"来表达视觉压抑，他用浦树含滋来表达远处阴雨湿透了树木的景象，整个画面既广远写意，而又细致写真，在这首诗里，他的笔力达到了一种极致。

这首诗的气韵是很特别的，很美，带着韦氏特色，尤其是他在这首诗中运用了古诗的造句习惯，再加上中间两联的帆来重、鸟去迟、远含滋，一字一断，字字独立，于是就形成了独特的韵律，非常的美。

淮上即事寄广陵亲故
韦应物

前舟已眇眇，欲渡谁相待？秋山起暮钟，楚雨连沧海。

风波离思满，宿昔容鬓改。独鸟下东南，广陵何处在？

韦应物的离别诗情重，类似于孟浩然，意境都很伤切，笼罩着一种凄苦的气氛。

李端公
卢纶

故关衰草遍，离别正堪悲。路出寒云外，人归暮雪时。

少孤为客早，多难识君迟。掩泪空相向，风尘何处期。

此诗中的第二联"路出寒云外，人归暮雪时"一句甚见风致，益增伤怀。他的第一联也非常好，伤情分别的时候，目中所见是故关的离离衰草，更益伤悲。第三联写得很真实，非常感人，是真情意的凝聚，想到自己少年早孤，寄人篱下，没有自己的一个家，人生又多艰辛，感慨自己认识恩公李端太晚了，这是对自己少孤的感叹和对李端的感激，要是我早些时候遇上李端公就好了，这一句是一个大高潮，悲伤之情到了顶点。最后一句也可算是感情的一个高潮，诗人掩泪望着李端离去的方向，感慨人生的风尘仆仆，不知道何时再能与恩公相遇，只能空自掩泪遥望而已，这首诗的结句非常地动情。

辽海云沙暮，幽燕旌旆愁。艰难为客惯，贫贱受恩多。
——耿湋 郑锡

云阳馆与韩绅宿别

司空曙

故人江海别,几度隔山川。乍见翻疑梦,相悲各问年。

孤灯寒照雨,深竹暗浮烟。更有明朝恨,离杯惜共传。

《唐诗三百首》里面,对五律的选择存在一个问题,就是离别和重逢诗选得非常多,只司空曙的这类诗就选了三首。司空曙这首诗写得感情深,感慨重,诗中的意境也造作得非常成功,统一而和谐。

它的第一联,以江海之阔,山川之隔,暗拟人生相见之难。然后第二联就非常自然了,一见面,还以为是在梦里,这太让人意外了,然后悲伤各自泛起,或者双方都同情对方的不如意,或者悲伤于久矣不见,总之,先问问彼此的岁数吧,你看,时间久得连对方岁数都记不清了。这一联写得多真实多真挚啊,这就是从生活中来。

第三联紧承第二联,相认了,那就在屋中浮一白吧,可是,这人生迟到的相逢,偏偏是在寒雨孤灯的深夜之中,而且窗外的深竹被暗烟缭绕,一派寒冷迷蒙的景象,正映照了两人的心情。

接下来就更悲凄了,在这凄迷苦寒的环境里,两人唯有以酒销愁,珍惜这一份难得的相聚时光吧,明天还有分手之恨,趁现在好好喝几杯吧。

司空曙的诗非常的"老",这里我说的这个"老",是人生阅历凝练的意思。

这首诗每一联都很好,当属诗的第一序列之中。

同王徵君湘中有怀

张谓

八月洞庭秋,潇湘水北流。还家万里梦,为客五更愁。

不用开书帙,偏宜上酒楼。故人京洛满,何日复同游。

张谓这首诗的从容闲雅之气,在整个中国诗坛都是极少见的,整首诗因此而有了特别的韵味。

我们从其他人的离别诗中,读到的都是苦切,都是强烈的情感,他们的造境也是色彩浓重的,而张谓这首诗则很悠美。他的诗里表现的思念之情，乃是淡淡的忧伤，淡淡的思念，这在唐人诗中是较为独特的。

新年作
刘长卿

乡心新岁切，天畔独潸然。老至居人下，春归在客先。

岭猿同旦暮，江柳共风烟。已似长沙傅，从今又几年。

第三联写得颇有自怜自伤之意，与岭猿江柳相共，足见作者心中的凄惨和寂寞。

贼平后送人北
司空曙

世乱同南去，时清独北还。他乡生白发，旧国见青山。

晓月过残垒，繁星宿故关。寒禽与衰草，处处伴愁颜。

司空曙善写聚散，可能与他重情义有关，《唐诗三百首》选了他的三首聚散诗，都堪称神品，具有很高的水平。这首诗里，诗眼不如前两首突出，最好的句子不如前两首更出色，但司空曙在这首诗里运用的艺术手法却更多一些。

上半阕是此诗最光彩的部分，两联运用的都是对比，以"世乱"对"时清"，这是今昔的对比，过去是乱世，现在是天下终于太平了，这是第一重对比，第二重对比是，过去是两个人一同逃难，现在是一个人独自北归。

第二联还是用的对比手法，说我们在他乡客居，可能是缘于愁苦，可能是缘于岁月，生出了白发，而回到故乡，则可以看到青山。这里还是两重对比，以他乡对比旧国，白发是在他乡过的生活，是苦的，青山则是司空曙的想象，故乡的山青啊，水秀啊，好啊，这是第二重对比。

"晓月过残垒"一句，意境顿出，"繁星宿故关"比晓月一句少了点灵动，但两句在意境上却非常和谐。

最后一联应是诗人自比，友人走了，他孤单一个，而且思乡情更切，看到寒禽衰草，无法不愁。最后一联当是诗人的自伤，因为前面几联的情

五律

直念恩华重，长嗟报效微。
岩庭交杂树，石濑泻鸣泉。
——于季子
——陈子昂

感铺垫得到位,这最后一联的自伤就来得真切、自然而且凝重。

江乡故人偶集客舍
戴叔伦

天秋月又满,城阙夜千重。还作江南会,翻疑梦里逢。
风枝惊暗鹊,露草覆寒虫。羁旅长堪醉,相留畏晓钟。

大运自盈缩,春秋递来过。
——陈子昂

阴岩常结晦,宿莽竟含秋。
——骆宾王

戴叔伦这首相逢诗，较之前面几首，在艺术特色上就要显得单薄些，写景的句子多了些，述事的句子少了些，感情就显得不是很深刻，他这首诗里面，第三联是极工整的佳句，以这一联而论，较上几首的"别来沧海事，语罢暮天钟""雨中黄叶树，灯下白头人"就显得单薄些，其品味与"孤灯寒照雨，深竹暗浮烟"相仿佛，较之"晓月过残垒，繁星宿故关"则要强上一线。

其第二联的"还作江南会，翻疑梦里逢"较之"乍见翻疑梦，相悲各问年"少了情意的深切，较之"问姓惊初见，称名忆旧容"少了生活的真切，较之"以我独沉久，愧君相访频"少了感情的真实，较之"世乱同南去，时清独北还"也少了一丝今昔的对比，总的说来，戴叔伦这首偶遇，虽然是上好的作品，但在其他几首聚散诗的行列中，稍显情感及艺术的单薄。

春晚送瑕丘田少府还任，因寄洛中镜上人
苏颋

闻道还沂上，因声寄洛滨。别时花欲尽，归处酒应春。

聚散同行客，悲欢属故人。少年追乐地，遥赠一沾巾。

苏颋多有佳句，如"松磴攀云绝，花源接涧空""岩声中谷应，天语半空闻"，都接盛唐风气。

洞庭驿逢郴州使还，寄李汤司马
刘长卿

洞庭秋水阔，南望过衡峰。远客潇湘里，归人何处逢。

孤云飞不定，落叶去无踪。莫使沧浪叟，长歌笑尔容。

"孤云飞不定，落叶去无踪"一句有刘长卿超越王维、李白、孟浩然的地方，这种写作手法也是他的特色，其他如"鸟声春谷静，春色太湖多"也带着他独特的气息。刘长卿善用意象，这在盛唐时是较少见的，他可谓是先行者。

五律

竹深村路远，月出钓船稀。——张籍

星河秋一雁，砧杵夜千家。——韩翃